Hanna Sukare

RECHERMACHER

Das Personal

August Rechermacher, Sohn aus der dritten Ehe des Viktualienhändlers, Vater des August Johann Schwaigerl

Genoveva Schwaigerl, genannt **Vevi**, Mutter des August Johann Schwaigerl

August Johann Schwaigerl, Sohn der Genoveva Schwaigerl und des August Rechermacher, in seiner Jugend wird er Hans genannt, später Gustl oder August

Cornelia, genannt **Nelli**, Tochter des August Johann Schwaigerl

Maia, Tochter der Nelli Schwaigerl

Lotte, Freundin der Nelli Schwaigerl

Stephen, ein Freund der Nelli Schwaigerl

Walli, Lebensgefährtin des August Rechermacher

Marie, Lebensgefährtin des August Rechermacher

Die **Pfeifenraucherin**, August Rechermachers Mutter

Der **Viktualienhändler**, August Rechermachers Vater

Hans und **Ferdl**, Söhne aus der ersten Ehe des Viktualienhändlers Rechermacher

Nanni, Tochter aus der zweiten Ehe des Viktualienhändlers Rechermacher

Fred, ein Soldat der *US Army*

sowie weitere Nebenfiguren

Süßes Nichts

Er steht im Schatten der Birken beim Marshmallow-Fest. Er trägt die Uniform der *US Army*. Freiwillig hat er sich als Starter des Sackhüpfens gemeldet. Die Hüpfbahn liegt ein wenig abseits des Geschiebes auf den trubligen Feststraßen. Von den MarshmallowGrills zieht Süßliches herüber und erstickt Schwade um Schwade den fein harzigen Duft der Birken. Die Bekräftigung der deutsch-amerikanischen Freundschaft ist Grund und Kern dieses Festes, das Mädchen erwärmt sich eher für das Süße Nichts – mit Gelatine und Maisstärke aufgebauschter Zucker. Die Kinder der *GI*s bekommen die Marshmallows im PX des PHV, wann immer die Mütter einen Kauf genehmigen. Die *GI*-Kinder würdigen die festliche MarshmallowGrillerei nun keines Blickes, verpassen, wie der heiße Zucker in weißen Schlieren von den langen Holzspießen tropft und die Grillroste braun verklebt. Auch später, bei der Tombola, wird kein *GI*-Kind auf den Hauptpreis Wert legen: eine Tüte Rohware Marshmallows. Das Mädchen könnte sie roh aus der Tüte essen, mit Schokolade überziehen oder zwischen Kekse stecken und backen, das Mädchen gewinnt den Preis jedoch nicht. Die *GI*-Kinder steuern auf einen Glaskäfig zu, in dem Maiskörner tanzen, an die Scheiben schlagen, auf den Käfigboden fallen, aufwirbeln und weitertanzen, bis sie weiß und puffig verkauft werden.

21 Jahre zuvor waren die Soldaten der nordamerikanischen Armee nach Heidelberg gekommen. Sie hatten dem MordenfürGroßdeutschland ein Ende gesetzt.

Mitgebracht hatten sie neben schweren Waffen und Fahrzeugen auch ihre Abkürzungen: USFET zuerst, für *United States Forces European Theater*, später USEUCOM für *United States European Command* undimmersoweiter. Gleich welchen Rang die Amerikaner hatten, Westdeutsche nannten jeden Soldaten der nordamerikanischen Armee *GI*. Keiner der Gäste des MarshmallowFests könnte mehr sagen, wofür die beiden Buchstaben stehen. Angeblich hatten sie beim *Galvanized Iron*, dem verzinkten Eisen, ihren Bedeutungsbeginn. Mit den Abkürzungen brachten die *GI*s ihre Autos. Die Nummernschilder glichen Codes: 3C-53019, der Herkunftsort des Fahrzeugs war nicht zu enträtseln, der Schriftzug unter der Nummer verwies auf die Institution, der es gehörte: *US Forces in Germany*. Was *US* bedeutete, wusste in Heidelberg jedes Kind: Das sind die Amis. Die befestigten oberhalb ihrer Nummernschilder gern Werbungen auf Blech. Das Mädchen las vom Heck eines *Dodge Coronet* die Frohbotschaft *Jesus Saves!* Doch in der Unterzeile kam schon die bange Frage: *Are YOU saved?*

Nach den Autos brachten die Soldaten ihre Frauen und die Kinder nach Heidelberg. Sie brauchten Wohnungen, denn die Heidelberger protestierten längst schon gegen das Beschlagnahmen ihrer Häuser. Also bauten die *US Forces* in *Germany*: Die Felder südwestlich des Heidelberger Zentrums verwandelten sich in das *Patrick Henry Village* und das Dorf wurde abgekürzt: PHV. Zwischen *Saratoga Drive* und *Bull Run Court* – alle Straßennamen erinnerten an Amerikas große Schlachten – wohnten bald mehr als tausend Soldatenfamilien und einige hundert junggesellige *GIs*. Im *Patrick Henry Village* standen dreistöckige Wohnblocks für einfache Soldaten, Einfamilienhäuser für Offiziere, da waren Schulen, Sportplätze, Geschäfte, Klubs, ein Hotel, das Kino, Kirche, Kindergarten, die Bibliothek und der PX, das bedeutet *Post Exchange*. Dieser Laden bot – ausschließlich für amerikanische Kundschaft – viele der Waren, die zu der Zeit jeder *Drugstore* in den USA führte.

Das Mädchen kam an Marshmallows nur im *Patrick Henry Village* und nur beim MarshmallowFest. Während des übrigen Jahres besuchte sie die amerikanische Kleinstadt zwischen den deutschen Feldern nicht, zu weit war der Weg aus dem Zentrum, und sie hatte dort draußen keine Freundschaften, die *GI*-Kinder gingen in die amerikanischen Schulen. Einmal durfte sie mit ihrer Klasse an einem Fest in einer amerikanischen Schule teilnehmen. In blau-weißen Uniformen gingen die *GI*-Kinder im Gänsemarsch hinter einem fahnenschwenkenden Buben auf die Bühne, stellten sich oben im Halbkreis um die Fahne, legten die Hände ungefähr auf die Herzen und sagten gemeinsam: *I pledge allegiance to the Flag of the United States of America and to the Republic for which it stands, one Nation under God, indivisible, with liberty and justice for all.* Wie ein Gebet tönte das von der Bühne, würdevoll und ein wenig einschüchternd. Jemand übersetzte die Worte der Kinder unter der Fahne. Das Mädchen erfuhr, man könne einer Fahne die Treue halten, aber sie wusste nicht, wie man das machte.

Der Mann in der Uniform bei den Birken ist erst seit Kurzem wieder, doch schon zum dritten Mal in Heidelberg stationiert. 1945, als er zum ersten Mal in die Stadt kam, hatte er in einem beschlagnahmten Hotel gewohnt. Als er zehn Jahre später wieder an den Neckar versetzt wurde, war das Hotel den ursprünglichen Besitzern zurückgegeben und er wohnte in dem südlichen Stadtteil Rohrbach in der ehemaligen Großdeutschland-Kaserne, die unter den Amis *Campbell Barracks* hieß. Diesmal hatte er ein Zimmer, ein Einzelzimmer sogar, im *Patrick Henry Village* bekommen. Dort lebte er nun, die Birken waren kräftig gewachsen.

Das *Patrick Henry Village* ist ein Durchhaus, jeden Sommer kommen die Lastwagen der Umzugsfirmen, das Lebenszubehör der Soldaten und ihrer Familien wird aus den Häusern hinaus- oder in sie hineingetragen, länger als zwei, drei Jahre lebt kaum jemand hier. Der Soldat bei den Birken hofft, in dieser Garnison bleiben zu dürfen, er will nicht noch einmal in einen Krieg.

Die hochgenabelten Schilde naheten dichtgedrängt und umher stieß lautes Getös auf. Jetzo erscholl Wehklagen und Siegesgeschrei miteinander. Würgender dort und Erwürgter, und Blut umströmte die Erde. Ähnlich den Wölfen sprangen sie wild aneinander und Mann für Mann sich erwürgend.

Ilias, 4. Gesang

Das Mädchen läuft mit ein paar Kindern auf die Birken zu. Sie haben das Schild zwischen den Bäumen entdeckt: Sackhupfen. Die Kinder verstehen auch ohne ü-Punkte. Der Mann in der Uniform deutet auf einen Haufen Säcke: *Donated From The People Of The United States, Net Weight 100 lbs* – ungefähr 45 Kilo Mehl fasste ein Sack – *Use No Hooks*, die Buchstaben verblassen. Auf der Uniform des Mannes steht über der rechten Brusttasche ein Name auf dunklem Grund. Über dem Herzen ziert ein kleines Patchwork die Uniform – schmale bunte Rechtecke, ob aus Stoff oder Metall lässt sich aus der Entfernung nicht erkennen, ein Militärmosaik. Die Kinder schnappen die Säcke, schütteln sie zurecht, jedes wurschtelt sich in einen hinein, sieben dürfen gleichzeitig an den Start, die Kinder ziehen die Säcke hinauf über die Nabel, raffen den Stoff, damit sich die Beine nicht verheddern. Das Sackhüpfen ist gratis. Um einen MarshmallowSpieß muss das Mädchen bitten, sie besitzt kein Geld, und oft freut sie sich jetzt an dem Gedanken, dass sogar sie möglicherweise einmal erwachsen sein wird. Falls diese unsichere Zukunftshoffnung einträfe, dann würde das Mädchen sich das Süße von niemandem mehr vorenthalten lassen.

Das Mädchen steht neben den anderen Kindern an der Startlinie, zappelig, schwitzig in den Händen hält sie den Atem an, fiebert dem Signal des Mannes in der Uniform entgegen. Er wird beide Arme über seinen Kopf heben, die Handflächen aneinanderlegen, sie dann schnell öffnen, und während seine Hände einmal gegeneinanderklatschen, wird er rufen: Auf die Platze. Faahtik. *Go*. Das Mädchen darf das *Go* nicht überhören, muss das *Go* heraushören zwischen dem Lärmen und Lachen der Festgäste, muss das *Go* erhaschen, nicht zu früh und nicht zu spät, aus dem Quietschen des Karussells, zwischen den Trillerpfiffen, mit denen einer Luftballons anpreist und den Rufen – *Go*! – der Losverkäufer. Da ist es. Schnell den Sack noch enger an den Bauch gerafft, damit ja der erste Hupf gelingt. Da verhüpft sich ein Nachbar, kommt in die Quere, schwankt, sinkt zur Seite und die Sechs sinken mit wie Dominosteine. Fehlstart. Mütterhände sind da, greifen manchen Hüpfern unter die Achseln, wollen aufhelfen.

Zurück an die Startlinie, der zweite Versuch gelingt, staksig rucken die Sieben ihre Säcke voran, manchmal gelingt ein Hupf, ein Satz, und dort am Ende der Hüpfbahn fällt schon einer ins sandige Ziel.

Wer ist der Mann, der das Signal zum Start des Sackhupfens gibt? Woher kommt er? Was tut er in dieser Garnison? Warum überhaupt sind die Soldaten hier? Danach fragt kein Mädchen.

Wie der Sackhupfstarter im *Patrick Henry Village* lebt auch das Mädchen noch nicht lange in Heidelberg. Sie hat noch keine deutschen und noch keine amerikanischen Freundschaften. Im Jahr zuvor ist sie mit ihren Eltern aus dem Dorf gekommen. Wie der Soldat nicht gefragt worden war, ob er noch einmal nach Heidelberg versetzt werden wolle, hatte man auch das Mädchen nicht gefragt, ob sie weg aus dem Dorf und in die Stadt wolle. Zu einer Stadt schienen Soldaten mit anderen Sprachen zu gehören wie Straßenbahnen. Die dunkle Haut mancher Soldaten und mancher Kinder in der Stadt fiel dem Mädchen auf, solch dunkle Haut hatte sie im Dorf nicht gesehen.

An ihrem ersten Schultag in Heidelberg kommt sie in ein Klassenzimmer, das ein kleines Haus mit schrägem Dach ist. Jede Klasse hat hier ihr eigenes Haus und davor einen Hof, den sich zwei Klassen teilen. Der Lehrer ist groß, hat viel dunkles Haar und sein Anzug schlottert ein wenig an ihm. Er nimmt das Mädchen an der Hand und führt sie hinaus auf den Hof. Dort zeigt er ihr die Beete, Blumen wachsen darin, Salate. Wenn sie wolle, sagt er, könne sie dort auch etwas pflanzen, ob sie Radieschen möge? Das Mädchen sieht die Beete, und die Beete im Dorf, aus dem sie kommt, fallen ihr ein. Weil der Lehrer sie an der Hand genommen und ihr die Beete gezeigt hat, vertraut sie ihm. Sie glaubt, er wäre Pestalozzi, nach dem diese Schule heißt. Hat das Mädchen sich einmal eine Vorstellung gemacht, braucht sie lange, bis sie das äußere Wirkliche zulässt und endlich anerkennt statt der selbstgemachten Vorstellung.

Eines Tages führt der Lehrer die Klasse in ein weitläufiges Haus, dessen Wände aus Glas sind. Drinnen erwartet sie eine Frau, die sich als eine der Bibliothekarinnen der neuen Stadtbücherei vorstellt. Die Frau führt sie zu Regalen, in denen die Bücher für Kinder stehen, zeigt ihnen einige ihrer Lieblingsbücher. Die Kinder können in die Stadtbücherei kommen, wann immer sie geöffnet ist, sie dürfen allein kommen, alle Bücher anschauen und ausleihen, sie können aber auch nur zum Lesen kommen. Das Mädchen denkt an den vergangenen Winter, als es im Baumhaus zu kalt war. Das helle Glashaus wird ein Winterort, der sie von außen und innen wärmt. Ihr Pestalozzi und das helle Glashaus kommen dem Mädchen manchmal nachmittags in den Sinn, wenn sie die Rollschuhe anzieht. Sie läuft dann zu einem Parkplatz in der Nähe ihres Wohnhauses, gewinnt leicht gebückt mit kurzen schnellen Schritten auf der elliptischen Bahn rund um die abgestellten Autos an Tempo, zieht Runde um Runde, bis sie schließlich aufgerichtet, mit ausgebreiteten Armen aus dem Lauf gleitet.

Dies ist der zweite Mai des Mädchens in Heidelberg und ihr erstes MarshmallowFest, vielleicht wird es ihr einziges bleiben. In ein paar Wochen muss sie ihren Pestalozzi verlassen. Wie das *Patrick Henry Village* ist ihr Leben ein Durchhaus. Nach den Sommerferien wird das Mädchen ins Gymnasium am Neckar kommen. Stockblutbraun ist das große Haus, wie die alte Neckarbrücke aus dem Sandstein der Gegend gebaut und benannt nach einem Wittelsbacher Kurfürsten, der den Beinamen *Der Weise* trug. Dem Mädchen sind fürs Gymnasium neue Schuhe versprochen, die sie sich selbst aussuchen darf. Das Schuhgeschäft ist in der Hauptstraße, das Mädchen wählt einen knöchelhohen Halbschuh aus sandfarbenem Wildleder, zieht ihn an, schnürt zu, er passt wie ein Hausschuh. Die nehm ich, sagt sie. Probier mal die, sagt die Blutsverwandte, zieht ihr den sandfarbenen Schuh vom Fuß und drückt den in einen schwarzen Lackschuh mit Riemchen und flachem Absatz, dieses Modell wird seit Jahr und Tag für das Mädchen gewählt. Die nehmen wir, sagt die Blutsverwandte. Die Verkäuferin ist jung und betrachtet das Mädchen mitleidig. Das Mädchen schämt sich für den mitleidigen Blick und für die Blutsverwandte, wie sie sich schon im Dorf für sie geschämt hat, wenn sie mit ihr im Bus in die Stadt unterwegs war. Das Mädchen fürchtete, die Blutsverwandte könnte ein Wort sagen, dann wüssten alle im Bus, dass die Blutsverwandte anders und von woanders her war. Sie hatte eine andere Frisur als die Frauen im Bus und sie schien dem Mädchen viel älter als die Mütter, die mit ihren Töchtern in die Stadt fuhren. Manchmal hielt man ihre Blutsverwandte für ihre Oma. Im Bus versuchte das Mädchen so zu tun, als gehöre sie nicht zu der Frau, die ihre Blutsverwandte ist. Hier in dem Schuhgeschäft ist das nicht möglich, schon geht die Blutsverwandte zur Kasse und zahlt die schwarzen Lackschuhe.

An dem ersten Schultag am Neckar ist das Mädchen eine von vielen Sextanerinnen und Sextanern, in dem Gewusel fallen zwei schwarze lackige Schuhe nicht auf. Der Klassenraum und seine Fenster sind hoch, im Dorf war nur der Innenraum der Kirche höher gewesen, dunkelbraunes Holz ist da, ein Lehrer, oder stand da an diesem ersten Tag eine Lehrerin? Der oder die scheinen weit entfernt von dem Mädchen. Fragen der Lehrperson beantwortet das Mädchen so knapp wie möglich. Über der Tafel hängt ein Plakat, das einen muskulösen Mann in Badehose zeigt, er stemmt die Fäuste in die Taille. Das Mädchen starrt das Plakat an und kann sich nicht erklären, warum es hier hängt, schief angeklebt. An diesem ersten Tag spricht sie mit keinem anderen Kind in der Klasse. Für jedes Fach kommen andere Lehrerinnen oder Lehrer herein. Einer trägt einen hellen Anzug. Ab und zu unterbricht er seinen Vortrag über das Imperium Romanum, wendet sich zur Tafel, zieht ein flaches metalliges Fläschchen aus seinem Sakko, dreht den Verschluss auf, neigt den Kopf ein wenig zurück, nimmt einen Schluck, dreht zu, steckt ein, wendet sich wieder zur Klasse. Diese Schlucke sind dem Mädchen etwas unheimlich. Der Lehrer muss eine Krankheit haben. Das Mädchen schaut aus dem Fenster, sobald er sich zur Tafel wendet. Puella, puellae, wozu ein Mädchen deklinieren, das man nicht einmal kennt? Das Gymnasium am Neckar unterrichtet Latein ab der ersten Klasse. Ihr Pestalozzi hatte gesagt, die Kurfürstenschule sei die richtige für sie, weil diese Schule auf die Universität vorbereite. Er hatte nicht gesagt, dass die Heimatkunde in der Kurfürstenschule Geographie heißen und ein Hauptwort dort ein Substantiv sein werde. Er hatte nicht gesagt, dass in der Kurfürstenschule viele Worte, die Dinge und alle Menschen fremd sein würden. Um das Mädchen legt sich in der Kurfürstenschule ein Abstand, er gleicht dem schwarzen, behäbigen Reifen, in dem sie schwimmen gelernt hat, in einem österreichischen See. Der Reifen trägt sie zwar durch die neue Fremde, doch er trennt das Mädchen auch ab. Sobald sie die Schule betritt, gleitet sie in diesen Reifen, in halliges Dunkel. Das Dunkle vor allem. Etwas in diesem Haus verschattet ihre Lider, an jedem neuen Schulmorgen verliert sie ein wenig Sehkraft. Das Vertraute und das Vertrauen wie bei ihrem Pestalozzi, die sind hier nicht. Sobald die Schulglocke das Ende der letzten Stunde einläutet, wischt das Mädchen ihre Bücher, Hefte, Stifte in den Ranzen und rennt zum Schultor, draußen auf den Stufen hält sie kurz inne, ihr Atmen ist dann ein Aufatmen, tief wie Seufzen, eine Befreiung, als hätte sie im Schulhaus zu wenig Sauerstoff bekommen. Dort unten ist der Fluss, ein Lastkahn zieht Richtung Rhein, winzige Figuren gehen auf dem Kahn hin und her. Und das Licht ist zurück. Diesen Moment sehnt das Mädchen an jedem der Anfangs-KurfürstenSchultage herbei. Hier draußen regnet es Licht, erhellt ihren Blick, die Stufen, die Straße, das deklinierende Mädchen wird Goldmarie. Nur unter dem Himmel ist Licht. Das Mädchen rennt nach dem Unterricht nicht in den Wald, der südostwärts den Gaisberg hinaufzieht. Sie geht meist nur um die nächste Straßenecke und hält schon inne vor dem Schaufenster einer Buchhandlung. Nach einigen Wochen traut sie sich zum ersten Mal hinein, besieht die ausgelegten Bücher, die Titel bleiben ihr verschlossen, sie weist aber den Buchhändler mit der Hand ab, der ihr die Kinderabteilung vorschlägt, denn die hat sie ohnehin in der Stadtbücherei. Wie findet man aus dieser Büchermenge das für einen selbst richtige Buch? Das Mädchen kommt oft wieder, der Buchhändler duldet sie, die nur kurz nach ihrem Geburtstag und kurz nach Weihnachten ein Buch bei ihm kauft.

Verlässt das Mädchen die Buchhandlung, sieht sie drüben den Bismarckplatz. Vom Rand aus beherrscht den Platz ein vor Kurzem gebautes, kastenartiges fensterloses Gebäude. Dessen weiße, wabenartige Verkleidung erscheint dem Mädchen hässlich. *Horten* steht in großen Lettern auf der Fassade, und das Mädchen hält das für den Befehl, was man in diesem Haus zu tun habe. Sie weiß nichts von dem Eigentümer des Hauses, der seinem Namen gerecht wird und sein Leben lang Dinge anhäuft, auch arisierte. An manchen Tagen streift das Mädchen nach der Schule durch die Wabe, wie sie das Gebäude für sich nennt, das von oben bis unten gefüllt ist mit klebriger Musik. Damen schnuppern an offen bereitgestellten Parfumflacons, nehmen Handtaschen aus den Regalen, befühlen zwischen den Fingern Stoffe. Das Mädchen lässt sich auf rollenden Treppen in den letzten Stock bringen, dort sind Fahrräder ausgestellt, Federballschläger und Laufschuhe. Auf der rollenden Treppe fährt sie abwärts, lässt unterwegs ihren staubigen Schuh von den Bürstenbändern putzen, die mit den Treppen laufen, im Erdgeschoss schaut sie sich Hefte und Schreibblöcke an, probiert Buntstifte aus. Manchmal reicht ihr eine Verkäuferin ein Bonbon zum Kosten oder ein Stück Schokolade. Das Mädchen schlendert zwischen Körben, in denen sich Büstenhalter, Socken oder Unterhosen türmen, geht vorbei an Marzipan- und Speckbergen, ohne dass jemand fragt, wer sie sei, was sie hier suche oder wünsche. Durch die Stadtbücherei und die Heiliggeistkirche, die das Mädchen einmal allein betreten hat, darf sie auch so ungefragt und ziellos schlendern.

Vor der Wabe auf dem Bismarckplatz treffen einander die Straßenbahnen. Dort steht das Mädchen länger herum, als nötig wäre. Bei den Haltestellen lehnt sie sich an die Wand des Kiosks. Frauen schieben Kinderwagen über den Platz, ein Alter deutet mit seinem Stock auf ein Kaugummipapier, das ein Kind fallen gelassen hat, ein paar Buben jagen einander lachend und rufend. Da kommt eine Straßenbahn, jemand springt schnell noch über die Schienen, die Straßenbahnglocke schrillt, als wäre der Fahrer zornig. Der Bismarckplatz, das ist die Stadt, die Mitte der Stadt, hier ist Unruhe, Hast und keiner kennt einen anderen. Fremd ist dieses Treiben und lockt das Mädchen, ein Teil davon zu werden. Sie sieht zu, wie Straßenbahn um Straßenbahn Richtung Rohrbach abfährt, wohin auch das Mädchen längst hätte fahren sollen, wieder wird sie zu spät nach Hause kommen. Die Straßenbahnen haben kurze Waggons, ein großes Abteil in der Mitte und an der Rückseite einen überdachten fensterlosen Perron, dort steht sie am liebsten, bei jeder Station steigt der Schaffner ab und dann wieder auf, drängt das Mädchen, hinein ins Abteil zu gehen, sie bleibt auf dem Perron, den Fahrtwind will sie am Gesicht. An der Schaffnertasche ist ein Metallröhrchen, aus dem Münzen fallen, wenn der Schaffner den Schnapper drückt. In Rohrbach steigt das Mädchen aus und geht zu dem Haus, vor dem ein Kirschbaum steht. Wenn es windig ist, wischen die Kirschzweige quietschend über ihr Fenster, sie hat im oberen Stock ein Zimmer für sich allein.

In der laublosen Zeit sieht sie durch das Kirschgezweig hinauf zum Wald. Sie müsste nur die verkehrsreiche Rohrbacherstraße überqueren und wäre dann in wenigen Minuten am Waldrand. Es ist ihr nicht verboten worden, allein in den Wald zu gehen, sie kommt selbst nicht auf diesen Gedanken, auch zieht sie keine Sehnsucht dorthin. Mit ihrer Schulklasse macht sie manchmal Waldspaziergänge, die Lehrer führen sie zu alten germanischen Versammlungsplätzen, die dort oben ausgegraben wurden, und sagen nichts von den Nazis, die an diesen Plätzen germanisch gefeiert haben. Manchmal spazieren die Eltern mit dem Mädchen durch den Wald hinauf Richtung Boxberg oder sie nehmen den Waldweg hinüber zum Schloss. An manchen Tagen schleicht das Mädchen auf das benachbarte Grundstück, ein verwilderter Garten, umwachsen mit Brombeerhecken, Waldreben, Efeu. Sie kennt die Schlupflöcher in der Hecke, drinnen formen Zweige und Äste Schattenräume. Das Mädchen macht sich ein Baumzimmer. Von dort schaut sie hinüber zu ihrem Fenster hinter der Kirschbaumkrone.

Einmal in der Woche fährt das Mädchen mit der Straßenbahn und dann mit einem Bus allein an den Rand der Stadt. Dort draußen stehen Stallungen, kaum hat das Mädchen einen der Ställe betreten, umfängt sie herbmürber Geruch, den sie nur in diesem ersten Moment wahrnimmt und an den sie sich schon gewöhnt hat, sobald die Pferdehälse in ihren Blick kommen. Die Köpfe wiegen hin und her, das Mädchen lungert vor den Boxen ein wenig herum, bietet ihrer Lieblingsfriesin den Handrücken zum Gruß und lässt sich beschnuppern. Ein Stallbursche, auf den die Bezeichnung Bursche nicht passt, weil er ein großer kräftiger dunkler Mann ist, dessen Gesicht stets zornig wirkt, kommt in die Stallgasse und ruft ihr grußlos zu: Halle spritzen. Das Mädchen weiß schon, was er damit meint, geht in die Reithalle neben den Ställen, nimmt den Schlauch und spritzt den Boden der Halle, damit den Reitschülerinnen kein Sandstaub in die Nase kommt. Dämchen nennt das Mädchen die Reitschülerinnen, kaum ein Junge lernt hier reiten. In dem Wort Dämchen liegt ein wenig Verachtung, die kommt wohl vom Neid. Neid auf die dünnen, stupsnasigen Wesen in enganliegenden Hosen, Stiefeln, rosaherzgeschmückten Gamaschen und Samtwesten. Nun ist die Halle frischfeucht, das Mädchen geht in die Sattelkammer, holt das Zaumzeug, zäumt ein Pony und einen Schecken auf, führt sie in die Halle, wartet bis die Schülerinnen kommen, hilft ihnen in den Sattel. Für die Dämchen zahlt irgendwer die Reitstunden.

Als das Mädchen zu Hause in der Küche fragte, ob sie reiten lernen dürfe, hörte sie nasskalt die Schneide eines Messers durch die Zwiebel ziehen und die Antwort: Für so etwas haben wir kein Geld. Das Mädchen suchte dann aus dem Telefonbuch die Adresse eines Reitstalls und beim Kiosk auf dem Bismarckplatz fragte sie, wie sie dorthin komme. Sie zog Gummistiefel an und fuhr hinaus zu den Pferden. Dort hieß es, sie könne sich eine Reitstunde verdienen, wenn sie zehn Stunden lang striegle, die Ställe ausmiste, Einstreu und Futter nachlege, aufzäume, die Tiere in die Halle oder auf die Koppel führe. Darauf ließ sich das Mädchen ein und sah nur ein Stirnrunzeln, als sie zu Hause in der Küche sagte, sie verdiene sich ihre Reitstunden nun selbst.

Sobald eine Schülerin aufgesessen ist, bringt das Mädchen die Steigbügel in die richtige Länge. Zurücklehnen, sagt das Mädchen der Schülerin, steigt auf den Hocker neben dem Pferd und hilft mit ihren Händen dem Rückgrat der Schülerin auf. Zurücklehnen, wiederholt nun die Reitlehrerin, die sich am Hallenrand auf einen Tisch gesetzt hat und von dort die Kommandos gibt. Bleib schön hinten sitzen, ruft sie, hinten, noch weiter hinten, und jetzt Schritt reiten, Schritt, Schritt, Schritt. Zügel kürzer nehmen, noch kürzer, Oberkörper bleibt schön hinten und die Ellbogen näher an den Körper ziehen, und jetzt tief in die Ecke reiten, wirklich fleißig in die Ecke reiten, noch fleißiger, Schritt und Schritt und zurücklehnen, nicht nach vorn gehen, lass sie nicht zu langsam werden, noch fleißiger Schritt. Und jetzt die Schlangentour in drei Bögen, Pferd besser umstellen, und jetzt die Ecken abrunden, nicht so tief in die Ecke reiten, abrunden, fass den äußeren Zügel enger, Ellbogen bleiben bei dir und langes Bein. Volles Gewicht in den Sattel ruft die Lehrerin der fliegengewichtigen Schülerin zu, setz dich durch, trab sie los und denk schon wieder ans Bremsen. Schwalben pfeilen durch die Halle. Am Hallentor stehen stolz lächelnd einige Mütter, scherzen und werfen aus den Augenwinkeln Blicke auf ihre Töchter im Sattel. Die lernen, ein anderes Lebewesen zu lenken, anzutreiben, lernen, ihren Willen einem anderen aufzuzwingen, lernen mächtig sein, lernen befehlen. Reitschule ist Lebensschule, stärkt das Selbstbewusstsein. Laut ist die Stimme der Lehrerin, gelangweilt und streng. Sie hatte keine Zeit, vor der Reitstunde ihr Haar zu waschen.

Die Pferde schnauben, weißer Schaum steht vor ihren Zähnen. Innen zupfen, ruft die Lehrerin, und Außenzügel schön dran lassen, und jetzt langsam traben lassen, tief hineinsetzen, ganz kurz nehmen, ruhig traben, ruhiger, zurücklehnen und ausatmen, tief durchatmen und jetzt Übergang zum Schritt. Nein, noch nicht loben. Du darfst sie erst loben nach fünf Schritten im Schritt. Aus der Halle sieht man hinüber zu den Außenställen. Dort steht ein Knecht, trommelt mit den Fingern auf einen Holzzaun, ganz in nervöse Gedanken versunken.

Wie schwerfällig sie die Gangart wechseln, ich könnte das besser, denkt das Mädchen und möchte anstelle der Schülerin im Sattel sitzen. Ihr war eine Reitstunde gegen zehn Arbeitsstunden versprochen worden. Das Mädchen hat schon länger als die vereinbarten Stunden gearbeitet. Bis jetzt war nie ein Pferd frei und keine Reitlehrerin hatte Zeit, ihr eine Stunde zu geben. Das Mädchen wagt nicht, an die Vereinbarung zu erinnern, etwas für sich zu verlangen, kommt ihr zwar in den Sinn, doch sie bringt ihren Wunsch nicht über die Lippen. Die Reitschülerinnen nehmen das Mädchen nicht wahr, dass jemand ihnen in den Sattel hilft, scheint ihnen selbstverständlich. Langsamer traben, ruft jetzt die Lehrerin, deine Stute rennt, wie sie will, und jetzt angaloppieren, Bein bleibt lang, sonst weiß sie nicht, dass sie galoppieren soll. Äußeres Bein deutlich nach hinten, inneres Bein Druck, Druck, Druck und jetzt Trabübergang, Trab, nein, nicht schneller werden, doch da hebt es die Schülerin schon aus dem Sattel und sie liegt auf der feuchten Sandbahn. Das Mädchen läuft zu ihr, hilft ihr aufstehen und streicht ihr über den Rücken. Die Kommandos der Reitlehrerin hat das Mädchen auf dem Weg zurück in die Sattelkammer noch im Ohr. Vielleicht kann sie durchs bloße Zuschauen reiten lernen. In der Sattelkammer hängt sie das Zaumzeug an seinen Platz und hat das Gefühl, jemand betrete hinter ihr die Sattelkammer. Sie dreht sich um.

Im Grasland

Da war August. Ein Kind ist er. Er kommt aus dem Grasland, dort spielt er mit Fohlen. Sie staksen auf Flysch, dem einstigen Boden der Tiefsee, dessen Tone, Sande und Mergel innerlich nicht verlässlich zusammenhalten, und der Mergel macht die Böden nur vermeintlich, weil nur für kurze Zeit, fruchtbarer. Unbekümmert geht der Bub mit langen Schritten hinter den Fohlen über die Moränen, Zeugen kalter Zeiten. Die Fohlen traben an, werden schneller und schneller, lassen den Bub hinter sich, er sieht sie fliegen über das wellige Becken, zu dessen Rand hin die ehemaligen Klippen als Hügel ansteigen, am ferneren Horizont entfalten sich hohe Berge. Monatelang bedeckt die höchsten Gipfel Schnee. Das Weiß hält die Erinnerung wach an Gletscher, die über Jahrtausende die bucklige Ebene überzogen, sie menschen- und tierleer hielten. Am Beckenrand kehren die Fohlen um, jagen auf August zu, umkreisen und beschnuppern ihn, sie stehen Auge in Auge. Er öffnet das Gatter zur Weide der Mutterstuten, die Fohlen stieben hinein und schon schnappen die Mäuler nach den Zitzen der Grasenden. Außer Atem und verschwitzt unterbricht August den Heimweg in der Sattelkammer des Pferdestalls beim Bahnhof, nützt den Moment, als in dem ledrigen Raum kein Mensch zu sehen ist. Die Handfläche streicht über gewichste Sättel, manche für schmale, andere für breite Pferderücken, drüben hängen die extralangen, Trachten nennt der Rossknecht diese Sättel mit dem hölzernen Sattelbaum. In der Jagdzeit schnallt er den Sattel auf einen dicht gefilzten Woilach, mit vier Fingern prüft er den Abstand zwischen Widerrist und Sattel. Dann führt er die Pferde vor den Bahnhof, aus dem Hofrätesaal drinnen treten adlige Herren, der Knecht hilft beim Aufsitzen. Die Herren reiten zum Jagen in den Kobernaußerwald, der gehört dem Kaiser in Wien. August dreht die Metallöse an einem Sattel, zieht am Maria-Hilf-Riemen, letzte Rettung falls ein Pferd buckelt. August wendet sich zu den Trensen und Gerten. Ross, das sagt er nicht. August spricht vom Rohs, oder Roos könnte man seine Aussprache buchstabieren. Der Plural klingt aus seinem Mund wie Rössa. Die Rössa verstehen ihn und er versteht sie. Menschen wollen Wörter, Satz um Satz, und verstehen ihn oft doch nicht. Gesten, eine Körperdrehung oder das Stirnrunzeln genügen selten, Menschen brauchen Alphabete.

August ist das zwölfte Kind des Viktualienhändlers Rechermacher und dessen dritter Frau. Die beiden vorigen Frauen starben bei Geburten, von den zwölf Geborenen lebt die Hälfte. Seit je spielt der Händler samstags am Abend im Wirtshaus mit Freunden Grünober. Wer eine Runde des Kartenspiels gewinnt, bekommt einen Zwetschkenkern. An einem Samstag wird der Händler sich mit seinem besten Freund über die Zwetschkenkernzählung nicht einig und wird, bis zu seinem Tod, den einstigen Freund meiden. Augusts Mutter, Müllerstochter vom Fechelbach, wappnet sich morgens für den neuen Tag mit dem Händler, von dem sie zwanzig Jahre und Meinungen trennen. So wenig wie möglich anstreifen an den Mann, das verspricht friedliche Stunden. Beim Kochen zieht die kleine stämmige Frau am Herd an ihrer Pfeife, die ihr hinunter zum Nabel reicht. Die Rumflasche muss sie gefüllt wissen, täglich nimmt sie das eine oder andere Stamperl zur Stärkung für das Sein mit dem Händler. Er schlägt sie nicht, außer im Schlafzimmer ist er nicht sonderlich grob, und tagein, tagaus verliert er kein Wort zu viel. Gesprächig wird er mit seiner Kundschaft. Da kann er palavern, vergisst die Zeit, weiß Geschichte um Geschichte und hört der Kundschaft geduldig zu. Seine dritte Frau hat in jeder ihrer Schwangerschaften die Pfeife geraucht und hat in all ihren schwangeren Monaten zum Stamperl gegriffen. Ihre beste Zeit beginnt in der Nacht vom Donnerstag auf den Freitag, da steht der Händler um 2 Uhr früh auf und sie mit ihm. Im Morgenmantel, über den sie die Schürze gezogen hat, steht sie auf der Stiege des geöffneten Halbkellers und reicht dem Händler die Waren hinaus. Der nimmt mit gestreckten Armen Käse, Eier, Würste, Speck entgegen und schlichtet sie auf seinen Karren. Ist der gefüllt, zurren sie gemeinsam die Plane darüber und der Händler spannt die Luna ein. Sie wird den Karren nach Salzburg zu einigen Wirtshäusern ziehen. Sobald das Gespann hinter der Wegbiegung verschwunden ist, schließt die Frau den Halbkeller und geht noch einmal zurück ins Bett. Erst um fünf wird sie wieder aufstehen und die Viktualienhandlung mit einem Gehilfen für den Verkauf vorbereiten. Mit ihm und einer Magd steht die Raucherin bis am Abend im Geschäft. Ein langer Tag zwar, aber es ist der Tag, an dem sie die Entscheidungen trifft, der Tag, an dem kein vertieftes Schweigen an ihrer Seite ihre Fragen beantwortet. Am Samstag wird der Händler jede Rechnungsdurchschrift überprüfen und mit dem Warenbestand vergleichen. Nicht, dass je etwas gefehlt hätte an Geld oder Waren, aber doch nur, glaubt der Händler, weil er eisern kontrolliert. Im August muss er den Gehilfen mit dem

Karren in die Stadt schicken. Seine Frau ist niedergekommen, ausgerechnet am Donnerstag in der Nacht, wieder ein Bub. Sie wird an diesem Freitag nicht im Geschäft stehen. Den Neugeborenen muss man zum ersten Schrei zwingen. Im achten Monat des Jahres 1905 kommt der Bub in einem der Straßwalchner Weiler auf die Welt, dem Vater ist die Lust zur Namensgebung vergangen und er nennt seinen Jüngsten nach dem gegenwärtigen Monat.

Sprechen lernt August spät. Ein unauffälliger, ruhiger Bub, der August Rechermacher. Er wehrt sich nicht gegen die ruppigen Halbbrüder. Anfangs nimmt ihn die Mutter gegen die Älteren in Schutz, später stößt sie ihn von sich, schreit ihn an, wehr dich halt, Depp. Depp, das sitzt, bleibt im Gedächtnis und kann ein Leben begleiten. Vor den August stellen die Brüder und bald auch Nachbarskinder das Dumm, als gehörten zusammen der Name, das Dumme und das Hänseln. Als dummer August gilt er. Der kluge Hans ist in Straßwalchen kein Pferd, sondern Augusts ältester Bruder. Nanni, Augusts Halbschwester, zwölf Jahre älter als er, mag den Jüngsten, hätschelt ihn, als wäre sie die Mutter. Beim Essen sitzt der Händler mit den Kindern aus drei Ehen und mit der stämmigen Pfeifenraucherin um einen Holztisch. Er betet das Vaterunser, dann löffelt er mit den Kindern und der Frau aus einer Holzschüssel. Manchmal gibt er eine Anweisung, was an diesem Tag zu tun sei. Worauf man sich an diesem Tag freut und wovor man Angst hat, was einem in den Sinn gekommen ist, behält man für sich, wie Geheimnisse oder Sachen, für die man sich schämen könnte. Alle acht sind sie Untertanen des Herzogs von Salzburg, der auch Kaiser von Österreich ist.

August kniet im Baumschatten am Rand einer hügeligen Wiese, vertieft in das Gras hört er die Rufe der Kinder nicht, der Grund ihres Lachens ist ihm gleich. Meistens sitzt er irgendwo allein wie versteckt, an Plätzen, wo man ihn nicht leicht wahrnimmt. Da gehen die Ameisen hintereinander, eine tupft die andere unterwegs an, das Antupfen ist ihre Sprache. Er reißt Grasbüschel aus, bindet sie mit einem Halm zu einem Wedel an einen Stecken, geht wedelschwingend würdig aufgerichtet durch das Wäldchen. Ein Engel lebt im Stängel, singt August, die Alm wohnt in dem Halm. Der Baum über ihm ist eine hohe kirschige Braut, Wind durchstreift ihre weißen Schleier. Da ruft der Kuckuck, der erste heuer, August weiß nichts von den Jahren, die der Vogelruf verspricht. Die Schmetterlinge kleben sich aneinander, einer orange, der andere braun-grau reisen sie durch die Luft. August fragt nicht, wer er selbst ist, überhaupt und inmitten der Gräser, Tiere und Kinder, er ist eines von ihnen. In der Wiese liegt ein kleiner Vogel, ausgestreckt das Federkleid, als atme unter ihm noch Leben. Der Tag ist föhnig, Licht fällt auf Laub vom Vorjahr. Über den Himmel zieht weiß eine Kröte, wird ein Krokodil, das eine Maus frisst, die sich in einen Fuchskopf verwandelt. August erzählt, er habe an diesem Tag eine Braut gesehen, und das Kind, dem er das sagt, schreit: Du lügst, heut war nirgends Hochzeit, der August hat schon wieder gelogen, schreit das Kind den anderen zu. August geht zum Bach. Er sieht Gesichter in den großen Bachsteinen. Einer hat eine breite Lippe, grinst, der freundliche Bachgott, sagt August leise vor sich hin. Der Bach eilt Tag und Nacht, du fleißiger Bach, sagt August und kennt sein Ziel nicht, das dort ist, wo er aufhört, Bach zu sein.

August kennt die Namen der Bäume, der Blumen, man weiß nicht woher. Nanni zeigt ihm manchmal Kräuter, die man essen kann, er probiert alles aus, was rund um ihn wächst. Vor allem kennt August die Namen der Pferde im Ort. Kaum ein Stall, in den er nicht schon geschlichen wäre. Er weiß, wer das einzige Vollblut der Gegend hat, kennt die Füchse, Schimmel und Rappen, die Noriker, einen Trakehner, Hannoveraner und Haflinger, die Fohlen, Stuten, Hengste und Wallache. Grasen die Rösser auf den sumpfigen Wiesen, was kein Rindermagen verdaut, ist August in ihrer Nähe. Lange steht er außerhalb des Zauns und schaut, regungslos, schaut. Dann bewegt er sich ruhig, gemessen. Nach einiger Zeit ruft er die Tiere leise schnalzend, sie nähern sich neugierig. Er spielt Pferd. Hebt und senkt den Kopf wie sie, macht den Hals lang, geht auf allen Vieren, probiert, ob auch er Grashalme mit dem Mund ausrupfen könnte, trabt, galoppiert, überspringt ein Hindernis. Mit dem Schweif verscheuchen die Pferde Bremsen, August tut, als hätte auch er einen, reißt sein Becken schnell hin und her. Mit dem Huf scharren, das lässt sich leicht nachahmen. Schwieriger sind die Augen. Die treten bei den Pferden manchmal hervor, vergrößern sich. Nach und nach nehmen die Pferde den Buben wahr. Er wartet nicht auf die Heilige Nacht, in der die Tiere sprechen können. Er betrachtet die Pferde, schaut ihnen zu, bis er ihre Absichten und Wünsche erkennt und Pferdisch lernt. Du bist frei, sagt er einer Stute, und ich bin es auch. Ein doppelter Irrtum.

Wie sein Vater nebenbei Kind um Kind gezeugt hat und aufzieht, lernt August nebenbei Wort um Wort über die Pferde. Von Rossknechten, adligen Herren, Bauern, Hufschmieden, Pferdehändlern, Fuhrleuten,

Kutschern, Stallmeistern, Tierärzten oder Zureitern hört er sich die Pferdeworte ab: Wallach, Kandare, Ganasche, Kruppe, rossig, Widerrist, Kolik undsovielemehr, August beherrscht Pferdisch vor dem Einmaleins. Eine Stute, fast noch ein Fohlen ist sie, wendet ihr Ohr, wenn sie ihn hört, kommt zum Zaun, sie ist die Tochter der Luna, er kennt sie seit der Nacht ihrer Geburt, ein paar Tage später ist er schon mit ihr auf die Wiese gelaufen. Kaum ein Jahr ist sie alt, schlank, mit langem Hals und kleinem sehnigem Kopf, die Knochen und Sehnen sichtbar unter der Haut. Man sieht ihr noch nicht an, dass sie zu den Norikern gehört und zu einem kräftigen Arbeits- und Fahrpferd werden wird. Mähne, Schweif und die Beine bis zur Fußwurzel sind schwarz, das Fell schimmert grau, durchsetzt mit Stichelhaaren, eine Mohrenkopfschimmelin. Sie wiehert leise, als August sich an einem Zaunpfosten hochzieht, eine lockere Faust macht und ihr den Handrücken entgegenstreckt, sie schnuppert. Schön bist, sagt er, streckt sich über den Zaun zu ihr hin, tätschelt ihren Hals, striegelt mit den Fingern den Widerrist, gibt ihr ein Stück Brot. Stern heißt sie, weil sie bei der Geburt das sternige Zeichen auf der Stirn hatte und vielleicht auch, weil ihre Mutter die Luna ist, ein Himmelsgespann. Stern nähert die Nüstern seinem Gesicht, mischt ihren Atem mit seinem. Wenn die Äpfel reif sind, bringt er manche der Stern. An diesem Nachmittag sagt er ihr, er werde sie vielleicht seltener besuchen in nächster Zeit. Es heißt nämlich im Haus des Händlers, August müsse endlich etwas lernen.

Mehr scheu als neugierig geht August am 1. Mai neben seinem älteren Bruder fast eine Stunde zu Fuß zum Pfarrerstöckel, dort wird die erste Klasse eingeschult.

Schon bald nach dem ersten Schultag geht er diesen Weg widerwillig. In der Schule droht lediglich ein anderer Mann als zu Hause mit dem Stock, öd sind die Wiederholungen, der Drill. Vormittags und nachmittags wird unterrichtet. In der kalten Jahreszeit verbringen die Kinder aus den Weilern die zwei Mittagsstunden im Gasthaus, dort bekommen sie Suppe. Wenn der Lehrer oder der Vater August etwas fragen, lahmt seine Zunge. Das nennen der Vater und der Lehrer verstockt, zu nichts zu gebrauchen, eigen. Für die Stern hat August ohne Zögern einen Schnalzer, eine Geste, ein Fußscharren, einen Atem. Sie wiehert von Weitem, trabt auf ihn zu, schnaubt, leckt seinen Handrücken, seinen Hals. Im folgenden Schuljahr übersiedelt die Klasse ins alte Mauthaus. Unheimlich ist dieses große Haus, im Keller soll ein Gefängnis sein, wer nicht spurt, geht hinunter, heißt es. In den zwei oberen Etagen sind die Klassenräume. Der Lehrer ist derselbe geblieben. Das vorige Jahrhundert ist noch nicht verklungen, reicht hinein in den Friedenssommer. Nach der Schule pflückt August unterwegs ein Blatt vom Frauenmantel, legt es Nanni auf den Kopfpolster, dazu ein Zetterl: fü Di, so viel kann er schon schreiben. Niemand sah August der Stern ein Halfter anlegen, niemand sah ihn sie an einem Führstrick um sich herumführen. Niemand sah, wie er sich quer über Sterns Rücken legte, damit sie sich an sein Gewicht gewöhnte. Niemand hörte, wie er ihr das erste Mal sagte, er werde sich auf ihren Rücken setzen, kurz nur, behutsam, und sie bat, sie möge ihn ein kleines Stück weit tragen. In seinem zweiten Schuljahr hatten die Stern und er einander das Reiten beigebracht. Hätte jemand die beiden beachtet, hätte er gesehen: die vertrauen einander.

Vom Marktplatz ist eines Tages Wiehern und Schnauben zu hören, Peitschen knallen, Hufe klirren, August führt die Stern am Halfter zu den Geräuschen. Sie mischen sich unter die Bauern und Rossknechte, begrüßen die anderen Pferde. Zwischen den Nüstern, Widerristen, Flanken, Schweifen und Schnaubern ist er zu Hause, als wäre er Pferden näher als Menschen. August stellt sich in die Nähe des Rittmeisters, der trägt Namen und Besitzer der Stern in eine Liste ein, dann geht er um sie herum, schaut sie an von vorn, von hinten, seitlich, lässt sich Zeit, heißt August die Stern zu bewegen, bemerkt ihren elastischen Gang, ihre festen Gesäßmuskeln, lobt die Ganaschen. Die fütterst du gut, sagt er zu August und deutet auf Sterns Bauch, der dick hin- und herschwappt. August will gehen, fürchtet, die Stern könnte dem Rittmeister zu gut gefallen, doch der hält ihn zurück, bis er zu Sterns Namen in die Liste ihr Alter, die Rasse, Stärken und Schwächen geschrieben hat. Nach der *Klassifikation* weiß der Rittmeister, wer in der Gegend welche Rösser im Stall hat. August atmet auf, als er die Stern zurück in den Stall führen darf, sechs Jahre wird jetzt Ruhe sein, bis der Kaiser die Pferde seines Landes das nächste Mal zählen und begutachten lassen wird. Doch schon im folgenden Sommer hört August vom Marktplatz wieder die Geräusche, der Rittmeister ist mit der Liste vom Vorjahr zurückgekehrt im Auftrag seiner hochwohlgeborenen k. u. k. apostolischen Majestät, und auch die Wagen und Karren müssen auf den Marktplatz. In diesem Jahr begleiten etliche Soldaten den Rittmeister, der Tierarzt ist da und der Bürgermeister. August bleibt nah bei der Stern, als müsste er sie beschützen. Als der Rittmeister die Pferde und Wagen begutachtet hat, ziehen die Bauern nicht wie in den früheren Jahren mit den Tieren zurück zu ihren Höfen, sondern zum Bahnhof. Die *Klassifikation* heißt in diesem Jahr *Musterung*, ein Kriegswort, geltend für Tiere, Dinge und Menschen. Jemand reißt August das Halfter aus der Hand und zerrt Stern auf die Rampe, die in einen Waggon führt. August schiebt sich unbemerkt hinterher, doch drin sind Soldaten, die wollen August hinausdrängen, aber die Stern, ruft August, meine Stern, wohin? Ins Depot, schreit ein Soldat. Wieso Depot, ruft August, das ist ein Pferd, kein Kasten. Remontendepot, schnauzt ein Soldat. Was soll das sein, fragt August, und der Soldat will ihn unsanft aus dem Waggon schieben, aber August klammert sich an das Soldatenbein, wo ist das Depot, ruft er. Geh in die Schule und lern was, schreit der Soldat und schüttelt ihn ab. August steht neben dem Waggon und kann die Stern nur noch hören, sie brüllt, wie er sie nie zuvor hörte. Da kommt der Händler mit der Luna am Halfter, tauglich auch sie, muss sie hinein in den Waggon. Die Besitzer erhalten einen guten Preis für Tiere und Wagen, heißt es auf den Plakaten im Ort, Ungehorsam werde strengstens bestraft. Der Händler wartet lange und letztlich vergeblich auf das Entgelt für seine Stuten.

Abends am Tisch des Händlers herrscht die Pfeifenraucherin den August an: Hör auf zum rean. Der Händler redet von patriotischer Pflicht, darum gebe er nicht nur gern seine Rösser und den Wagen, sondern auch seine Ersparnisse für die Anleihe, die sein Kaiser jetzt brauche. Merontendepot, schluchzt August, was ist das, fragt er, und keiner am Tisch weiß eine Antwort. In dieser Nacht nimmt Nanni den August zu sich, umfasst seine Schultern, er schluchzt, sie wiegt ihn noch ein Mal wie ein Kind und verspricht, bald werde die Stern zurückkommen, der Krieg werde nur wenige Wochen dauern. Am folgenden Tag ist August wieder beim Bahnhof. Der Bürgermeister liest den Brief vor, den der Kaiser *An seine Völker* geschrieben hat: *Die Umtriebe eines haßerfüllten Gegners zwingen Mich, zur Wahrung der Ehre zum Schwerte zu greifen. In dieser ernsten Stunde bin Ich Mir der ganzen Tragweite Meines Entschlusses und Meiner Verantwortung voll bewußt. Ich habe alles geprüft und erwogen. Mit ruhigem Gewissen betrete Ich den Weg, den die Pflicht Mir weist.* Der Kaiser lässt alle seine Pronomina großschreiben. Neben dem Haufen Pferdeäpfel, die noch von den Verlusten des Vortages zeugen, lassen die Leute den Kaiser Hoch leben, Tusch, Hoch, Tusch. Unter den Fahnen geht die Blasmusik über in einen neuen Marsch, den Text hat August schon im Vorjahr in der Schule gelernt: *Das sein die Kaiserjager vom ersten Regiment.* Tusch. Aus einem Waschküchenkessel steigt Kaffeehitze. Girlanden verhübschen die Waggons der Offiziere. Auf dem Bahnsteig schwenken Kinder und Frauen Blumensträuße, Männer wacheln Fahnen, winken hin zum Zug, aus den Fenstern lachen, jubeln und winken Burschen unter hechtgrauen Tschakos zum Bahnsteig. Auch Augusts Lehrer schwenkt den Arm aus dem Zug, an seiner Stelle kommt eine Lehrerin in die Klasse. August geht dann so oft er kann zum Bahnhof, vielleicht ist die Stern schon zurück. Soldaten bewachen die Gleise und nur noch Soldaten dürfen die Züge benutzen. In der Nacht versammeln sich mehr und mehr Leute vor dem Laden des Händlers, sobald er in aller Früh aufsperrt, drängen sie ihn zur Seite und sich hinein. An diesem Tag will die Kundschaft den gesamten Vorrat kaufen. Zwei Tage später ist das Mehl aus, der Zucker ist weg, kein Schmalz, kein Salz, kein Öl mehr im Lager. Noch bekommt der Händler Nachschub, aber zehn Kilo Mehl auf einmal verkauft er niemandem mehr. Er verlangt Hartgeld von der Kundschaft, doch die zieht eine Kundmachung aus der Tasche: Verweigerung des Papiergelds bei Strafe verboten, der k. k. Landespräsident. Der Händler schickt August zum Schmied um Metallgitter für die Tür und die beiden Fenster des Ladens. Schon im ersten Kriegsherbst muss der Händler dem Gemeindevorsteher melden, wie viel Getreide, wie viel Mehl er auf Lager hat. Anfang Dezember werden *alle patriotisch gesinnten* Gemeindebewohner, *auch die Frauen*, zu einer Versammlung gebeten. Gefeiert wird der *66. Jahrestag des Regierungs-Antrittes unseres allergnädigsten Franz Joseph I.* Die Pfeifenraucherin geht in der Früh zur Festpredigt, stimmt ein in die Hymne für *den guten Kaiser Franz, Gott erhalte*, nachdem August eines der Festgedichte vorgetragen hat, geht sie zurück in den Laden, damit der Händler die Festrede des Bezirkshauptmannes nicht verpasst, die den *Zweck dieser Großen Zeit vor Augen führen* wird. Bald verkauft der Händler nur noch gegen Lebensmittelkarten: ein Kilo Zucker pro Monat, knapp vier Kilo Brot für zwei Wochen. Die Zettelwirtschaft nimmt überhand, jedes Korn, jeder Schluck, jedes Stück wird gezählt, gemessen, gewogen, verzeichnet, gemeldet und streng überprüft. Bald darf der Händler die Preise nicht mehr selbst bestimmen, obwohl manche Kundschaft aus der Stadt alles gäbe für ein zusätzliches Kilo Weizen. Die Bezirkshauptmannschaft setzt die Höchstpreise fest. Viele Fremde sind jetzt im Ort. Fremde aus der Stadt auf der Suche nach Essbarem und die Flüchtlinge, aus Galizien und aus der Bukowina kommen sie, alle sind sie Untertanen des einen Kaisers. Die jüdischen Flüchtlingskinder bekommen für ein halbes Jahr ein eigenes Klassenzimmer. Die Lehrerin zeigt Augusts Klasse die Plakate auf dem Marktplatz. Jedes Kind liest stockend einen Satz: *Aufruf zur Abwehr von Anschlägen auf Vorratskammern. Jeder Fremde ist unausgesetzt zu beobachten. Jeder ist verdächtig, wenn er sich an wichtigen Dingen zu schaffen macht. Man will Euch Eurer Ernte berauben! Wer nicht anzeigt, wird bestraft!* Vom Marktplatz geht die Klasse hinaus zu den Wiesen, die Lehrerin pflückt mit den Kindern Brennnessel, Beinwell, Schafgarbe, Sauerklee, Zinnkraut, Spitzwegerich, Kamille, später im Klassenzimmer binden sie die Kräuter in Büscheln an eine Schnur, sobald sie trocken sind, geht das Paket an ein Spital für Soldaten.

Die beiden ältesten Söhne des Händlers fahren mit einem Zug voll künftiger Rekruten nach Salzburg, im Waggon lungern abgestandene Fürze, über den Boden schliert frisch der Speichel. Am folgenden Morgen müssen die Söhne *rein gewaschen und nüchtern* um 8 Uhr in der Getreidegasse, im Gasthof zum Mödlhamer sein. Musterung. Kämen sie nicht, würden sie zwangsweise vorgeführt und gegen sie die Anzeige beim k. k. Landwehrgericht erstattet. Wie potenzielle Remonten werden auch die potenziellen Rekruten gemessen, gewogen, geprüft ob sie schnell oder stark, gedrungen oder kräftig sind, wofür sie sich am besten verwenden lassen. Wie der Tierarzt nach früheren Krankheiten der Stern gefragt hat, müssen die Söhne des Händlers dem Regimentsarzt ihre Vorerkrankungen nennen. *Assentiert* als *tauglich ohne Gebrechen* kehren die beiden Söhne für wenige Tage in das Haus des Händlers zurück, dann begleitet er sie zum Bahnhof. August geht mit, er hält Ausschau nach der Stern, nebenbei verabschiedet er sich vom klugen Hans und dem anderen Halbbruder.

Der Viktualienhändler führt Bücher zum Anschreiben, auch Rechnungs- und Bestellbücher, und in der Stube liegt unter dem Kruzifix die dicke Bibel, die am Weihnachtsabend aufgeschlagen wird. August ist der erste im Haus, der zu seinem zehnten Geburtstag ein eigenes Buch bekommt, Bilder sind drin. Ein Herr aus dem Hofrätesaal hat es dem Viktualienhändler zum Dank für einen Dienst geschenkt. *Prinz Eugen der edle Ritter* heißt das Buch, ein Hugo von Hofmannstahl erzählt darin den Kindern, wie herrlich der Krieg sei, und drinnen sind Bilder über Bilder, von Pferden mit Reitern in Uniformen, die tragen stolz die Standarten, blasen zum Angriff und fechten fürs Vaterland. August ergötzt sich an den Bildern, kann sich nicht losreißen von dem Buch, hütet es als kostbaren Schatz. An Stelle der Brüder muss er nun zweimal am Tag in den Stall zu den Kühen. Er sehnt sich nach dem Geruch der Stern, wenn er sich den Melkschemel greift und den beiden Kühen die Milch aus den Eutern zitzelt. Er wirft Heu in die Futterrinne, führt die Tiere hinaus zum Brunntrog, gabelt den Mist auf die Schubkarre, leert ihn aus auf den Misthaufen, dann geht er zur Schule. An dem Tag, als das Unwetter kommt, rettet er sich mit den Kühen gerade noch in den Stall, bevor die Hagelkörner wie Geschoße in den Garten, die Dächer und auf alles einschlagen. Die Ernte des Jahres ist hin. Das erste der zehn Kriegsgebote, die alle von Nahrungsmitteln handeln und in den Weilern plakatiert sind, befolgen nun alle, ob sie wollen oder nicht: *Iß nicht mehr als nötig. Vermeide überflüssige Zwischenmahlzeiten.* Im Haus des Händlers gibt es noch jeden Tag drei warme Mahlzeiten, der Esstisch ist zu groß geworden, auf fünf Köpfe ist die Familie geschrumpft. August vermisst am Tisch nicht die Brüder, sondern die Nanni, sie ist nun schon lange im Dienst auf einem fremden Hof.

In der Mittagszeit kommt der Händler zum Essen ins Haus. An einem Tag brennt aber in der Küche kein Feuer, der Esstisch ist leer. Niemand weiß, wo die Pfeifenraucherin bleibt. Erst als der Händler zurück im Laden ist, lässt sie sich blicken und kocht Sterz für die Kinder. Am Abend wettert der Händler, warum er kein Mittagessen bekommen habe. Sie zieht an der Pfeife, legt einen Zettel auf den Tisch, streicht ihn glatt und liest vor: *Kriegsanleihe an die Kais. Kön. Gesellschaft vom österreichischen Silbernen Kreuz in Wien I, Bäckerstraße 8, Motto: „Gold gab ich für Eisen“. Empfangsschein: 1 P. Gold. Ohrringe, 2 Fingerringe Gold, 1 Halskette Gold, 1 Armreif Silber.* Sie faltet den Zettel sorgfältig und schiebt ihn in den Ausschnitt ihres Dirndls. Das war mein ganzer Schmuck, sagt sie. Zur Erstkommunion, zur Firmung und zur Hochzeit hab ich ihn bekommen, geblieben ist mir ein Eisenring. Vergangenes Jahr haben wir die große Glocke der Kirche zum Einschmelzen gegeben. Der Hans und der Ferdl dienen an der Front, wie lang hast du schon nichts mehr von ihnen gehört, sind sie überhaupt noch am Isonzo? Drei Kriegsanleihen hast du gezeichnet. Wenn du jetzt deine letzten Ersparnisse für die vierte gibst, kannst du dir in Zukunft dein Essen selber kochen. Damit endet die kurze Rede der Pfeifenraucherin. 5½ Prozent Zinsen, erwidert der Händler, nur im Krieg bekommst du so eine Gelegenheit, die Sicherheit außerdem, die Sicherheit steht an allererster Stelle dieser

Kapitalanlage, und vor allem zeichnen wir Anleihen, weil wir Patrioten sind. Du zeichnest Anleihen, sagt da die Pfeifenraucherin, nicht wir. Hast du nicht gehört, erwidert er, was der Bürgermeister gesagt hat: Vom wirtschaftlichen Durchhalten hängt der Sieg ab. Um wirtschaftlich durchhalten zu können, brauchen wir Geld. Ja, sagt sie, wir müssen durchhalten. Du aber verschenkst mein Gold, das Blut deiner Söhne, dein hart Erspartes, gibst alles für nichts, kein Butterbrot wirst du von deinem Kaiser zurückbekommen, höhnt die Pfeifenraucherin. VaterlandsVerräterin, sagt der Händler und geht aus dem Haus. So viele Worte hat August den Händler und die Raucherin nie zuvor miteinander wechseln hören. Am folgenden Tag löst der Händler sein Einlagenbuch beim Sparverein auf und zeichnet zum letzten Mal eine Anleihe für den Krieg seines Kaisers. Nein sagt er auf einen Wunsch oder einen Vorschlag der Pfeifenraucherin nie, aber er sagt auch nicht Ja, und stets macht er, was er will. Einige Wochen lang isst der Händler im Gasthaus, seine Frau kocht für sich und die Kinder. Nachdem die Nachricht kam, dass Hans gefallen ist, isst der Händler wieder in seinem Haus. Auf dem Feld der Ehre, starb den Heldentod, für Kaiser und Vaterland, in Feuerstellung, buchstabiert August den Partenzettel, geht hinaus in die Wiesen, schaut, ob so ein Feld der Ehre ausschauen könnte, und: War der Hans in einem Feuer? Der Hans wird nie mehr der Kluge sein. Monate später wird August den Händler zum einzigen Mal während ihres gemeinsamen Lebens weinen sehen. Die wenigen Tropfen fallen in den Tagen, als die Lehrerin im Klassenzimmer eine schwarze Schleife um das Bild des alten Kaisers bindet und daneben ein Bild des neuen hängt. Schon vor der

Geburt des Viktualienhändlers war der alte Kaiser in sein Amt gekommen und war 63 Lebensjahre lang der Kaiser des Händlers geblieben, war ihm unsterblich erschienen. Das Bild des neuen Kaisers sieht August auch im nächsten Jahr auf der Feldpost-Briefmarke, im Kuvert steckt die Nachricht vom zweiten toten Heldensohn des Händlers. Wieder: Feld der Ehre. Fällt der Ähre, kritzelt August auf den Umschlag seines Hefts. Er muss helfen zu Hause, jeden Tag helfen, er schleicht sich fort in die Wälder, sitzt am Bach, irgendwo draußen, weit weg, lässt der Kaiser seinen Krieg führen. In den Wiesen sammelt August Kräuter für kranke Pferde, die gesunden hat der Rittmeister mitgenommen. August geht zurück nach Weiler, streift durch die Ställe, stößt mit dem Fuß gegen einen gebrochenen Sattel, die lahmenden alten Gäule schnauben ab, wenn August ihnen das Fell krault. Über die Wege der Weiler ziehen die Leute ihre Bündel auf Handkarren. Ins Haus des Händlers kommen nun regelmäßig Gendarmen und Soldaten, die durchsuchen den Laden, jedes Zimmer, jede Kammer, öffnen sogar die Tür des Aborts hinter dem Stall, steigen auf den Heuboden, durchwühlen das Stroh. Sie suchen verstecktes Getreide. Doch der Händler hat kaum noch das Geld, genügend Ware zu kaufen. Ungarn und die anderen Kronländer liefern ins deutschsprachige Österreich nur noch wenig Getreide, brauchen Ochsen und Schweine für die eigenen Leute. Von Wien aus hetzt der neue Karl sein zerschlissenes Reich weiter durch den Krieg. Bis es zerreißt. November 1918, August ist 13 Jahre alt, sein Vater wirkt greisig, gebeugt, Worte spart er mehr denn je. 65 Jahre lang hat der Händler seinem Kaiser, wie er immer noch sagt, gedient. *Mit ruhigem Gewissen* haben die beiden Kaiser den Tod von Millionen Menschen und Millionen Pferden in Kauf genommen, das denkt der Händler nicht, er vermisst seine ältesten Söhne, ihm fehlen seine Ersparnisse und die Rösser. An eine Republik glaubt er nicht, wie könnte denn so ein Zwergland, zu dem das Reich geschrumpft ist, überleben. Die ersten Soldatentrupps kommen auf dem Rückzug durch Weiler. Soldaten, die für den Wiener Kaiser in den Krieg gezogen waren, sind nun Ungarn, Tschechen, Kroaten, die plündernd durch das Land ziehen, von dessen Vorherrschaft der Krieg sie befreit hat. Im Bahnhof stehen zwei Waggons mit Material für die Front, die es nicht mehr gibt, die Blasmusik ist verstummt. Von den Soldatenschuhen löst sich das Leder in Fetzen, manche Männer humpeln auf Stoffbandagen, das schaut aus wie Verbände. Die Soldaten sind dreckig, stinken. Sie sind erschöpft, zerlumpt und schwerer bewaffnet als die Gendarmen. Die Soldaten stürmen die Waggons, nehmen, was sie tragen können. Dann halten sie auf dem Platz vor dem Bahnhof Markttag: Wäsche, Uniformen, Decken, Wagen, Waffen und sogar Lebensmittel bieten sie an. Die Gendarmen schauen zu. Mit den Soldaten kommen mehr und mehr Pferde zurück, wem sie gehören, weiß niemand. Vier Jahre hat August die Stern nicht gesehen. Er streift um die Zäune und Bäume, wo die Pferde angebunden sind, er geht zu den sumpfigen Weiden, wo die fremden Pferde frei grasen. Er schaut sich jedes Tier an, das ein Soldat zum Kauf anbietet. Der Tierarzt warnt, diese Tiere zu nehmen, sie könnten Krankheiten einschleppen, den Rotz. Kaum jemand hört auf den Tierarzt, Soldaten schlachten Pferde und braten das Fleisch auf den Wiesen, der Händler nimmt zwei der herrenlosen Rösser in seinen Stall. Stern ist nicht dabei.

Am ersten Tag des neuen Jahres hängt die Lehrerin das Kaiserbild ab, Karl heißt auch der neue, sagt sie den Kindern, der ist aber nicht Kaiser, sondern Kanzler in Wien. In seinem letzten Schuljahr muss August nur noch an einem Tag der Woche zur Schule gehen. An den übrigen Tagen hilft er im Laden, im Stall, bei der Heuernte, beim Brotteigkneten, buttert, ist Bursche für alles. An eine Lehre ist nicht zu denken, zwar sind Geldscheine im Haus, doch die verlieren von Stunde zu Stunde an Wert. Im Laden muss der Händler das Notgeld als Zahlung annehmen, Gutscheine mit vier schwarzen Hufeisen bedruckt und mit dem Versprechen des Bürgermeisters, der Gutschein werde in Zahlung genommen und später in gesetzliches Geld eingelöst. Bald wird die Geldlade unter der Kasse zu klein für die Tausender, Zehntausender und immer häufiger Hunderttausender der Kundschaft. Ein Laib Brot, vor dem Krieg ein 46-Heller-Kauf, kostet nun 5.600 Kronen. Der Händler ist pleite, mit seiner Frau lebt er im Streit. Habe sie ihm nicht gesagt, er solle dem Kaiser nicht alles opfern? Und August hört den Händler Tag um Tag erwidern, sie wisse nicht, was Ehre sei. Mehr als die hartbitteren Anfangstage der ersten österreichischen Republik, erregen August zu dieser Zeit die Hengste. Er sieht ihre Glieder prall werden, sieht die Hengste den Stuten nachjagen, aufspringen, die Hengstglieder verschwinden in den Stutenleibern. August sitzt am Rand der Weiden, schaut in alle Richtungen, wenn niemand zu sehen ist, greift er in seine Hose, nimmt das Glied und hilft ihm. Er ist hengstig geworden.

Eines Tages besucht der Taufpate die Familie, von August unbemerkt lehnt er an einer Säule des Stallgewölbes und schaut zu, wie August mit der Kardätsche ein Ross striegelt, mit dem Tier unentwegt leise redet, den Huf säubert. Der Taufpate sagt dem Händler, er nehme August als Rossknecht. Der Händler kann jeden Esser an seinem Tisch entbehren, ob August auf den Hof des Taufpaten gehen wird, ob er dorthin will, das fragt ihn niemand. Es fehlt an allem, August muss danke sagen, dass er am selben Tag auf dem Kutschbock neben dem Taufpaten das Haus seiner Kindheit verlassen darf. Er ist 15 Jahre alt. In seinem Rucksack liegen das Arbeitsgewand, ein paar Schuhe, Unterwäsche, Rasierzeug und Seife, ein Foto von Nanni, eine Zeichnung, die er von der Stern gemacht hat, und das Buch vom edlen Ritter. Das Gespann hält vor einem Vierseithof in erhöhter, freier Lage. Zur Familie des Patenonkels wird August nicht gezählt, sein Bett steht in der Knechtkammer, er isst mit den anderen Mägden und Knechten in der Dienstbotenstube und arbeitet bei den fünf Rössern im Stall. Der Patenonkel ist der Herr, ihm lernt August zu gehorchen, zu dienen und dankbar muss er sein, dass er auf dessen Hof arbeiten darf. Kommt August aus dem Stall, sieht er, ohne den Kopf zu heben, am Horizont die Berge, vom Schuppen auf der anderen Seite des Hofes ist es nicht weit zu den Gleisen, er sieht Züge fahren nach Osten und Westen. August würde es genügen, ab und zu nach Weiler zu fahren oder manchmal die Nanni zu sehen. Er hat Weh, eine Sehnsucht irgendwohin.

August steht an der Futterbank, schiebt Strohbüschel in die schnabelförmige Doppelklinge der Futterschere, die Klingen kappen das Stroh, ein Korb auf dem Boden fängt die Schnipsel auf. Einige Handvoll der Schnipsel mischt August unter das Heu, damit die Pferde länger zu kauen haben. Die Mägde und anderen Knechte nennen ihn Strohschneider August. Mit zwei älteren Knechten teilt er eine Kammer, jeder hat dort sein Bett und eine kleine Truhe. Auf der Truhe des ältesten Knechts steht die Petroleumlampe, er bestimmt, wann das Licht abgedreht wird. Die älteren schnarchen, ihr Schweiß hängt im Raum. August steht noch einmal auf, öffnet das Fenster, dann schläft er schnell ein. Das Fenster bleibt zu, sagt am folgenden Abend der alte Knecht. Bevor August die Pferde um vier in der Früh zum ersten Mal füttert, schöpft er vom Brunnen das Wasser, legt sich das Tragjoch auf die Schultern und bringt jedem Tier einen Holzkübel voll Wasser. Kurz vor dem Frühstück um sechs beugt sich August im Stall über einen Wasserkübel und wäscht sich das Gesicht. Die Dienstbotenstube ist geheizt, auf den Stangen beim Ofen darf August sein Gewand trocknen. Aus einer Schüssel dampft Kaffee, alle löffeln gemeinsam, fischen Brotstücke heraus. Das Muas stellt eine Magd in einer großen Pfanne auf den Tisch, August muss schnell und geschickt werden, damit er nicht mit leerem Magen vom Tisch aufsteht. Die Zeit fürs Frühstück ist kurz, eine Viertelstunde später spannt er schon die Rösser ein. Er fährt mit den Tieren auf ein Feld zum Pflügen, sie holen Holz, Heu oder Hafer, je nach Jahreszeit und Wochentag. Bei der Heuernte hält August den Zügel des Braunen, der vor eine Schloapfn gespannt ist. Ein anderer Knecht lädt das Heu auf das schlittenartige Gefährt, bindet den über zwei Meter hohen Haufen, der wankt, wenn August mit dem Braunen die Last zum nächstgelegenen Stadel zieht und dort beim Abladen hilft. August ist groß und dünn geworden, sein Kinn hat ein Grübchen, das sei fesch, sagt ihm eine Magd, ein zweiter Nabel. August bewegt sich kraftvoll und federnd leicht wie ein Tänzer, seine Schenkel sind flach und zäh geworden, er ist schmal in den Hüften. Was er lernt, das hat er sich von anderen abgeschaut, probiert es dann aus, bis er es kann. Nach vier Stunden Morgenarbeit fährt er zurück in den Stall, spannt aus, tränkt und füttert die Rösser, zwei Stunden dürfen sie ausruhen und fressen. Für die Dienstboten kommen zu Mittag Kraut, Erdäpfel, Knödel auf den Tisch, Fleisch an den Feiertagen. Nachmittags arbeitet August wieder vier Stunden mit den Rössern, dann bringt er sie zurück in den Stall, spannt aus, tränkt, füttert. Zum Abendessen gibt es Suppe, Brot, Milch, an manchen Tagen Krapfen. Danach mistet August den Stall aus, striegelt die Rösser, raut das Fell auf, massiert, pflegt an einem Tag der Woche die Hufe. Die Arbeitstage sind so lang, dass er sein Buch vom edlen Ritter nicht einmal aufschlägt. Sonntags muss er erst um fünf Uhr aufstehen, bis zum Hochamt um acht in der Früh verfliegt die Zeit, eine Stunde ist er zu Fuß zur Kirche unterwegs. Keiner ist mehr Untertan und alle sagen weiterhin Ja und Amen zu den Worten des Pfarrers. Nach dem *Ite, missa est* darf August die Kirche verlassen und im Geschäft vorbeischauen, am Sonntagvormittag nach der Kirche ist dort Hochbetrieb. Manchmal darf er am Sonntag im Haus des Händlers mittagessen. Zurück auf den Hof muss er, bevor in den Gasthäusern die Raufereien beginnen, das Sonntagsvergnügen. Der Händler und die Raucherin besuchen nie den Hof des Patenonkels.

In der hellen Jahreszeit sitzt August abends nach der Stallarbeit am Waldrand, schaut hinüber zu den hohen Bergen im Westen. Er sitzt am Waldrand lieber allein als mit den anderen Knechten. Die Mägde schaut er gerne an, sie setzen sich aber nicht zu ihm. Soll das sein ganzes

Leben sein, wird er dienen und dienen, bis er alt sein wird, nicht mehr arbeiten kann und bei anderen um Hilfe betteln muss? Er geht nie ins Wirtshaus, spart, was er kann. Soll er sein ganzes Leben lang kein eigenes Zimmer haben, auch das Bett mit der strohgefüllten Matratze gehört ihm nicht. Ein eigenes Zimmer, eine eigene Wohnung gar, unerreichbar sind solche Wünsche für einen wie ihn. Er ist jung, die Zeiten sind für alle schlecht und er muss froh sein, überhaupt Arbeit und einen Schlafplatz zu haben. Außerdem ist er jeden Tag mit den Rössern beisammen, die sind ihm näher als die Menschen auf dem Hof. Die Bettler, die beim Hof um Suppe, Brot und manchmal um eine Übernachtung im Stall bitten, haben nicht einmal ein geborgtes Bett.

Im Herbst stellt der Bauer junge Rösser ein, über den Winter lernen sie von August und älteren Tieren einen Wagen zu ziehen, erst Leichtes, dann das Schwere. Den August hört man nicht mit der Peitsche knallen. Traumwandlerisch weiß er, was die Pferde brauchen, wie viele Pausen, wie viel Geduld, welche Geschwindigkeit, wie wenig Druck. Dem August vertrauen die Rösser und tun für ihn, was sie anderen verweigern. Nach einem Jahr haben sich die jungen Tiere an die Arbeit gewöhnt. Ihr Lohn ist ein Platz im Stall, Futter und Wasser. August bekommt täglich das Essen, Getränke, seinen Platz in der Schlafkammer, zu Nikolo Äpfel und Nüsse. Im Herbst seines ersten Jahres auf dem Hof bittet ihn der Patenonkel, im folgenden Jahr weiter als Rossknecht zu bleiben und drückt ihm zehn Kronen Angeld in die Hand. August ist stolz, dass der Patenonkel ihn bittet, zu bleiben, und als er August fragt, welchen Lohn der möchte, nennt August keine Zahl, sondern erwidert, was du halt gern gibst.

In den dunklen Monaten setzt August sich nach der Stallarbeit zu den anderen in die Dienstbotenstube. An dem Esstisch haben alle ihre bestimmten Plätze. Eine Magd erzählt gerne Geistergeschichten, August hört zu, spricht wenig. Manchmal kommt Besuch von einem Hof in der Nachbarschaft, sie spielen Grünober und er macht mit. Manchmal singen sie, jemand spielt die Geige, ein andrer die Ziehharmonika. Zu Allerheiligen kommen ein Schuhmacher, ein Schneider und einige Näherinnen auf den Hof, sie bleiben ein paar Wochen, August bekommt neues Gewand und ein Paar Schuhe. Zu Weihnachten geben die Bauersleute jedem Dienstboten ein kleines Geschenk. Der Lohn wird jetzt jeden Monat gezahlt, denn niemand weiß, was man im nächsten Monat für zehn Kronen noch kaufen kann. In Augusts fünftem Knechtjahr bekommt er für 10.000 Kronen einen Schilling. Was er gespart hat, ist nichts mehr wert. August beginnt von Neuem zu sparen, einmal, wenn er alt ist zumindest, will er ein eigenes Zimmer haben. Einen freien Tag, einen Tag, der ihm allein gehört, hat er nicht. Wie der Händler keinen Urlaub kennt, kennt ihn auch August nach sieben Jahren Arbeit auf dem Hof nicht. Die Tiere brauchen täglich Futter. Inzwischen ist er der Knecht, der am längsten auf dem Hof des Patenonkels dient, alle anderen Dienstleute haben die Arbeitsstelle längst gewechselt. Mit 15 Jahren war August Knecht geworden, sieben Jahre lang blieb er Knecht. 1927 sattelt er um.

Rote Punkte

Niemand hatte hinter dem Mädchen die Sattelkammer betreten. Allein steht sie in dem ledrigen Raum. Nur der Kindersattel knarrt, als sie ihn vom Wandhaken nimmt und zur Box eines Zwerg-Ponys trägt, kaum höher ist es als ein Bernhardiner, auf ihm wird ein Vierjähriger seine ersten Reiterfahrungen machen. Das Pony beschnuppert das Mädchen und lässt sich geduldig satteln. Sie führt das Tier in die Halle, hilft dem Buben in den Sattel und verabschiedet sich mit einem kurzen Winken von der Reitlehrerin. Die fragt, wann das Mädchen wiederkommen werde. Sie zieht die Schultern nach oben, wendet mit ausgebreiteten Armen die Handflächen zum Himmel und geht.

Sie nimmt den Bus zum Bismarckplatz. Als sie aussteigt, hört sie Rufe, sie kommen aus der Hauptstraße, ungewöhnliche Rufe. Sie versäumt Straßenbahn um Straßenbahn und geht in die Richtung der Rufe. HoHo, hallendes HoHoHo, dann versteht sie etwas wie HoHoHotschiding. Sie steht nun an der Mündung der Hauptstraße in den Platz. Aus der Hauptstraße kommen junge Leute im Laufschritt, ArminArm laufen sie, um die stehen gebliebenen Straßenbahnen herum laufen sie einzeln, nach der Umrundung des Hindernisses schließen sie sich wieder eng zusammen. In der ersten Reihe läuft auch eine junge Frau, eingehakt in die Arme der jungen Männer neben ihr. In manchen Reihen schweben Buchstaben auf einem großen Tuch, zwei Stangen spannen es, zwei Leute tragen links und rechts. Im Laufen verheddert sich der Stoff, das Mädchen kann nur einzelne Buchstaben entziffern, I m p e r i a, keinen Sinn. Dieses Wort hat sie schon einmal auf einer Hausmauer gesehen und weiß nicht, was es bedeutet, es muss mit einem Reich zu tun haben, wie das Imperium Romanum, von dem der Lateinlehrer spricht. Über einer Menschenreihe schwanken an langen Stangen zwei Pappschilder, darauf die Porträts eines Mannes und einer Frau. Der Mann schaut aus wie ein Opa aus Asien mit einem schmalen weißen Spitzbart. Die dunklen Augen der Frau auf dem Foto sind traurig und die altmodische Frisur erinnert das Mädchen an ihre Blutsverwandte. Längst müsste das Mädchen zurückgefahren sein ins Kirschbaumhaus. Doch da kommt einer mit einem Pappschild gelaufen, *Geschichte ist machbar*, liest das Mädchen, glaubt zu verstehen und das Kirschbaumhaus ist vergessen. Als ihr dieser Satz später noch einmal einfällt, verschwurbeln ihre Gedanken, wer macht sie, die Geschichte? Im Dorf hatte sie bei einem Fest junge Leute gesehen, die sich Arm in Arm bewegten. Sie tanzten im Kreis. Hier auf der Straße formen die Ineinandergehakten keine Kreise, sie gehen in Reihen, rasch gehen sie, werden schneller, laufen, dann wieder verlangsamen sie ihre Schritte. Das Mädchen entdeckt keinen Dirigenten dieses Gehens und Laufens. Am Beginn des Zuges geht ein Mann mit einem Trichter vor dem Mund. Er ruft trichterverstärkt vor, was die Laufenden nachrufen: Hohohodschiding, vielleicht ist er der Dirigent. Das Mädchen steht am Rand des Menschenzuges. Ein Zaungast, den niemand bemerkt. Doch, jetzt drückt ihr jemand ein eng betipptes Blatt in die Hand: *USA raus aus Vietnam!* heißt die Überschrift. Das Mädchen kennt diese A4-Blätter, seit sie in die Schule am Neckar geht. Sie heißen Flugblätter, kleine Einblatt-Zeitungen von Leuten, die kein Geld haben, eine richtige Zeitung drucken zu lassen. Auf dem Weg in die Schule streckt ihr oft jemand so ein Blatt entgegen, und sie nimmt es neugierig und liest. Von US-Imperialismus reden die Blätter, von reaktionären Klassen, Interventionen, Militarismus, Machtergreifung der Bourgeoisie. In den Blättern kommen keine Mädchen vor, es gibt ausschließlich Schüler, Studenten und Arbeiter. Das Mädchen fragt sich nicht, ob sie mitgemeint ist, wenn von Schülern die Rede ist, sie hält das für selbstverständlich, aber sie versteht den Inhalt der Blätter meistens nicht. Ist nur ihre Klasse eine reaktionäre oder auch die Parallelklasse? Und was ist von der Oberstufe zu halten? Was ist die Dritte Welt? Wo liegt Saigon? Und wie heißt die Welt, in der das Mädchen lebt? Obwohl oder weil sie nichts versteht, lässt sie kaum eine Gelegenheit aus, an ein neues Flugblatt zu kommen. Sie hat schon einen Stapel gesammelt und hütet die Blätter, als enthielten sie eine kostbare geheime Botschaft, die sie entschlüsseln wird, wenn sie mehr über die verschiedenen Welten gelernt haben wird. Das gelbliche Papier ist aufgeraut, ähnelt Löschblättern. Tippfehler werden übertippt oder es sind noch die Spuren der Tipp-Ex-Überlackung zu sehen. Oft ist von *Go-In*, *Sit-In* oder *Teach-In* die Rede. Wie die amerikanischen Soldaten in der Stadt, nehmen sich die Herausgeber der Flugblätter selten die Zeit, ihre Namen ungekürzt zu nennen: SDS, AStA HD liest das Mädchen und hält sich für dumm, weil sie die Kürzel nicht versteht. Nur den USB kennt sie von der Neckarschule, das ist der *Unabhängige Schüler Bund*. Unabhängig von wem? Wenn dieser Bund unabhängig ist, sind dann all die anderen Abgekürzten abhängig und von wem? Geheimnisvoll sind die Abkürzungen. Eine Erleichterung ist die Abkürzung. Kein Umweg ist die Abkürzung. Ein Machtbeweis ist die Abkürzung. Quatsch, denkt das Mädchen, kinderfeindlich sind die Abkürzungen. Die Amerikaner werfen seit ein paar Jahren Bomben auf Vietnam, liest sie, versteht und stimmt nickend zu, dass dieser Krieg aufhören müsse.

The intensification of the Vietnam war created more than one million jobs in the United States in the last two years [...]. The sharp rise in employment because of the military build-up amounted to some 23 per cent of the total increase of more than four million jobs in the United States economy since 1965.

New York Times, 14.9.1967

Die Laufenden schlagen nun die Richtung ein, die auch das Mädchen längst hätte einschlagen sollen, und sie geht nah an den Hausmauern hinter den Laufenden her. In der Sophienstraße hält der Zug und das gemeinsame Rufen wird lauter, auf dem Balkon eines Hauses sieht das Mädchen einige Leute mit einem Transparent, auf dem der gleiche Text steht wie auf ihrem Flugblatt: *USA raus aus Vietnam!* Die Rufzeichen dürfen in keinem Flugblatt fehlen.

Neben sich nimmt das Mädchen einen Buben wahr. Sie hat ihn nicht kommen sehen. Er steht unerwartet da. Er könnte in ihrem Alter sein und er hat, wie sie, die Gestalt eines Kindes. Dem Mädchen, gebannt von den Rufen HoChiMinh und MaoTseTung, fällt der Bub auf, weil er in die kurzen Pausen der Sprechchöre MAOAM schreit, und wieder: MAOAM. Ein Ordner des Demonstrationszuges dreht sich plötzlich um, macht den Rufer ausfindig, starrt ihn an, dem in der folgenden Kurzpause wieder ein MAOAM entfährt. Der Ordner schreit ihm zu: Untersteh dich! Und der Bub schreit ihm nun lauter sein süßes Kampfwort entgegen: MAOAM. Da verlagert der Ordner sein Gewicht auf den dem Buben zugewandten Fuß und alles ist nun ein Geschehen von Augenblicken. Mit einem Satz ist der Ordner, ein junger Mann, bei dem Buben und knallt seine flache Hand auf dessen Wange. Das Mädchen bekommt Angst und springt einen Schritt zurück. Untersteh dich! ruft der Ordner, untersteh dich, den Vorsitzenden Mao, Schöpfer der chinesischen Kulturrevolution, zu verspotten. Der Ordner hat wie die meisten Demonstranten sein chinesisches Wissen womöglich aus dem *Kursbuch*. Das hatte schon im Jahr zuvor berichtet, wie der Vorsitzende Mao Tse Dong sich bei Wuhan den Yangtse-Fluß hinabtreiben ließ und die chinesische Kulturrevolution ausrief. Viel Ruhmreiches hatte die Kulturzeitschrift über die gelbe Revolution zu berichten gewusst. Von den politischen Gefangenen, den Umerziehungslagern, von den aus revolutionären Gründen Ermordeten wird erst Jahre später die Rede sein. Dem Buben sinkt der Kopf. Gerade noch hatten ihn die ArminArmLaufenden begeistert, das Fahnenschwenken, das Fußgetrampel und die Sprechchöre. Nun brennt seine Wange und seine Wut löst in ihm ein Wort: Gotteslob.

Die Vertikale der Mittel-T des Gotteswortes hatte er als überlange Parallelen in die Höhe und den Balken der T horizontal über das ganze Wort verlängert. In dieser charakteristischen Typografie, die er zuvor nur für seinen eigenen Namen angewendet hatte, hatte der Bub später in der Kirche den Titel Gotteslob einiger

Gesangbücher mit Filzstift überschrieben und in den lustigen Titel Gottistot verwandelt. Die Querstriche der vier T hatte er in einen Balken zusammengeführt. Als der Blutsverwandte diese T sah, wusste er, dass die Schändung des Höchsten und dessen Gesangbuchs aus seiner Familie kam. Den Buben hatte er geschüttelt, geohrfeigt und seine Strafpredigt mit den Worten begonnen: Untersteh dich! Der Bub sah jetzt den Ordner des Demonstrationszuges an, der ihm noch einmal mit der Faust drohte, der Bub wandte sich um und ging davon. Gesindel, schrie ihm der Ordner nach. Die Begeisterung des Buben für das ArminArmLaufen, für das Fahnenschwenken und die Rufchöre kam nicht zurück. In der Schule am Neckar sah das Mädchen den Buben wieder, er ging in ihre Parallelklasse und hieß Gottfried. Erst lange Zeit nach dieser Demonstration erzählte er ihr die Geschichte vom Gotteslob. Das Wort, so glaubte er, habe ihn unentrinnbar angezogen, weil er das Gotteswort auch im eigenen Namen hatte, dem Namen, der ihm peinlich war, später nannte er sich Frido. In der Schulzeit sprachen sie aber darüber nicht, weil ein Kind von der Not des anderen nicht weiß und ein Kind mit dem anderen über die eigene Not nicht spricht. Nur zufällig fällt manchmal ein Halbsatz oder ein Wort, aus dem sich ein Geschlagenwerden, eine Erkrankung, der Hausarrest, eine saufende Mutter usw. erschließen ließe. Manchen bleibt das Nichtwissen von der Not des anderen ein Leben lang.

Als das Mädchen an dem Tag der HoHoHo-Rufe erst nach Einbruch der Dunkelheit in das Haus hinter dem Kirschbaum zurückkehrt, gibt es Ärger, weil sie viel zu spät kommt. Was sie auf der Hauptstraße und in der Sophienstraße sah, hat sie, trotz der Ohrfeige, beschwingt, als hätte sich etwas in ihr gelöst, und sie fragt beim Abendessen, was das eigentlich sei: Politik? Von zwei Seiten nehmen scharfe Blicke sie in eine Zange, und da kommt der in die Zukunft weisende Befehl: Das ist das, wovon du gefälligst die Finger lassen wirst.

Vielleicht ist es das *gefälligst* in dem Befehl, das den Widerspruchsgeist des Mädchens weckt und sie warnt. Im Kirschbaumhaus hält man sich fern von den Dingen der Welt. Kein Wort darf hier fallen von den Sprechchören, die sie gehört, kein Wort von den Transparenten, die sie gesehen hat, kein Wort auch von den Leuten auf dem Balkon des Amerika-Hauses. Die Schulmilch sei an diesem Tag zu kalt gewesen, sagt sie nun, als hätte sie zuvor keine Frage gestellt, der Hausmeister in der Schule sei wieder einmal wütend gewesen, weil irgendwer ganze Klopapierrollen in die Muscheln geworfen und damit die Klos verstopft habe. Sie wird im Kirschbaumhaus weiterhin kindlich Harmloses erzählen, das niemanden beunruhigt. Kindsein ist eine taugliche Tarnung, die sie nicht ablegen darf. Sie wird so tun, als interessiere sie die Unruhe in der Stadt nicht. Ihre Gedanken wird sie für sich behalten. Was Politik ist und was der US-Imperialismus und wie denn Geschichte machbar sei, das wird sie eine der Bibliothekarinnen in der Stadtbücherei fragen.

Vor dem Einschlafen klingen die Rufe der Straße in ihr nach und sie sieht vor ihren geschlossenen Augen noch einmal die jungen Leute, die nah beieinander, ArminArm gehakt durch die Straßen gehen, schneller werden, laufen und an langen Stangen rote Tücher schwenken. Wer ist wohl dieser Onkel Ho, dessen Name sich so schön rufen lässt? Und warum hat der Mann den Buben neben ihr geohrfeigt?

Am folgenden Tag steckt sie ihre Flugblattsammlung in einen Plastiksack und bringt ihn aufs Nachbargrundstück in ihr Baumhaus. Das Flugblatt vom Vortag nimmt sie noch einmal zur Hand und vergleicht die Abkürzungen mit den Unterschriften auf anderen Flugblättern, auf denen die Verfasser ihre Namen ausgeschrieben haben. AStA HD ist der *Allgemeine Studentenausschuß Heidelberg*. SDS sind auch Studenten, aber sozialistische, was immer das bedeutet. Das Mädchen vermutet dahinter das andere, das, was bei den Lehrern nicht ist und das, was auch im Kirschbaumhaus nicht ist. Wer Abkürzungen hat, hat ein Geheimnis, denkt sie, sie könnte sich selbst auch Abkürzungen verschaffen und beginnt auf die leere Rückseite eines Flugblatts zu schreiben: Ich wohne im KBH mit meinen BVW. Für die Blutsverwandten würde als Abkürzung BV genügen, aber BVW schien ihr deutlicher zu machen, dass es sich um mehr als eine Person handelt. Und sie lacht, als ihr einfällt, dass die BVW in einem VW fahren.

Töchterchen, dein Geschäft sind nicht die Werke des Krieges.

Ilias, 5. Gesang

In der Schule heißt es an einem der folgenden Tage, es werden Schülerlotsen gebraucht. Das Mädchen meldet sich freiwillig. Mit den anderen Freiwilligen bekommt sie von einem Polizisten Einschulung, weißen Mantel und einen Stab, den der Polizist Signalkelle nennt, grün in weißem Kreis auf einer Seite, rot in weißem Kreis auf der anderen. Im Schulhaus ist es morgens still, wenn sie zu der Kammer geht, in der die Lotsenmäntel hängen. Nur der Hausmeister ist zu dieser Zeit schon da, ein missmutiger, Gaul genannter Mensch mit einem steifen Arm, der sie nach einigen Wochen grüßt, wenn er sie sieht. Als Schülerlotsin darf sie das Kirschbaumhaus morgens früher verlassen und mittags kann sie einen Grund angeben für verspätetes Kommen.

An den Vormittagen lässt sie die meisten Unterrichtsstunden über sich ergehen, hört oft nicht zu, schreckt auf, wenn eine Lehrerin sie beim Namen ruft und verärgert eine Frage wiederholt, die das Mädchen nicht einmal gehört hat. Nachts hat sie von der Mathematikstunde geträumt, die Kreide brach ihr bei jeder Zahl ab, die sie an die Tafel schreiben sollte, deshalb hießen sie Bruchzahlen, Mathematik, ein Fersensporn. Die Deutschlehrerin und der Zeichenlehrer wenden sich an die Kinder mit einem freundlichen und höflichen Ernst, als sprächen sie zu Erwachsenen. Diese Lehrerin und dieser Lehrer erinnern sie an ihren Pestalozzi. Der Zeichenlehrer schneidet mit ihnen Formen aus weißem und schwarzem Tonpapier, sie kleben, überkleben, Weiß und Schwarz verändern sich durch die neuen Nachbarschaften. Manchmal entstehen Fische aus dem Weiß und dem Schwarz, manchmal Menschen. Der Lehrer lässt alles gelten, was das Mädchen herstellt, und gibt einen Tipp, wenn sie nicht weiterweiß. Am häufigsten machen die Kinder aus dem Papier Bauwerke. Das Schwarz könne für Holz stehen, das Weiß für Lehm oder Mauerwerk, sagt der Lehrer und zeigt ihnen Zeichnungen und Fotos von schwarz-weißen Fachwerkhäusern. Solche Häuser kennt das Mädchen aus ihrem Dorf und sie erzählt in der Zeichenstunde von ihnen. Da sagt der Lehrer, sie könnten gemeinsam in einen Ort fahren, wo noch viele solcher Häuser stehen. Das Mädchen ist begeistert. Am Ende des Schuljahres fährt sie mit ihrer Klasse nach Rothenburg ob der Tauber, ihre erste Reise ohne BVW. Sie kommt mit Dagmar ins Gespräch, einer Mitschülerin, die während des Schuljahres oft gefehlt hatte. Dagmars Augen und Locken sind schwarz, das Mädchen bemerkt nicht, dass eines der Augen aus Glas ist, und Dagmar erzählt nicht, wie oft ihr ursprüngliches Auge, das sehen konnte, in dem ersten Schuljahr operiert wurde. Im Herbst nach der Reise besucht das Mädchen Dagmar manchmal. Gemeinsam betrachten sie die Frösche, Leguane und Geckos in Dagmars Terrarium. Sie nimmt einen Leguan heraus und will ihn dem Mädchen auf den Arm setzen. Die schreit kurz auf und schüttelt sich, Dagmar lacht.

In ihrem zweiten Jahr in der Kurfürstenschule erreicht das Mädchen an einem Morgen, an dem sie keinen Lotsendienst hat, die Straßenecke, von der sie den Treppenaufgang zur Schule sieht. Auf den Stufen und dem Treppenabsatz stehen dicht gedrängt Kinder, Jugendliche und einige Erwachsene, eine unruhige Stockung, niemand geht hinein, niemand kommt heraus. Das Schultor ist verschlossen. Polizeiautos parken in der Nähe. *Weg mit dem autoritären Leistungsprinzip* ist mit heller Farbe auf ein Tor gepinselt, *Meinungsfreiheit* steht auf einer Mauer und: *Nutzt die Wände*. Auf der Straße nähern sich junge Leute mit Spruchbändern, das Mädchen liest: *SDS raus!* und: *Wir brauchen keine Kindermädchen*. Der SDS, das hat sich das Mädchen im Baumhaus beigebracht, ist der *Sozialistische Deutsche Studentenbund*. Mit ihrer Schule hat der nichts zu tun. Woraus soll er raus und wer sind die Kindermädchen? Seitlich der Spruchbänder gehen Polizisten. Dann sagt jemand: Die Tür, die Glastür zum Hof ist eingeschlagen. Das Glas der Tür zum Pausenhof ist dick und mittig verstärkt mit einem Metallnetz. Später wird das Mädchen die Glasblöckchen, gehalten vom Metall, auf dem Boden liegen sehen, hundertfach zerteilt aber nicht gesplittert wie gewöhnliches Glas. Eingeschlagen haben sie die Tür, sagt jemand. Sie? Die Großen, sagt der Vorige. Meint er Schüler der Oberstufe? Wie verlief dieser Schultag? Hat das Mädchen die Schule überhaupt betreten oder wurde sie nach Hause geschickt? Die zerborstene Glastür muss sie gesehen haben, denn das Bild dieser Glasbruchstücke blieb in ihr. Eine Zeitung behauptet am folgenden Tag, es habe an der Schule ein *nächtlicher Sturmangriff* stattgefunden. Die Nacht war aber windstill gewesen.

Bald darauf müssen alle Klassen zu einer Versammlung kommen. Der Direktor spricht von der zerborstenen Tür, von beschmierten Wänden, von schulfremden Kräften und vom Schulsprecher. Der habe die Schulordnung bewusst missachtet und verletzt. Er habe die Mitschüler zu Ungehorsam und Widersetzlichkeiten aufgereizt. Er habe sich an einem Flugblattkrieg beteiligt, der den Schuldirektor öffentlich angegriffen habe. Der Schulsprecher hätte beleidigende Schmierereien psychologisch vorbereitet, sagte der Direktor. Das Mädchen sieht Blätter in Fliegerform auf die Schule herabsegeln und fragt sich, wie man Schmierereien psychologisch vorbereitet. Den Schulsprecher hat sie manchmal gesehen, seine kinnlangen dunklen Haare haben sie beeindruckt. Einmal sah sie ihn einen Zettel an das Schwarze Brett heften, den der Gaul später mit seiner gesunden Hand abriss. Ein anderes Mal hatte der Schulsprecher ihr persönlich ein Flugblatt in die Hand gegeben. Das Mädchen hatte daraus verstanden, die Schüler der Oberstufe wollten ein Schwarzes Brett.

Kein Lehrer und auch nicht der Direktor dürfe die Texte auf dem Schwarzen Brett verändern. Die Oberstufe wollte außerdem für sich ein Raucherzimmer in der Schule. In dem Flugblatt stand auch etwas über den Englisch- und Sportlehrer, der wäre bei einem SD einer SS gewesen. Auch in diesem Flugblatt verstand das Mädchen vieles nicht, aber sie hütete das Blatt, als hätte sie selbst daran mitgeschrieben. Der Schulsprecher schrieb und sagte, was er dachte. Er wehrte sich. Nicht nur für sich selbst stritt er mit dem Direktor, sondern auch für sie, auch wenn er sie gar nicht kannte. Sie glaubte, er sei ihr Unterstützer, auf ihn könne sie sich verlassen. Sie vertraute ihm und war auf seiner Seite, obgleich sie nie ein Wort mit ihm gewechselt hatte. Der Direktor sagt jetzt, er würde gemeinsam mit dem Englisch- und Sportlehrer den Schulsprecher und einige andere Schüler verhören. Verhören, als wäre der Schüler nicht ihr Sprecher, sondern ein Verbrecher.

Im Kirschbaumhaus heißt es in diesen Tagen: Wenn das dort so weitergeht, wirst du die Schule wechseln. Diese Drohung wird erst zurückgenommen, als dem Schulsprecher, der Mädchensprecherin und zwei weiteren Schülern verboten wird, das Abitur an der Neckarschule abzulegen, und sie von der Schule ausgeschlossen werden. Die Eltern der Ausgeschlossenen gehen dagegen vor Gericht und verlieren, obwohl den Schülern nichts nachgewiesen werden kann. Das Gericht sagt, für die Kurfürstenschule gelte die Schulordnung aus dem Jahr 1904, darin sei keine Erziehung zur Demokratie und Kritikfähigkeit vorgesehen, sondern die Schüler seien der Schule Gehorsam schuldig. Die Richter des Gerichtes, heißt es in einem Flugblatt zu dem Urteil, seien alle Mitglieder des *NS-Rechtswahrerbundes* gewesen. Was das bedeute? fragt das Mädchen im KBH. Sie hätte sich die Frage verkneifen sollen, denn sie weiß ja, solche Fragen werden im Kirschbaumhaus nicht beantwortet. Der BVW nimmt ihr das Flugblatt aus der Hand, hebt es hoch, zerreißt es in die Hälfte, viertelt es, achtelt es, und reißt es schließlich in viele kleine Fetzen. Das Mädchen fischt die Fetzen später aus dem Papierkorb, trägt sie ins Baumhaus und fügt das Puzzle zusammen. Bei ihrem nächsten Besuch in der Stadtbücherei erfährt sie, in dem Rechtswahrerbund hatten sich nationalsozialistische Juristen zusammengeschlossen, darunter kann sie sich wenig vorstellen.

Die zerborstene Glastür, die Worte an den Wänden und in den Flugblättern, die wachsende Unruhe in der Schule und in der Stadt erhellen dem Mädchen die Neckarschule. Der Reifen, den sie im ersten Jahr zu ihrem Schutz um sich gelegt hatte, sobald sie das Schulhaus betrat, verliert an Luft, sie braucht ihn nicht mehr, dieser Schule fühlt sie sich mehr und mehr zugehörig. Hier ist ihr Platz. Die Schülerinnen und Schüler, die für ihr Schwarzes Brett streiten, bemerken das Mädchen nicht. Fünf, sechs Jahre trennen sie voneinander. Auch die Leute, die auf den Straßen miteinander laufen und rufen, sind kein Jahrzehnt älter als das Mädchen. Sie müssen aber nicht vor Einbruch der Dunkelheit zu Hause sein, beim Verlassen ihrer Wohnung müssen sie nicht mitteilen, wohin und mit wem sie gehen, sie müssen nicht bitten um ein Stück Schokolade, sie kaufen es sich. Ihnen kann niemand mehr etwas vorschreiben, sie sind sehr jung, aber erwachsen. Das Mädchen möchte mit den Laufenden laufen, mit ihnen rufen, mit ihnen Transparente tragen, sie möchte eine von ihnen sein. Doch diese Laufenden sind für das Mädchen unerreichbar. Die wenigen Jahre, die das Mädchen von den Laufenden trennen, sind unüberbrückbar, erst in den späten Lebensjahren wird dieser Abstand verwischen, nachdem die Laufenden und das Mädchen längst unterschiedliche Leben geführt haben werden. Die Laufenden sind die andere Generation. Zu ihr kann das Mädchen nicht gehören. Nur zu ihrer Schule gehört sie. Nicht zu den Lehrern, dem Hausmeister und dem Direktor, sondern zu den Schülern und den Schülerinnen gehört sie. Sie vertraut nur dem Zeichenlehrer und der Deutschlehrerin. Die liest mit ihnen einen Text, der das Mädchen beunruhigt. Er heißt *Der Jasager und Der Neinsager* und stammt von einem Bertolt Brecht. Die Idee des Textes käme aus Japan und die eigentliche Autorin sei eine Frau, sagt die Lehrerin. Das Mädchen bleibt lange unentschieden, ob sie sich auf die Seite der Ja- oder der Neinsager stellen soll, und die Lehrerin sagt nicht, welche Seite die richtige wäre. Diese Unentschiedenheit beunruhigt das Mädchen. Eines Tages bringt die Lehrerin ein Tonbandgerät in die Klasse. Die Kinder lesen den Text mit verteilten Rollen, und als die Lehrerin das Gerät einschaltet, beginnen sich auf dem Gerät zwei Spulen zu drehen, eine zieht ein durchscheinendes braunes Band von der anderen Spule und wickelt es sich auf. Als die Kinder zu Ende gelesen haben, wird dieses Band zurückgespult, das Gerät aus- und wieder eingeschaltet, und dann sind ihre Stimmen zu hören. Ihre eigene Stimme ist dem Mädchen unangenehm und fremd wie keine der anderen Stimmen. Manchmal kommt nun auch der Musiklehrer in die Deutschstunde, mit ihm sprechen die Kinder einzelne Stellen des Textes im Chor. Sie werden gemeinsam ein Hörspiel machen, sagt die Lehrerin. Als das Hörspiel nach vielen Wochen fertig ist und die Klasse es gemeinsam mit der Lehrerin anhört, hat sich das Mädchen entschieden: Sie will eine werden, die nicht B sagt, nur weil sie einmal A gesagt hat. Eine Neinsagerin will sie werden.

Als im Kirschbaumhaus die Idee aufkommt, das Mädchen solle Klavierspielen lernen und der Musiklehrer eine Lehrerin empfiehlt, wundert sich das Mädchen, dass nicht fürs Reiten, wohl aber fürs Klavierspielen Geld da ist und sagt Ja, weil ihr der Klavierunterricht einen Nachmittag in der Woche fern des Kirschbaumhauses ermöglicht. Die Empfehlung des Lehrers genügt, damit das Mädchen allein zur ersten Klavierstunde fahren darf. Eine kleine junge Frau öffnet die Tür. Sie trägt einen Rock, der die Hüfte knapp umspielt, eine bunt geringelte Strumpfhose bedeckt die Beine. Das Mädchen stutzt, sie hatte eine ältere Dame erwartet und fragt, ob hier eine Klavierlehrerin wohne. Das bin ich, sagt die junge Frau mit breitem Mund lachend und: Du kannst mich Ida nennen. Das Mädchen sieht sie erstaunt an. Als sie aus dem Vorraum in ein Zimmer treten, gibt das Mädchen zuerst keine Antwort, als Ida fragt, ob das Mädchen gern singe. Das Zimmer ist viel höher als irgendein Zimmer im Kirschbaumhaus. Die Fenster öffnen sich in einer Erkerwand vom Boden bis zur Decke nach drei Seiten, Holzsprossen gliedern die Fenster in unterschiedlich große Rechtecke, Quadrate und Bögen. Draußen neigt sich der giraffige Ast einer Platane in Richtung des Erkers. An zwei Wänden stehen Regale, vom Boden bis zur Decke mit Büchern gefüllt. Die Möbel sind zusammengewürfelt wie aus einem Trödelladen, Pölster und Decken liegen herum, blau, grün oder beerig bunt, die hellen Vorhänge sehen aus, als seien sie selbst gehäkelt, und an jeder nur möglichen Stelle des Raumes wuchern Pflanzen. An den Wänden, die frei von Büchern sind, hängen dicht an dicht Aquarelle, darauf sieht sie Bäume mit luftballongroßen Kirschen. Durch viele Bilder geht eine junge Frau in einem knöchellangen lila Rock, mit kürbisgelbem Hut, der lila Federschmuck wippt ihr in die Stirn. Das Mädchen sieht Blumen um einen Teich stehen, Katzen auf Sofas und Klavieren, einen grünen Drachen mit gelber Krone auf einem hohen Turm, Kinder, die weinen und Kinder, die tanzend Räder schlagen. Die Bilder sind wie Geschichten, die sich das Mädchen weitererzählen möchte. In der Mitte des Raumes steht der Stutzflügel. Das Mädchen würde sich gern zu den beiden Katzen in den orange-rosa Ohrensessel setzen, der wie ein Pfaffenhütchen im Spätsommer aus dem hellen Erker leuchtet. Das Mädchen kommt aus einem beigen Haus. In diesem Klavierzimmer möchte sie wohnen. Ida fragt noch einmal, ob das Mädchen singen wolle, und sie antwortet nun, dass es im Kirschbaumhaus heiße, sie solle nicht singen, weil ihre Stimme grässlich klinge und sie nie den richtigen Ton treffe. Statt einer Antwort setzt sich Ida ans Klavier, schlägt einige Akkorde an und singt *On a wagon bound for market there's a calf with a mournful eye*. Als sie zum Refrain kommt, winkt sie dem Mädchen mit ihrem Arm und Oberkörper, mitzusingen: Donna donna donna donna, donna, donna donnaa don. Auf dem Heimweg summt das Mädchen den Refrain vor sich hin. Im Kirschbaumhaus behauptet sie dann, in der ersten Klavierstunde Tonleitern geübt zu haben, und stillt die Neugier der BVW mit der gelangweilten Antwort, ja, die Lehrerin sei ganz nett. Das Mädchen weiß, sie zeigt im KBH besser nicht, dass die

Stunde mit Ida sie beglückt hat. Sie verliert kein Wort über die Farben, Bilder und Fenster in dem Klavierzimmer, erwähnt keine bunten Strümpfe und verschweigt Idas kurzen Rock.

Nach einer Klavierstunde steht das Mädchen auf dem Bismarckplatz und wartet auf ihre Straßenbahn. An der Rückwand des Zeitungskiosks lehnt eine junge Frau, nah vor ihr ein junger Mann. Sie umfasst seine Taille, er hält in beiden Händen ihren Kopf, als wolle er ihn abnehmen. Seine Zungenspitze wird sichtbar, drängt an ihre Lippen, sie schreckt zuerst ein wenig zurück, will die Zunge nicht einlassen, er drängt seine Zunge an ihr Mundeck. Der Mund der Frau gibt ein wenig nach, ein Zungengerangel beginnt. Dem Mädchen graust vor dem Zungengeschlinge und sie kann ihren Blick nicht abwenden. Aus dem Kirschbaumhaus kennt sie Bussis, wie das Mädchen ihre Puppen gebusselt hat, als sie noch mit ihnen spielte. Müssen die Zungen verschmelzen, wenn man erwachsen wird, damit man erwachsen wird? Eine andere als die eigene Zunge will das Mädchen niemals in ihrem Mund dulden. Die junge Frau am Zeitungskiosk scheint die Zungenverschlingung zu genießen. Das Bild eines Schuppens im Dorf kommt dem Mädchen für einen Moment in den Sinn, das Bild eines Holzschuppens. Hätte jemand das Mädchen nun bemerkt, hätte er eine Cosmea gesehen, der in der vorangegangenen Nacht Frost zugesetzt hat. Und schon ist das Bild des Schuppens gelöscht. An die ineinander verschlungenen Münder denkt das Mädchen nach diesem Tag oft. Wenn sie auf ihre Straßenbahn wartet, hofft sie, das Zungenpaar noch einmal zu sehen und gleichzeitig will sie diesen Lustgraus oder diese Grauslust nie wieder sehen. Gerne würde sie jemandem von dem Zungengerangel erzählen. Doch über so etwas zu reden, wagt sie nicht einmal mit Ida.

Das Mädchen fragt Ida aber in einer Klavierstunde, wie lange es dauern werde, bis sie nicht mehr blutsverwandt sei. Wie bitte? fragt Ida zurück und schaut sie ratlos an. Seit Kurzem verliere ich öfters Blut, sagt das Mädchen. Falls das so bleibt, werde ich nach einiger Zeit das Blut nicht mehr haben, mit dem ich geboren wurde. Höre ich dann nicht auf, blutsverwandt zu sein? Ida wiegt den Kopf hin und her, murmelt etwas von viel Phantasie, steht auf, nimmt ein Buch aus dem Regal, drückt es dem Mädchen in die Hand und sagt: Lies das. *Sexualkunde-Atlas* steht auf dem Umschlag. So ein Buch kann sie ins Kirschbaumhaus nicht mitnehmen, würde es entdeckt, müsste sie sagen, woher sie es habe, dann wäre Schluss mit den Stunden bei Ida. Dann lies es hier, sagt Ida. Bald trägt das Mädchen ihre wachsenden Brüstchen wie ausprobierend, etwas unsicher und zugleich unnahbar stolz durch die Straßenbahn und durch das Schulhaus. Die Nachbarn grüßt sie nicht einmal mehr mit den Augen. Mit kleinen Kindern spielt sie nicht mehr.

Eines Abends sitzt sie in ihrem Zimmer und hört aus dem Erdgeschoss des KBH laute Stimmen. Im Erdgeschoss ist das Büro des BVW, doch ist er nicht zu Hause. Neugierig geworden steht sie auf und lehnt sich im zweiten Stock über das Treppengeländer. Unten steht Fritz mit seinen Freunden. Fritz ist der Sohn von österreichischen Bekannten der Blutsverwandten, er studiert in Heidelberg. Die Blutsverwandten hatten ihn einmal zum Essen eingeladen, danach kam er mit einem Freund, der wieder einen Freund mitbrachte, sie sind Studienkollegen. Schließlich war die Gewohnheit entstanden, dass Fritz alle zwei Wochen mit einigen Freunden zum Essen ins Kirschbaumhaus kam, und dem Mädchen erschien es bei diesen Essen, als habe sie ältere Brüder. Schon will sie einen Gruß zu ihnen hinunterrufen, doch sie besinnt sich gerade noch rechtzeitig und legt sich die Hand auf den Mund. Unten sagt Fritz: Wir brauchen eine Schreibmaschine. Die BVW sagt: Mein Mann ist nicht zu Hause. Fritz erwidert: Dann braucht er die Maschine ja jetzt nicht. Die BVW: Ihr könnt nicht in das Büro. Ein anderer: Wir müssen ein Flugblatt tippen. Ein dritter: Die Maschine ist hiermit beschlagnahmt. Tabakrauch steigt aus dem Erdgeschoss des Nichtraucherhauses in die Nase des Mädchens. Dämpf sofort die Zigarette aus, sagt die BVW. Mehr Rauch steigt herauf. Wenn ihr nicht sofort verschwindet, droht jetzt die BVW, ruf ich die Polizei. Sie wendet sich zur Treppe in den ersten Stock. Das Mädchen zieht sich mit einem Ruck vom Treppengeländer zurück, damit sie nicht entdeckt wird. Später hört sie die Stimme des BVW im Erdgeschoss, er schreit Fritz und dessen Freunde an, mit denen er noch in der Woche zuvor freundlich plaudernd an einem Tisch gesessen ist. Dann öffnet und schließt sich die Haustür, das Haus wird still, die Blutsverwandten gehen in den ersten Stock, schließen die Wohnzimmertür hinter sich. Fritz und seine Freunde kommen nicht wieder ins Haus. Das Mädchen fragt nach ihnen. Mit diesen Leuten wollen wir nichts mehr zu tun haben, heißt es. Wie der Schulsprecher aus der Kurfürstenschule verschwand, verschwinden nun Fritz und seine Freunde aus dem Kirschbaumhaus. In der Gegenwart des Mädchens fällt kein Wort mehr über sie, als wären die einen nie mit am Tisch gesessen, als hätte der andere nie für ein

Schwarzes Brett gestritten. Das Mädchen sieht Fritz, seine Freunde und den Schulsprecher nie wieder. Das Mädchen vermisst sie. Sie bleiben in ihrem Gedächtnis.

Zu Pfingsten soll auf dem Neckar um die Wette gerudert werden. Die Boote liegen schon am Ufer. In der Nacht vor der Regatta werden Boote beschädigt. Einige Tage später bekommt das Mädchen auf dem Schulweg ein Flugblatt, darin liest sie: *Das Heidelberger Besitzbürgertum hat sich im Rudersport eine Art Herrensport aufgebaut, vergleichbar etwa dem Pferdesport und dem Tennisspiel.* Reiten, ein Herrensport? Die Lehrerinnen und Schülerinnen in ihrem Reitstall sind fast ausschließlich Frauen. Und sie soll ein Mädchen des Besitzbürgertums sein? Sie besitzt ihre Kleidung und ein paar Bücher, 20 Pfennig hat sie immer bei sich, fürs Telefonieren in einem Notfall. Ihre wenigen Reitstunden hat sie sich mit Arbeit verdient. Da kommt ein Zweifel in das Mädchen. Sind die Einblatt-Zeitungen eigentlich wahr? Ist wirklich alles kostbar, was sie nicht versteht? Sie legt das Flugblatt zu ihrer Sammlung und hat den Zweifel vergessen, als kaum drei Wochen später an der Straßenbahnhaltestelle neue Flugblätter verteilt werden. Am Tag zuvor war die Straßenbahn teurer geworden. *Laßt tausend Rote Punkte blühen. Heute werden die Schüler die Straßenbahn blockieren*, liest das Mädchen. An der Haltstelle warten mehr Leute als gewöhnlich, und da kommen keine Straßenbahnen, sondern Autos mit einem faustgroßen roten Punkt an der Windschutzscheibe bleiben bei der Haltestelle stehen, sobald jemand, der wartet, ein Handzeichen gibt. Auf dem Flugblatt steht: *Rote-Punkte-Autos sind für alle da! Jeder kann mit ihnen fahren! Machen Sie mit, boykottieren Sie die HSB!* Mit HSB ist wahrscheinlich die Straßenbahnfirma gemeint. Im Flugblatt steht, was das Mädchen tun muss, wenn sie mitgenommen werden will, alle Stationen und Routen der Rotpunktautos sind aufgelistet. Als das Mädchen in der Warteschlange an der Reihe ist, gibt sie dem nächsten Rotpunktauto ein Zeichen, es hält an, der Fahrer fragt, wohin sie wolle und nimmt sie und noch zwei Leute mit. Unterwegs erfährt sie, man könne die Rotpunktautos überall in der Stadt anhalten, nicht nur bei den Haltestellen. An diesem Morgen ist das Mädchen schneller in der Schule als sonst, und beim Mittagessen wird sogar im KBH über die Rotpunktautos geredet. Das Mädchen ist erstaunt, dass ihr nicht verboten wird, in einem dieser Autos mitzufahren. Zwei Tage später sind mehr Rotpunktautos unterwegs, und fast an jeder Kreuzung stehen Polizisten. In dem Flugblatt des folgenden Tages heißt es: *Wenn wir die Sache selbst in die Hand nehmen, sind wir den Herren nicht hilflos ausgeliefert.* Die Straßenbahnfirma hat die Fahrpreiserhöhung zurückgenommen, die Straßenbahnen fahren wieder. Die Direktion der Neckarschule schickt aber die Namen der Schüler, die sich an den Aktionen gegen die Fahrpreiserhöhungen beteiligt hatten, an das Oberschulamt. Davon erfährt das Mädchen nicht in der Schule, sondern liest im Baumhaus das Flugblatt, das sie auf dem Heimweg bekommen hat. Sie weiß nicht, was in der Oberstufe ihrer Schule geschieht, denn erst in dem Flugblatt erfährt sie, dass *ganzen Klassen die Suspendierung vom Unterricht angedroht* wurde. Für das Mädchen waren die Fahrten in den Rotpunktautos eine lustige Abwechslung. Dass die Straßenbahnfahrscheine nicht teurer wurden, haben andere für sie erstritten. Wieder war sie nur ein Zaungast.

In ihrem Zimmer zieht das Mädchen unter dem *Liber Latinus* das Buch über den Reiterhof hervor. Auf dem Umschlag bäumt sich ihr ein dunkles Pferd entgegen. Das Mädchen blättert im Buch, zur Hälfte hat sie diese Geschichte einer Karin gelesen, die das Glück hat, auf einem Reiterhof geboren worden zu sein und seit je mit Pferden lebt. Die Geschichte erscheint ihr an diesem Abend schal wie die Schabracken, die sie für ihre Häkelponys aus Stoffresten geschnitten und manche mit Mond, Sonne oder Stern geschmückt hat. Das Mädchen stopft die Ponys in eine Lade, das Buch wird sie in die Bücherei zurückbringen. Dort steht an einem Regal Gottfried, zum ersten Mal sieht sie ihn hier und zum ersten Mal fahren sie an diesem Tag gemeinsam ein Stück mit der Straßenbahn. In einer Kurve gerät ihr Handrücken an seinen und er zieht seine Hand nicht weg, als sie beide wieder sicheren Stand haben. Ihre Augen begegnen sich und verharren einen Blick lang in einander. Das Mädchen steigt aus der Straßenbahn, bleibt bei der Haltestelle stehen, schaut dem Waggon nach, er zieht aus ihrem Blick, die leeren Schienen bleiben.

Nach den Weihnachtsferien heißt es im Kirschbaumhaus, der Blutsverwandte werde die unruhige Stadt verlassen, mitten im Schuljahr werde er nach Wien übersiedeln, selbstverständlich hat das Mädchen mitzuziehen. Im vergangenen Sommer war ihr im Wiener Prater übel geworden. Nur diese Achterbahnfahrt ist ihr von Wien in Erinnerung geblieben. In einem Album findet das Mädchen ein Foto, das sie als Kleinkind vor dem Schloss Schönbrunn zeigt. Das Foto weckt in ihr keine Ahnung von jener Reise. Kinder teilen die Wege ihrer Eltern fraglos und unbefangen, als wäre es selbstverständlich, jahrelang die Fußstapfen zweier anderer nachzutreten. Verließ das Mädchen den vorgetretenen Pfad, folgten Strafen. Die nahm das Mädchen hin für die Erlebnisse auf ihren eigenen Wegen.

In der folgenden Klavierstunde fragt sie, ob Ida sie in den Tagen vor dem Umzug bei sich verstecken würde, sie wolle nicht weg aus der Stadt, die gerade erst beginne, die ihre zu werden. Das sei keinesfalls möglich, antwortet Ida in einem Ton, den das Mädchen von ihr nicht kennt, bestimmt und keine Widerrede duldend. Ida zählt ihre Gründe auf, die das Mädchen nicht hören will. Wien sei außerdem eine interessante Stadt, sagt Ida, und das Mädchen könne später nach Heidelberg auf Besuch kommen. Das Mädchen ist enttäuscht und glaubt sich von Ida verraten. Die setzt sich ans Klavier und spielt dem Mädchen ein Lied vor, wie in der ersten Klavierstunde lädt sie das Mädchen mit einem Schwung ihres Oberkörpers und des Kopfes ein, den Refrain mitzusingen: *All we are saying, is give peace a chance.*

Das Wetter an ihrem letzten Tag in Heidelberg bleibt dem Mädchen nicht im Gedächtnis. Als die Möbelpacker vor dem Kirschbaumhaus ihr Klavier auf den LKW laden, denkt sie nicht daran, dass dies ihr letzter Lebenstag in Heidelberg ist, weil sie hier später nur mehr ein Gast sein wird, nicht mehr Teil dieser Stadt. Wie ihr Pestalozzi hinter einem Vorhang aus Zeit verschwunden war, je länger sie in die Neckarschule ging, so werden bald die Flugblätter und Dagmars Leguane, die ArminArm Laufenden und Gottfrieds Handrücken, ihr Baumhaus und die Schule am Neckar hinter einem Zeitvorhang verschwinden.

Vor einem Haus in Wien erwartet das Mädchen den Möbeltransportwagen. Sie muss den Kopf in den Nacken legen, damit sie ein Stück Himmel sieht. Im Haus gegenüber hat eine Zuckerbäckerei ihr Schaufenster. Ausgestellt sind kleine rosa Würfel, die Wände im Inneren der Zuckerbäckerei sind schwarz. Die Tür öffnet sich, ein Mann in einem trägerlosen, einstmals weißen, gerippten Unterhemd tritt heraus, lehnt sich auf einen Arm gestützt an die Hausmauer, zieht Zigaretten aus der Hosentasche, zündet an, raucht, schaut herüber. Das Mädchen glaubt, der Achselschweiß des Mannes steige ihr in die Nase. Sie wendet den Blick ab und entdeckt unterhalb des Schaufensters drei Buchstaben und einen Pfeil: LSK. Vielleicht ist ganz in der Nähe ein Versammlungslokal LinksSozialistischerKader? Der Pfeil weist in Richtung der hageren Gummibäume, die in den Fenstern des Wein- und Bierhauses neben der Zuckerbäckerei verstauben. Der Möbeltransporter lässt auf sich warten. Das Mädchen wendet sich zurück zum Haus, geht durch die Eingangshalle in den Hof. Dort stehen zwei Nussbäume, vor einer Mauer wächst ein Feigenbaum, Pflastersteine begrenzen zwei Grasflächen. In dem Nussbaumhaus wird sie nun wohnen. Drinnen wird es ähnlich hergehen wie im Kirschbaumhaus: Die Worte des Mädchens werden nicht zählen, was ihr wichtig ist, werden die Blutsverwandten kleinreden, was sie ihr Eigenes, ihr Wichtigstes nennt, das wird verboten werden. Feuermauern umgrenzen den Hof, auch hier muss sie den Kopf nach hinten legen, damit sie ein Stück Himmel erhascht. Selbst dieses schmale Stück Himmel ist grau. Dunkel ist Wien. Der Weg zur Schule ist stilldumpf und führt sie vorbei an Häusern, die sie nach Tieren nennt: Igel, grau, Maus, grau, Hecht, grau, Wolf, grau, Katz, grau, Ratz, grau, Spatz, grau, Rappe, schwarz. Weiße Häuser scheint es in Wien nicht zu geben. Und in dieser Stadt trifft sie nicht auf

Politik, so wie sie in ihrem ersten Dorf keine Politik bemerkt hatte. In Heidelberg war ihr die Politik auf dem Schulweg begegnet, sie hatte sich ihr aufgedrängt, war unübersehbar, unüberhörbar und unumgehbar gewesen. Auch wenn das Mädchen nicht recht verstanden hatte, was sie eigentlich war, so hatte die Politik ihr Leben dort unruhig und aufregend gemacht. Bis zum Ende ihrer Wiener Schulzeit wird sie auf dem Weg in die Schule kein Flugblatt in die Hand bekommen. Die Buchstaben LSK neben der Zuckerbäckerei haben nichts mit Sozialisten zu tun. Aus einem Gespräch schnappt das Mädchen auf, die Abkürzung verweise auf einen Keller zum Schutz vor dem Krieg. Auf dem Schulweg schaut das Mädchen auf eine Uhr, die hängt mittig und riesig unter dem gestuften Giebel eines Hauses, flankiert wird die Uhr von zwei mächtigen Figuren, die über den Giebel hinaus in den Himmel ragen. Das Mädchen schaut täglich auf diese Uhr, liest von ihr ab, wie spät sie dran ist und weiß nicht, dass dahinter eine Zeitung gemacht wird, die von Politik handelt. In den Zimmern der Blutsverwandten liegt diese Zeitung nicht.

Später, als das Mädchen in Wien einmal nicht mehr ein und aus weiß und ihr Leben nicht mehr will, ruft sie Ida an. Da kauft Ida sich eine Fahrkarte, nimmt den Nachtzug, trifft am folgenden Tag in Wien das Mädchen und fährt abends zurück. Das Mädchen erinnert sich schon bald nicht mehr an die Worte, die sie an diesem Tag mit Ida gewechselt hat. Aber Ida hat nur ihretwegen, ausschließlich für sie, die noch nicht erwachsen ist, die lange Reise gemacht, das schreibt sich ihr ins Gedächtnis und der Refrain, den sie zuletzt miteinander gesungen haben: *All we are saying, is give peace a chance.*

Sag Semmerl

Ich läute an der Wohnungstür meiner Mutter Cornelia. Weil sie nicht öffnet, sperre ich auf. Ich habe einen Schlüssel ihrer Wohnung, man weiß ja nie. Manchmal schläft meine Mutter zu den ungewöhnlichsten Tageszeiten und hört dann die Klingel nicht. In ihrem Schlafzimmer liegt sie nicht und nicht auf dem Sofa. Sie wird bald zurückkommen. Seit ihrer Pensionierung verlässt sie die Wohnung für ihre Spaziergänge und zum Einkaufen. In ihren Zimmern habe sie alles, was sie brauche, sagt Nelli. Sie verwächst mit ihrer Wohnung mehr und mehr, als könnte ein Mensch Wurzeln schlagen oder sich verankern. In ihrem Tageszimmer, wie sie es nennt, werde ich auf sie warten. Ich bin Maia, die Tochter von Cornelia, sie wird Nelli genannt. Außer dieser Wohnung hat Nelli keinen Ort, der für sie der selbstverständliche wäre, einen Ort, dem sie sich zugehörig fühlte. Vielleicht hat sie als Kind in ihrem ersten Dorf in frageloser Selbstverständlichkeit gelebt, davon spricht sie nicht. In Wien fahren Straßenbahnen bis zu den Wäldern, das Leitungswasser ist trinkbar, sagt Nelli, in dieser Stadt können gewöhnliche Leute noch leben wie anderswo nur Millionäre. Sie hänge aber nicht an der windigen Stadt, die sich sehr wichtig nehme, sagt Nelli, jederzeit wäre sie bereit Wien zu verlassen, ohne sich auch nur einmal umzuschauen. Diese Behauptung musste sie nie beweisen. In Österreich, sagt sie, sei Wien trotz allem der einzig mögliche Lebensort. Nach Salzburg ziehe es sie zwar oft, doch in Salzburg, der Metropole für jedermanns Pelargonie, fühle sich Nelli schon nach kurzem Aufenthalt beengt, sie wisse selbst nicht, warum. Salzburg mime die Stadt ohne Schatten, das mache ihr die Mirabellige unheimlich. An eine Lebensmöglichkeit in einer der anderen Landeshauptstädte auch nur zu denken, kam Nelli nicht in den Sinn. Vor Kurzem äußerte sie einmal den Gedanken, es ließe sich der eigene Verfall mit dem Rücken zur Welt, den Blick in die Weite des Himmels über einem Gewässer gerichtet, womöglich leichter ertragen. Sie schien da mehr zu sich selbst zu sprechen als mit mir, und so antwortete ich ihrem Gerede nicht.

Ich trete an Nellis Fenster. Wenn es regnet und sie die Tropfen auf den Scheiben nicht nur sieht, sondern auch das Prasseln hört, steht Nelli vor diesem Fenster im Schatten einer Rotbuche und zieht mit dem Finger den Lauf der Tropfen nach. Nachts um vier schien der Vollmond herein, begleitet vom Morgenstern, erzählte sie neulich begeistert. Zu allen Jahreszeiten besieht sie ihr Beet vor dem Fenster. Küchenkräuter und ein paar Stauden wachsen dort. Oh du Tag, murmelt Nelli, noch die Kühle, dort das Gras. Der Schlaf. Die Blätter und da Blüten. Das Licht wandert vom Morgengrau ins Blau. Grün. Amsel. Meise. Wind weht leicht. So höre ich Nelli manchmal vor ihrem Fenster murmeln, wenn ich auf ihrem Sofa übernachtet habe, und sie glaubt, ich schliefe noch und hörte sie nicht.

Nachdem sie mich geboren hatte, wollte Nelli von Wien nicht mehr fortziehen, weil ein Kind Jahre brauche, bis es die Umgebung, in die es geboren wurde, so in sich aufgenommen habe, dass es sich ein Leben lang an sie erinnere. Ich sollte in Wien heimisch werden, weil sie dort nicht heimisch geworden war. Einmal war sie für einige Wochen in ihre Kindheitsgegend gefahren, denn sie könne sich an die Landschaft ihrer Kindheit nicht mehr erinnern, hatte sie gesagt. Als Nelli von dieser Reise nach Hause kam, sagte sie: Ich habe Heimweh, aber ich weiß nicht, wonach. Sie habe ihre erste Landschaft mit neun Jahren verloren, sagt sie, und ich finde diese Formulierung peinlich pathetisch, Nelli ist kein Flüchtling. Nur an einen Garten, in dessen hohem Gras sie sich als Kind versteckt habe, erinnere sie sich, sagt sie, und an Wäschekörbe voller Äpfel nach einer überreichen Ernte. Den Verlust der ersten Landschaft wollte Nelli mir ersparen und blieb in Wien, schon gar als meine Schulzeit begann. Die Schulwechsel, die sie sich nicht ausgesucht hatte, wollte sie mir nicht zumuten.

Nelli war nach Wien aus Heidelberg gekommen, dort sei sie gerne zur Schule gegangen, behauptet sie. In Wien habe ein Mann im Stadtschulrat gesagt, Österreich habe das beste Schulsystem Europas, deshalb werde in Wien keine der Heidelberger Schulnoten anerkannt, Nelli müsse in jedem Fach eine Prüfung ablegen. Auch im Zeichnen wurde sie geprüft. Eine schwarzhaarige, pummelige Lehrerin mit braunen Puppenaugen stellt die Aufgabe: Zeichne einen Verkehrsunfall. Nelli hat vor ihrer Schule am Neckar mit einer Signalkelle den Verkehr geregelt, nie hat sie einen Unfall gesehen. Die Pummelige lässt sie allein in dem Raum. Neben dem leeren Blatt liegen Buntstifte. Zeit vergeht, Nelli denkt an weiße und schwarze Flächen, an Fachwerkhäuser, dreht die Stifte zwischen den Fingern, Zeit vergeht, und das Blatt bleibt leer. Ein glattes Nicht Genügend, sagt die Pummelige, das Kind sei zudem renitent, denn es habe nicht einmal versucht, die Aufgabe zu lösen. Nelli wird nur probeweise in die neue Klasse aufgenommen.

Die Hände tief in die Taschen ihres Parkas vergraben, steht sie vor der fremden Klasse, der Hals juckt, der Deutschlehrer weist auf den leeren Platz in der ersten Reihe, hinten Gekicher und dann Grammatik. Lies, sagt der Lehrer, der Herr Professor genannt werden will, und deutet auf sie. Stockend beginnt sie zu buchstabieren, liest und kommt bis Neutrum. Kommt bis Neutrum und stürzt unversehens in einen Jähzorn, in den Jähzorn des untersetzten, schmalzgelockten Lehrers, der bis jetzt an seiner Uhrkette gefingert hat, die aus der Seitentasche seines Gilets hängt. Er rupft seine Uhr aus der Tasche, springt auf und schreit ihr zu: Merk dir ein für alle Mal, ein für alle Mal, bei uns heißt das Ne Utrum. Das kommt aus dem Lateinischen. Und was heißt das? Keine Ahnung hat die, das hab ich mir gleich gedacht. Sie senkt die Augen. Jetzt schläft sie, schreit der kleine Professor, hört nicht einmal zu, wenn man ihr etwas erklärt.

Sag Semmerl. Sag einfach Semmerl. Dann bist du eine von uns. Das Blut steigt Nelli ins Gesicht. Sie schwingt die Arme empor, schlägt ein Rad, schlägt noch eines und noch eines, bis sie die Mauer des Wiener Schulhofs erreicht und Abstand zu den Semmerljägerinnen gewonnen hat. In dem Land, aus dem sie kommt, heißt das Morgengebäck Brötchen, geformt aus zwei Erhebungen, dazwischen eine Furche. In Wien bäckt man rosettenförmige Semmeln und erschafft auch deren gleichsam höhere Form, die wie eine Verneigung vor dem ehemaligen Staatsoberhaupt klingt: Kaisersemmel. Die bürgerliche wie die monarchische Semmelvariante stammen aus dem Lateinischen *simila*, das feine Weizenmehl. *Simila* wird zu Semmel. Irgendwann haben die Wiener beim Handwirken der fünf Laugen, die gleich groß sein müssen und im Zentrum der Semmel zusammenlaufen, das R eingearbeitet. Mit dem R kosen die Wiener ihr Trostgebäck.

Nelli verliert die Lust an Farben, die Stunden in Deutsch und im Zeichnen werden die gefürchteten. Nelli sagt, sie habe es nur der Zähigkeit ihrer Eltern zu verdanken, dass sie die Schule in Wien überhaupt abgeschlossen habe. In den letzten beiden Schuljahren habe es fast jeden Morgen Streit gegeben, weil sie nicht aufstehen und in die Schule gehen wollte.

Bis heute kommt Nelli das unselige rl der Wiener Semmerl nicht geschmeidig über die Lippen. Das R verwandelt das kleine Brot in ein Ne Utrum. Neutral ist es nicht. Begegnet Nelli einer der alten Schulkolleginnen zufällig auf der Straße, findet die es immer noch witzig, sie dem trefflichen Integrationstest zu unterziehen: Sag Semmerl.

Ich bin in Wien geboren, doch selbst mich fragen Wiener und vor allem Wienerinnen, woher ich käme. Mein Ton klinge fremd, sagen sie. Nellis Ton ist wohl stärker in mein Sprechen eingegangen als jener der Semmerlbäcker.

Als ich Nellis Kind war, wollte sie zu Beginn der Schulferien Wien so schnell wie möglich verlassen. Oft holte sie mich am letzten Schultag von der Schule ab, wir fuhren zum Bahnhof, wo sie unser Gepäck schon eingestellt hatte, und wir stiegen in einen Zug, der, wie Nelli sagte, aufs Land fuhr. Einmal fragte ich, warum wir zu einem See fahren müssen, auf eine Insel, zu der Pferdeschau in Annaberg oder unter den Kirschbaum am Wagram, warum wir in den Ferien nicht einmal zu Hause bleiben könnten? Ich wolle lieber im rotweißgestreiften Kongreßbad schwimmen als in der Adria. Da blinzelten Nellis Augen wässrig. Weil ihr enge Grenzen gesteckt worden waren, wollte sie mir keine setzen. Alles sollte mir erlaubt sein, meine Wünsche sollten unser Leben bestimmen, auch wenn sie mir Wünsche erfüllte, die eigentlich ihre eigenen waren. Jede Grenze musste ich selbst finden. Ihren Traum von einer Art Heimat für mich, zumindest für mich, habe ich auf eine für Nelli schmerzhafte Spitze getrieben. Als Kind wurde ich der Stadt, meiner Stadt Wien, nie überdrüssig. Ich wollte mehr und mehr Wien, nichts als Wien. Wenigstens ein Mal wollte ich durch jede Straße Wiens gegangen sein. Sobald ich allein mit dem Fahrrad unterwegs sein durfte, begann ich die Straßen des sechsten Bezirks abzufahren, wo wir damals wohnten. Ich schrieb Listen mit den Namen der Straßen, die ich schon durchquert hatte, und versah die Namen mit senkrechten Zählstrichen bei jeder neuerlichen Durchfahrt. Die meisten Striche erhielt die Gumpendorferstraße, die den Bezirk vom Gürtel bis zum Getreidemarkt durchzieht. In der Abenddämmerung hörte ich manchmal Hufschlag, wenn ich aus der Laimgrubengasse hinaufradelte zur Gumpendorferstraße, dann beschleunigte ich. Vom Getreidemarkt her näherte sich auf einer falben Stute ein Reiter. Er schien heraufgeritten aus der Ferne, aus sumpfiger, feuchter Gegend, umgeben von tülldünnen Nebelschleiern war die Stute. Sie ritten nicht nur aus ferner Gegend, sondern auch aus ferner Zeit die Gumpendorferstraße herauf. Sie kamen wohl aus der Zeit vor den großen Kriegen, von der Nelli erzählt hatte, als sehne sie sich danach, obgleich sie in jener Zeit nicht gelebt hatte und sich dennoch wünschte, die großen Kriege wären nicht geführt worden. Ich folgte dem Reiter verstohlen, als würde er sich auflösen oder in der Gumpendorferstraße versinken, wenn ich ihn offen bewunderte und zugab, nichts erführe ich so gern wie sein Woher, Wohin und Warum. Kurz vor dem Anstieg der Gumpendorferstraße in die Richtung des Apollo-Kinos lenkte er die Stute vorbei an der Bäckerei hinab in die Joanelligasse. In diese Bäckerei schickte mich Nelli zum Brotkaufen und ich ging ungern hin, weil der Bäcker Blutaumüller hieß. Das Bild einer blutigen Au mischte sich mit meinem Bild der Landschaft, aus der der Reiter gekommen sein mochte. Einmal schlich ich ihm in die Joanelligasse nach, wollte sehen, wo sein Ritt endet. Noch während ich nachschlich, erschien mir das ungehörig, als dringe ich in einen nur dem Reiter gehörenden Raum ein, als zerstörte ich sein und auch mein Geheimnis, würde ich den Hof betreten, in den er nun die Stute führte und dann das Tor hinter sich zuzog.

Als Kind hatte ich Nelli gefragt, woher die Märchen kämen, die sie mir erzählte. Sie sagte, vor langer Zeit seien die Menschen zwischen Felsen an Meeresufern gesessen. Auch dort, wo jetzt Wien ist, sei einmal Meer gewesen mit sandigen Ufern, die nun der Wagram seien. Weil sie auf ausgetrocknetem Meeresboden lebten, hätten in Wien viele Leute Sehnsucht nach dem Meer, hatte Nelli gesagt. Auf meiner heutigen Fahrt zu ihrer Wohnung sah ich an einem Balkon auf der Linken Wienzeile ein Plakat hängen, auf dem stand in so großen Lettern, dass ich sie aus der U-Bahn lesen konnte: *Mir fehlt das Meer*, da fielen mir Nellis Märchen über die Herkunft der Märchen ein. Die frühen Menschen, sagte sie, hätten am Meeresufer die Formen der Felsen betrachtet, darin sahen sie Gesichter, halb Mensch halb Tier, bedrohlich und zugleich betörend. In den Mittagsstunden legten sich die frühen Menschen an einem schattigen Platz auf den Rücken und sahen die Wolken über den Himmel ziehen. Die Menschen sahen den Wandel oben und in den Felsen unten die Dauer. Wandel und Dauer schienen ewig. Die frühen Menschen lagen im Schatten zwischen den Felsen am Meeresufer, betrachteten lange das Auf und Ab des Wassers und nannten das Klare, Durchsichtige die Wahrheit. Was sich schwarz und unerkennbar in den Höhlungen unter den Felsen verbarg, nannten sie das Geheimnis. Die Formen in den Felsen, Bäumen, Tierpanzern und in den Wolken nannten die frühen Menschen Gesichter. Aus der Wahrheit, dem Geheimnis und den Gesichtern seien den sehr frühen Menschen die Märchen zugefallen, hatte Nelli gesagt.

Auch wenn sie sich nun meistens in ihrer Wohnung aufhält, so fährt sie doch in der warmen Jahreszeit an ein Gewässer. Sie brauche Weite, ersehne Lichtfülle, die unentwegte Veränderung der Formen und Farben des Wassers, sagt Nelli. Am Meer braust die Gischt hoch auf. Die Möwen flattern erst unruhig und legen sich dann lautlos in die Böen über dem Salz. Der Kamm des fernen Gebirges gleicht der Linie einer Melodie. Und abends, sagt Nelli, zieht das Meer goldne Schuhe an und kieselt durch die Nacht. Unweit der Kiefer am Steilufer wirft später der volle Mond seine Lichtsäule über das plan gewordene Wasser. Der Atem, sagte Nelli, ist das Meer in mir, mein Wintervorrat.

Als ich meinen Blick zur Blutaubäckerecke wieder schärfte, war da kein Reiter mehr. Das Geheimnisvolle seines Auftauchens und Verschwindens ginge verloren, gäbe ich auch nur eine Kleinigkeit davon preis. Das Geheimnisvolle war auf eine Art prächtig, erschien mir bunt, wundersam tief und würdig besonders. Mit Nelli teilte ich dieses Geheimnis erst, als ich erwachsen geworden war. Die Figur des Reiters erinnere sie an Geschichten von Ingeborg Bachmann und deren Vorbild Lernet-Holenia, sagte Nelli, *Beide Sizilien* käme ihr in den Sinn. Nelli verbringt ihr Leben lesend. Über eine Fernsehserie lässt sich mit ihr nicht reden, sie hat womöglich keine einzige gesehen, sie hatte nie ein Fernsehgerät, ihre Lebenszeit reiche fürs Fernsehen nicht aus, sagt sie.

Wo bleibt nur Nelli? Sie scheint einen sehr ausgedehnten Spaziergang zu machen. Nach meinem Aufbegehren gegen Urlaub und Adria, waren wir im folgenden Sommer in Wien geblieben, ich schwamm im Krapfenwaldl, sprang vom Gänsehäufel in die Alte Donau, an verregneten Tagen erbettelte ich die Fahrt ins Amalienbad mit anschließendem Besuch des Eissalons schräg gegenüber, sobald die Sonne herauskam, fuhren wir bis nach Liesing zum Höpflerbad, kaum ein Schwimmbecken Wiens, das wir in jenem Sommer nicht ausprobiert hätten. Wir lagen auf den Wiesen des Gütenbachtals und sahen oben kleine Vögel, die sich gegen Falken wehrten. Vom Schwarzenbergpark stiegen wir steil zur Höhenstraße hinauf, gingen schließlich den Nasenweg abwärts *und dann ein paar Schritte gelaufen*, wie Nelli jedes Mal, wenn wir diesen Weg gingen, Friederike Mayröcker zitierte und mir das auch mitteilen musste, der Treppelweg entlang der Donau erschien mir ohne Ende und ich war erschöpft, als wir schließlich die U-Bahnstation erreichten. Auch Nelli schleppte sich an diesem Abend müde nach Hause.

Im folgenden Winter bat sie mich, ob wir den nächsten Sommer auf dem Land verbringen könnten, den Ort dürfe ich bestimmen, sie halte einen zweiten Sommer in der Stadt nicht aus, in Wien mache die Hitze sie trübsinnig. Ihre Frage ließ mich großzügig sein, und als kehrten sich unsere Mutter- und Tochterrollen frühzeitig um, sagte ich gönnerhaft und ein wenig von oben herab ihre Hand tätschelnd, aber ja, lass uns zum See fahren. In dem folgenden Sommer am See sah ich, wie die Haut sich veränderte und mein Atem tiefer ging, barfuß auf Gras und in dem graugrünen Wasser. Doch ließ ich Nelli in dem Glauben, ich bringe ihr mit den Wochen am See ein Opfer, sie könne mir dankbar sein.

Zwei Stunden bin ich nun schon in Nellis Wohnung. Ich kann meinen Tag nicht länger vertrödeln und gehe. Am Abend rufe ich sie an. Eine Maschinenstimme antwortet, diese Nummer sei nicht vergeben. Ich schreibe ihr eine E-Mail, bitte Nelli, sich zu melden. Zurück kommt eine Fehlermeldung, ich solle mich an den *Postmaster* wenden. Es ist schon nach 10 Uhr. Nelli geht früh schlafen, ich würde sie aufwecken, käme ich jetzt noch einmal zu ihr. Ich rufe Nellis Freundin Lotte an, auch sie weckt mein Anruf auf, aber ihr Missmut legt sich, als ich ihr von meinem Besuch in Nellis Wohnung am Vormittag und von meinen vergeblichen Kontaktversuchen am Abend erzähle. Auch Lotte hat zwei Tage zuvor noch mit Nelli gesprochen. Ein gewöhnliches Gespräch, sagt Lotte, Nelli habe nicht erwähnt, dass sie wegfahren wolle. Auch mir hat sie nichts von Reiseplänen gesagt. Lotte schlägt vor, mich am folgenden Vormittag in Nellis Wohnung zu treffen, alles werde sich aufklären. Nein, meint Lotte, die Polizei solle ich nicht verständigen, das bringe nur unnötige Aufregung und Nelli nicht zurück, sollte sie tatsächlich weggefahren sein, ohne jemandem eine Nachricht zu hinterlassen. Ich verbringe eine unruhige Nacht und läute am folgenden Morgen schon früh an Nellis Wohnungstür. Wieder öffnet sie nicht und ich sperre auf. Die gekippten Fenster, das Buch, das ich auf dem Sofa vergessen habe, alles sieht aus wie am Vortag, als ich die Wohnung verließ. Nellis Bett ist unberührt. Im Kasten sind ihre Kleider, Hosen, Pullover. An ihrem Schreibtisch war mir am Vortag nicht aufgefallen, dass der Laptop nicht an seinem gewohnten Platz steht. Im Bad liegt keine Zahnbürste. Ich bin erleichtert, als ich durch die Gegensprechanlage Lottes Stimme höre. Wir bewegen uns zuerst eine Weile rastlos durch Nellis Zimmer, streichen mit den Händen über ihre Möbel, nehmen einen Stein oder einen Seeigel in die Hand, die Nelli von Spaziergängen oder einer Reise mitgebracht hat. Wir sagen einander, sie sei weggefahren. Doch wohin? Und warum hat sie uns nichts gesagt? Ich vermute, sie ist am Wasser, sage ich, vielleicht am Atlantik, an der Küste, von der sie zuletzt begeistert sprach, nach der sie Sehnsucht hatte. Sie könnte ebenso an dem See sein, in dem sie schwimmen gelernt hat, erwidert Lotte, über diesen See hat sie in letzter Zeit oft geredet. Oder sie ist auf der Insel in der Adria, wo wir einige Sommer verbrachten, als ich ein Kind war, sage ich. So kommen wir nicht weiter, unterbricht Lotte unsere Erinnerungen an Nellis Wasserstellen und fragt mehr sich selbst, warum will sie unentwegt reisen? Ruhelos ist sie und zu Hause fühlt sie sich erst, sobald sie unterwegs ist, als stamme sie ab von Fahrenden. Dann sagt Lotte: Sie ist an ihrem Anfang. Wo ist der, frage ich, in ihrem ersten Dorf? Ist das Nellis Anfang? Das weiß Lotte nicht, auch wenn sie über Nelli viel weiß. Sie weiß Dinge, die doch eher ich wissen sollte, ich bin Nellis Tochter, warum hat sie mir nicht erzählt, worüber sie mit Lotte sprach? Mir wäre es lieber, wenn Lotte mich jetzt allein ließe. Ihr Blick ist aber auf den Metallkoffer unter dem Nähmaschinentisch gefallen und sie fragt, ob ich diesen Koffer schon durchgeschaut habe? Nein, erwidere ich, in dem Koffer ist bloß Nellis Nähzeug. Ihr scheint ja übers Wesentliche nicht besonders viel miteinander geredet zu haben, sagt Lotte. In diesem Koffer, habe Nelli ihr einmal gesagt, bewahre sie Unterlagen auf, die mich vielleicht interessieren würden, wenn sie ihre letzte Reise angetreten haben werde. Lotte ist schon aufgestanden und zerrt den Koffer ächzend in die Mitte des Zimmers. Nelli hat ihn nachtblau bemalt mit goldfarbenen Sternen. Mach du auf, sagt Lotte. Ich öffne die Schnallen, obenauf liegt ein Stapel Collegeblöcke, A4-Format, kariert, billige Ware. Ich nehme einige Blöcke heraus, blättere, sehe Nellis Handschrift. Was ist das? fragt Lotte. Ich bin seltsam gereizt und erwidere: Ihr scheint ja übers Wesentliche nicht geredet zu haben. Lotte setzt sich neben mich und sagt: Nellis Handschrift. Das sehe ich selbst, antworte ich mürrisch. Was sie schreibe, fragt Lotte, und statt einer Antwort werfe ich ihr widerwillig einen der Blöcke in den Schoß. Lotte wehrt ab und sagt: Nein, nein, lies du. Nelli hat eine unmögliche Handschrift, ihre Briefe kann ich kaum entziffern. Ich beginne langsam zu lesen, stocke an manchen Stellen, bis mir ein Wort klar wird. Lotte scheint darauf zu warten, dass ich vorlese, doch das kann ich nicht. Ich muss Nellis Aufzeichnungen zuerst allein lesen, sage ich. Lotte antwortet, sie wolle nicht weiter stören, wenn ich etwas brauche, könne ich sie ja anrufen. So sehr ich Lotte in der Früh erwartet hatte, so erleichtert bin ich nun, dass sie geht. Wenn Nelli von ihrem ersten Schultag in Wien erzählte, gehörte

Lotte dazu. Die habe sie an diesem Tag adoptiert – dieses Wort verwendete Nelli –, und sie schon für den folgenden Tag nach der Schule zu sich eingeladen. Nelli sagt, nicht sie habe ihre Freundinnen und Freunde gewählt, sondern sei von ihnen gewählt worden, ohne zu wissen, warum. Nur bei meinem Vater sei es anders gewesen. Ich kenne meinen Vater nicht. Er verunglückte, und Nelli merkte erst nach seinem Tod, dass sie schwanger war. Er war ein Flüchtling aus dem Orient. Nelli wollte um meinetwillen, wie sie sagt, nichts mit seiner Familie zu tun haben, in meiner Geburtsurkunde steht: Vater unbekannt.

Als Lotte Nelli adoptierte, gingen sie zu Lottes Wohnung und lachten unterwegs über den Deutschlehrer. Der sei ein Choleriker, sagte Lotte, aber an anfallsfreien Tagen nett. Im Vorraum von Lottes Wohnung standen schmale Regale. Darin türmten sich Schächtelchen auf Schächtelchen. Jedes trug an seiner Vorderseite einen Knopf. Nellis Blick blieb hängen an Perlmutt, weiß, grau, elfenbeinfarben, bläulich, grünlich oder rötlich schimmernd. Die Horn- und Holzknöpfe im Nebenregal wirkten derb, Nelli wandte sich zu den silbernen und goldfarbenen gegenüber und entdeckte dann ein Regal gefüllt mit Keramik- und Glasknöpfen in allen Farben. Komm doch weiter, sagte Lotte, und Nelli riss sich ungern von den Knopfregalen los. Lotte führte sie durch ein Zimmer, in dem Nelli wieder stehenblieb und in die Schüsseln und Schachteln auf den Tischen schaute. Jede Schüssel war gefüllt mit Knöpfen. Nicht wie im Vorzimmer nach Material und Farbe geordnet, sondern in unterschiedlichen Größen und Formen lagen sie durcheinander. Aus übereinandergetürmten Schachteln schauten Stoffecken heraus und da stand eine kleine Maschine, geschraubt auf einen Tisch, der einem Schreibtisch ähnelte, aber an der Frontseite hatte er viele kleine Laden und auf der anderen Seite eine halbkreisförmige Ausnehmung. Nelli strich mit der Hand über das grünliche schwere Metall und fragte, was das sei? Knopfpresse, sagte Lotte ungeduldig. Und wie macht man Knöpfe, wollte Nelli wissen. Das geht ganz einfach, ich zeigs dir ein anderes Mal, sagte Lotte und zog Nelli in ihr Zimmer. Keine Eltern waren zu sehen.

Lotte wich Nelli nicht mehr von der Seite und lud sie bald ein, mit ihr eine Party zu besuchen. So kannst du aber nicht gehen, sagte sie und musterte Nelli von oben bis unten. Nelli hatte sich von den schwarzen Lackschuhen befreit und trug tagein tagaus sandfarbene Clarks, Jeans aus dunklem Schnürlsamt und einen Parka. Vor der Party ging Lotte mit Nelli zu einer Mitschülerin. Am Spittelberg betraten sie ein Haus, das Nelli wie ein Puppenhaus erschien, und gingen durch ein schmales Stiegenhaus hinauf in ein Giebelzimmer. In dem engen Raum vor dem geöffneten Gaubenfenster empfing sie die Mitschülerin an einer altmodischen Spiegelkommode, auf der standen dicht gedrängt Parfumflacons, Wimpernzangen, Lippenstifte, Wattebäusche, Bürsten und Kämme, Make-up-Tiegel und Nagellack, als wäre hier ein Kosmetiksalon. Nie zuvor hatte Nelli sich geschminkt. Grellrote Lippen und aufschwingende Kunstwimpern waren ihr gleichwohl vertraut aus der *American Baptist Church* in dem Heidelberger Stadtteil Rohrbach. Ab ihrem zwölften Geburtstag hatte Nelli sich aussuchen dürfen, in welche Kirche sie sonntags ging. Diese Kirche hatte Nelli gewählt, weil dort Englisch gesprochen wurde, die Lieder Schwung hatten wie ihr Hula-Hoop-Reifen, und der *Service*, wie die

Messe dort hieß, begann erst um elf. Beim Singen standen dunkelhäutige Leute oft mit ausgebreiteten Armen auf, klatschten oder tanzten sogar im Rhythmus eines Songs, und manche riefen *Halleluja* oder *Oh Lord* in die Predigt, die fugenlos übergehen konnte in das Lied *Precious Lord, take my hand. Yeah, precious precious Lord.* Manchen Leuten traten Tränen in die Augen, während sie dieses Lied sangen, zu dem die Hammondorgel schluchzte. Die kräftig geschminkten Frauen trugen bunte festliche Kleider und Schleifen im Haar oder Hüte auf dem Kopf. Viele Männer kamen in amerikanischen Uniformen – einer glich dem Sackhupf-Starter vom MarshmallowFest. Wie schaust du denn aus? unterbrach nun die Mitschülerin Nellis Abwesenheit, nahm ein Kleid aus ihrem Kasten und legte es an Nellis Körper. Das könnte passen, sagte sie, und fragte, welche Schuhgröße Nelli habe. Als zwei junge Frauen das Gaubenhaus verließen, hätte man nicht vermutet, dass sie die beiden Mädchen waren, die drei Stunden zuvor dort eingetreten waren. Nelli wankte ungelenk auf geborgten Pumps und Lotte sagte ihr mehrmals, sie werde sich das Make-Up ruinieren, wenn sie nicht endlich die Finger aus ihrem Gesicht nehme. Nelli war erschöpft und sich selbst fremd, als sie vor einem Haus am Ring stehenblieben. War das Gaubenhaus Nelli winzig erschienen, so schüchterte die Dimension des mächtigen Palais sie nun ein. Lotte drückte das Tor auf. Gastgeber war der ältere Bruder einer ihrer Mitschülerinnen, er begrüßte sie mit kühlem Nicken. Nicht einmal Idas Klavierzimmer war so hoch gewesen wie die Räume dieser Wohnung, Teppiche dämpften den Laut der Schritte, durch einen schummrig beleuchteten Raum schoben sich Hüfte an Hüfte langsam einige Paare zur getragenen Stimme eines Mannes: *I fall in love too easily.* Chet Baker hieße der Sänger, sagte ihr Lotte. Die Musik vergrößerte nicht die Freiheit der Paare, sondern klebte die Körper aneinander. Auf einem Plüschsofa steckte ein Mädchen ihre Zunge in den Mund eines Burschen, Nelli kamen die Zungen auf dem Bismarckplatz in den Sinn. Lotte stieß Nelli in die Seite und zog sie aus dem Tanzraum in die Küche, unterwegs zischte sie Nelli ins Ohr, es gehöre sich nicht, andere anzustarren. Nelli wusste nicht, was sich in diesem Palais in der Gegenwart von Burschen und Mädchen gehörte, die so jung wie sie und manche nur wenig älter waren und Erwachsene spielten. In der herrschaftlichen Küche kam Nelli mit zwei Burschen aus ihrer Parallelklasse ins Gespräch und erzählte ihnen von den Roten Punkten in Heidelberg. Die Burschen gähnten, dann begann einer zu pfeifen. Düsseldorf, sagte Nelli schließlich gekränkt. Wieso Düsseldorf, erwiderte der Pfeifer, du hast doch gesagt, du kommst aus Heidelberg. Ja, sagte Nelli, ich komme aus Heidelberg, aber der Schlager, den du pfeifst, heißt *Wärst du doch in Düsseldorf geblieben.* Na eben, sagten die Burschen und ließen sie in der Küche sitzen. Nelli blieb dort einige Zeit, zupfte an ihrem fremden Kleid, streifte die Pumps ab und rieb sich die Füße. Je länger sie in dieser Küche vor sich hinbrütete, um so linkischer wurde sie und ihr Gemüt trostlos. Sie passte nicht in diese Stadt, nicht in dieses Palais, nicht auf diese Party, nicht zu diesen Kindern, die Bier, Küsse und rauchen wollten, und in irgendeiner Art erwachsener waren als sie selbst. Lotte war verschwunden. Nelli stand schließlich auf, schlich sich ins Vorzimmer, sie wollte niemandem erklären, warum sie ging, nahm den Plastiksack, in dem ihre Clarks und die Jeans steckten, zog sich auf dem Klo um, wusch sich die Schminke aus dem Gesicht und verließ die Wohnung. Sie ging allein, aber zumindest war sie wieder Nelli, die unter den Bäumen des Rings ihren Rückweg zu der grauen Gasse begann.

Lotte nahm Nelli nicht wieder zu einer Party mit. Lotte tanzte beim Elmayer-Kränzchen und eröffnete mit ihren Freunden vom Theresianum den Opernball. Lotte trug Schottenröcke und weiße Blusen unter dem Lodenmantel, Nelli den Parka, gemeinsame Freunde hatten sie keine. Darüber sprachen Lotte und Nelli nicht und blieben Freundinnen. Wange an Wange saßen sie unweit der Knöpfe in Lottes Zimmer, vertieft in den aufgeschlagenen Atlas, und planten gemeinsame Reisen durch die ganze Welt. In Lottes Wohnung hatte Nelli nur deren Mutter getroffen, und Lotte sagte manchmal: Mein Vater ist ein Zirkusdirektor. Als Kind hatte ich eine Schlange, die hab ich an einer Leine durch den Volksgarten spazieren geführt. Nelli sah sie verwundert an und Lotte lachte lauthals. Irgendetwas war seltsam an diesem Lachen. Eines Tages hatte Lotte wieder vom Zirkusdirektor angefangen und ihr seltsames Lachen war in ein Schluchzen übergegangen. Sie wandte ihren Kopf zur Seite und sagte mit brüchiger Stimme: Hilf mir, meinen Vater zu finden, ich weiß nicht, wer er ist. Nelli war erstaunt und verstört, bis dahin hatte sie geglaubt, Lottes Vater sei nie zu sehen, weil er bei seiner Arbeit war. Ich weiß nicht wie, sagte Nelli schließlich, ich lebe mit einem Vater, aber wer er ist, das weiß ich auch nicht. Er hat noch nie ein Wort über seine Eltern verloren, hat nicht einmal deren Namen genannt. Ich glaube, sagte Nelli, er schämt sich für seine Eltern, sonst würde er mir doch erzählen, wo er als

Kind gewohnt hat, womit und mit wem er gespielt hat, ob seine Eltern gutmütig oder streng waren, er würde mir Fotos zeigen. Wenn ich ihn nach seiner Kindheit frage, zuckt er die Schultern und geht aus dem Zimmer. Du verstehst mich nicht, unterbrach Lotte. Du weißt, wie dein Vater aussieht, wie er riecht, was er anzieht. Ich habe meinen Vater aber nie gesehen, meine Mutter weigert sich, seinen Namen zu nennen. Bei dir wird der Vater verschwiegen, bei mir hat es keine Großeltern gegeben, sagte Nelli. Von diesem Tag an, erzählte Nelli, habe sie mit Lotte Plan um Plan geschmiedet, wie sie Lottes Vater finden und erfahren könnten, aus welcher Familie Nellis Vater kam. Niemandem erzählten sie von ihrer Suche. Das geheime Suchspiel verlieh ihrer Freundschaft Innigkeit und Dauer. Das Suchspiel war ihre Verbindung. Bald nach der Schule verließ Lotte Wien und arbeitete in verschiedenen Ländern für österreichische Firmen. Lotte heiratete nicht und hat keine Kinder. Ihren Jahresurlaub verbrachte sie in Österreich und traf dann selbstverständlich Nelli. Die erzählte Lotte nicht, dass sie an den Demonstrationen gegen den Opernball teilnahm, und Lotte ahnte, was Nelli ihr verschwieg. Lotte erwähnte in Nellis Gegenwart nicht, welche Partei sie wählte, und Nelli ahnte, was Lotte ihr verschwieg. Sie wussten, dass die Politik sie trennte, und setzten sich darüber hinweg. Sie hatten nur einander von ihrer Suche erzählt, dieses geteilte Geheimnis verband sie Zeit ihres Lebens.

Nelli suchte aber nur mit Worten, denke ich nun, nicht mit den Füßen und nicht mit ihren Händen. Sie suchte, als fürchtete sie das Finden. Mit einem Mal bin ich wütend auf Nelli. Einfach verschwinden. Was fällt ihr ein? Bin ich ihr gleichgültig? Wo ist sie? Ich weiß nicht, warum mir auf einmal Tränen rinnen, ich schlage Nellis Collegeblock auf und beginne schniefend zu lesen:

Er steht im Schatten der Birken beim Marshmallow-Fest. Er trägt die Uniform der US Army. Freiwillig hat er sich als Starter des Sackhüpfens gemeldet. Die Hüpfbahn liegt ein wenig abseits des Geschiebes auf den trubligen Feststraßen. Ich lese bis zu den Zeilen: *Das schreibt sich ihr ins Gedächtnis und der Refrain, den sie zuletzt miteinander gesungen haben: All we are saying, is give peace a chance.*

Ich lege den Block beiseite. Wer ist das Mädchen? Soll das Nelli sein? Sie schreibt in der dritten Person. Namen gibt sie nur den Randfiguren. Die Geschichten scheinen aus einer anderen Zeit zu kommen, aus einer anderen Welt. Warum hat sie zu mir nie von Ida gesprochen? Warum hat sie diese Geschichten nicht mir erzählt?

Als ich die Frage am folgenden Tag Lotte stelle, fragt sie: Hätten dich ihre Geschichten denn interessiert, hättest du ihr überhaupt zugehört? Du bist doch mit deinem eigenen Leben viel zu beschäftigt. Das klingt wie ein Vorwurf, sage ich. Ist es nicht, sagt Lotte, man fragt nicht nach den Geschichten seiner Vorfahren, solange man jung ist und die Vorfahren anwesend sind. Aber vielleicht interessiert dich der Brief, den ich heute von Nelli bekam. Bevor du mir den Brief zeigst, muss ich dir widersprechen, sage ich. Nelli hat mir erzählt, dass ihr schon als Mädchen wissen wolltet, wer eure Vorfahren waren. Das stimmt, erwidert Lotte, und stimmt auch nicht, unser Suchen war halbherzig. Dann liest sie:

Liebe Maia, liebe Lotte,
ich habe mich auf eine Reise begeben, von der ich noch nicht weiß, wohin sie mich führen und wie lange sie

dauern wird. Alles Notwendige habe ich vor meiner Abreise geregelt. Ihr müsst euch um nichts kümmern. Lasst bitte meine Wohnung so, wie sie ist, die Miete ist auf längere Zeit im Voraus bezahlt. Ihr habt keinen Grund, euch um mich zu sorgen. Ich muss diese Reise allein machen und will ungestört sein. Mir geht es gut. Sucht nicht nach mir, sondern lebt euer Leben gelassen und heiter. Wir werden uns wiedersehen. Ich liebe euch und umarme euch. Herzlichst, Nelli

Den wortgleichen Brief hatte ich am Morgen in meinem Briefkasten gefunden. Meine Mutter macht sich ohne Vorankündigung aus dem Staub und findet es nicht einmal der Mühe wert, mir einen eigens formulierten Brief zu schreiben. Ihre Tochter oder ihre Freundin, das ist Nelli einerlei, keine wichtiger als die andere. Lotte sagt: Der Brief ist in Wien abgestempelt, sie muss ihn vor ihrer Abreise aufgegeben haben. Dann will Lotte Nellis Aufzeichnungen nicht selbst lesen, sondern ich soll vorlesen. Als ich den Block zuklappe, sagt sie: Wer ist dieser Sackhupfstarter beim Marshmallow-Fest? Das ist bloß eine Randfigur, erwidere ich, irgendwo fängt Nelli halt zu erzählen an.

Schleppe Blei

Meine Mutter Nelli war nicht erreichbar, als ihr Vater aus dem Spital in ein Pflegeheim gebracht wurde. Ich sitze an seinem Bett, an dem Nelli sitzen sollte. Er bemerkt, dass ich aufstehen will, er greift nach meinem Handgelenk, hält es eisern umschlossen, versucht, sich an mir hochzuziehen, will aus dem Bett. Ruh dich hier ein wenig aus, sage ich, ich hole die Sachen aus deiner Wohnung. Da schüttelt er nicht nur den Kopf, sondern sein ganzer Oberkörper zuckt ein Nein und aus seinen Augen kommen Tropfen. Nie zuvor hatte ich Tränen in den Augen dieses ehern strengen Mannes gesehen, dem das, was er Haltung nennt, seit ich ihn kenne wichtiger ist als Nähe oder Nachkommen. Für die Anmeldung im Pflegeheim braucht er seine persönlichen Dokumente. Schon in den Jahren zuvor hätte Nelli seine Dokumente gerne durchgesehen. Die Schreibtischladen, in denen sie die Dokumente vermutete, waren aber stets verlässlich abgesperrt. Sie verbargen, glaubte Nelli, was er ihr aufs Sorgfältigste vorenthielt. Kehrte sie zurück von einem Besuch bei ihm, verlangte ich ihre Aufmerksamkeit und sie vergaß seine Geheimnistuerei. Wozu die Lebenszeit der Suche nach Spuren der Vorfahren widmen, sagte sie. Doch sobald sie ihn, Monate später, wieder traf, standen ihre Fragen auf, verdrängten die Gegenwart. Das kenntnislose Ahnen der Ahnen befeuerte ihre Unruhe. Wer waren seine Eltern, welche Berufe hatten sie, wie war ihr Tageslauf, was aßen sie, was mochten sie, was lehnten sie ab, wie fühlten sie sich in und gegenüber der Welt, in welcher Atmosphäre lebten sie? Die Antwort sei Schweigen gewesen, sagte Nelli. Auf meine Frage antwortete er einmal widerstrebend, seine Mutter sei eine glühende Nationalsozialistin gewesen, glühend, sagte er. Als der Hitler zum Walserberg kam und den ersten Spaten Erde für den Bau der Reichsautobahn nach Wien aushob, habe seine Mutter ihn zu dieser Feierlichkeit mitgenommen, ihm Blumen in die Hand gedrückt, die er dem Hitler schenken sollte, und sie sei enttäuscht gewesen, weil diese Ehre einem anderen Kind zuteilwurde, sie habe die Blumen dann auf das Häuflein Erde geworfen, das der Hitler ausgehoben hatte.

Vor einem runden Geburtstag bat Nelli ihren Vater wieder um einige Erinnerungen an seine Eltern, an seine Jugend. Er sagte, er habe, leider, keine Fotos seiner Eltern, und schickte Nelli zu ihrem Fünfziger ein Buch des Konzerns *Reader's Digest* mit dem Titel *Mein Geburtstagsbuch*. Auf der dritten Seite steht unter diesem Titel: August Johann Schwaigerl, 10. Juni 1931. Mit dem Märtyrer Getulius beginnt der Text, eine ganze Seite ist diesem *Heiligen des Tages* gewidmet, dann folgt *Interessantes vom Tage* mit persönlicher Anrede: Lieber Herr Schwaigerl, dann eine Seite über das Sternzeichen, in dem er geboren wurde, gegliedert in *Persönlichkeit, Gesundheit, Liebe, Erfolg*, und schließlich fragt *Reader's Digest, Wissen Sie, lieber Herr Schwaigerl, wer heute mit Ihnen Geburtstag feiert?* In solcher gemeinplatzigen Unverfrorenheit geht es fort, Seite um Seite, allerdings nur bis in die 1950er Jahre, als hielte *Reader's Digest* die auf das zweite Jahrzehnt folgenden Jahre seiner Leserschaft nicht für nennenswert. Rätselhafterweise ist die letzte Seite des nordamerikanischen Geburtstagsbuches der FDJ gewidmet, *Freie Deutsche*

Jugend der Deutschen Demokratischen Republik. Als Nelli das Buch später noch einmal öffnete, fiel ein kleinformatiges Schwarzweißfoto heraus. In einem Garten stehen breitbeinig zwei halbwüchsige Buben in der Uniform der Hitlerjugend, einer der beiden ist ihr Vater, streng und misstrauisch schaut er Nelli an. Auf der Rückseite steht mit Bleistift geschrieben: Schorsch, mein Jugendfreund. Wer das Foto wann und wo gemacht hat, erwähnt der Bleistiftschreiber nicht.

Ihren fünfzigsten Geburtstag hatte Nelli feiern wollen. Nachdem sie das Geburtstagsbuch durchgesehen hatte, verfiel sie in lastenden Trübsinn und sagte ihr Fest ab. Seit je hatte ihr Fragen nach der Herkunft ihres Vaters den Gezeiten geglichen, doch der Ebbe, die eintrat, nachdem sie das Geburtstagsbuch bekommen hatte, folgte lange keine Flut. Sie schien wie ermattet, unternahm nichts. Die Ahnengeheimnisse hängten sich ihr wie eine bleierne Schleppe an, verlangsamten ihr Tun, behinderten ihr Leben, machten sie vorsichtig, wo sie etwas hätte wagen können, machten sie grundlos schüchtern und ließen sie manchmal zusammenhanglos beschleunigen und abrupt bremsen wie eine schlechte Autofahrerin.

Wie werde ich nun den Schlüssel des Schreibtischs finden, frage ich mich, als ich, vom Pflegeheim kommend, die Wohnung von Vevis Sohn betrete. Ratlos gebe ich die Suche nach einer Weile auf und ziehe eher zufällig an einer der Schreibtischladen. Sie ist nicht abgesperrt. Die Erkrankung hat Vevis Sohn überrascht und ihm die Möglichkeit genommen, seine Geheimnisse weiterhin zu hüten. In einer seiner Schreibtischladen liegt eine kunstlederne Mappe, auf der in goldfarbenen Lettern *Meine Dokumente* steht. Die Geburtsurkunde liegt zuoberst. Unter der Rubrik *Änderungen der Eintragung* lese ich: Der Bundesheersoldat August Rechermacher hat sich als Vater des von Genoveva Schwaigerl am 10. Juni 1931 in Salzburg unehelich geborenen Kindes August Johann bekannt. Nelli hatte vermutet, ihr Vater sei unehelich geboren. Als ich den Beweis vor mir sehe, staune ich dennoch, wie banal und altgriechisch der Beweggrund eines lebenslang währenden Schweigens ist.

Ein Bastard, mit solcher Schmach behaftet,
ohne Macht, bin ich ein Nichts,
und nichts werd ich auch gelten.
Euripides: Ion, Vers 593

Ich sage lebenslanges Schweigen, denn die Erkrankung hat Vevis Sohn die Sprache genommen und seine rechte Hand gelähmt. Er kann sich nur noch mimisch verständlich machen, vor allem mit den Augen. Ich gehe von einem seiner Zimmer ins andere, her und hin, ziehe Vorhänge auf und schließe sie wieder, öffne den Kühlschrank, mache zu, gehe ins Bad, lasse Wasser über meine Hände laufen, wieder zurück zum Schreibtisch, dort liegen verstreut Papiere, beschrieben in der übertrieben eleganten Handschrift von Vevis Sohn. Endlich sind diese Schreibtischladen offen, und ich kann das Nelli nicht erzählen. Ich will sie anrufen, aber sie ist nicht erreichbar. August Rechermacher, Soldat. Zuerst lese ich die handgeschriebenen Papiere.

Sohn rede

Mein Vater vergaß mich, schon bevor er mich zeugte. Er verließ mich, bevor ich geboren wurde. Für meinen

Vater habe ich keine Stimme. Den Klang seiner Stimme habe ich vergessen. Ich kann ihn nicht hören. Schon zu seinen Lebzeiten, konnte ich mir seine Stimme nicht ins Gedächtnis rufen. Doch spräche er noch einmal zu mir, würde ich seine Stimme erkennen, ohne ihn zu sehen. In meinem Inneren kann ich aber seine Stimme nicht wachrufen. Ich sehne mich nach dieser Stimmerinnerung, in meinem Innenohr würde ich gerne die Stimme meines Vaters hören. Einmal will ich aufschreiben, was ich über meinen leiblichen Vater weiß. Ich habe einen leiblichen Vater, den ich kaum kannte. Ich hatte auch einen Erziehungsvater – so nannte ihn das Pflegschaftsgericht –, für mich war er der Stief, so durfte ich ihn aber nicht ansprechen, musste Vater zu dem sagen, der nicht mein Vater war. Den Stief kenne ich von jedem Tag, den ich mit ihm verbringen musste, über ihn will ich nur das Unvermeidlichste aufschreiben. Mit dem Stief habe ich nichts zu tun, bin mit ihm nicht verwandt. Als ich Salzburg mit 19 Jahren verließ, habe ich den Stief abgeschüttelt. Zu seinem Begräbnis bin ich nicht gefahren. Den Mann, der mich gezeugt hat, will ich posthum kennenlernen. Ich will mir ein Bild meines Leibvaters, meines Blutvaters, meines Samenvaters machen. Nur gezeugt, nicht erzogen hat er mich. Erzogen haben mich meine Mutter, Genoveva Schwaigerl, der Stief und meine Großeltern. Genoveva wurde Vevi genannt. Vevis Vater war mir lieb, er stammte vom Inn. Wegen der Arbeit bei der Eisenbahn war er nach Salzburg gezogen. Meinen Vornamen habe ich vom Samenvater: August. August Rechermacher hieß er. Den Familiennamen habe ich von der Mutter: August Johann Schwaigerl bin ich, Sohn des August Rechermacher. Nachdem er meine Mutter geschwängert hatte, entschied er sich für seinen Beruf und gegen meine Mutter. Sein Beruf war ihm auch wichtiger als ich, obwohl er mich kurz nach der Geburt als seinen Sohn anerkannte. Einmal muss ich aufschreiben, was ich weiß über das Haus, aus dem ich komme. Vor meinem Tod will ich mir meine Herkunft bewusst machen. Vor dem Hintergrund meiner Herkunft werden sich meine Leistungen noch deutlicher abzeichnen, das von mir Erreichte. Sobald ich Klarheit gewonnen habe, werde ich diese Aufzeichnungen vernichten. Verbrennen werde ich sie, wie ich Vevis Möbel verbrannt habe. Meine Nachkommen sollen von diesen Dingen nichts erfahren, ich will sie nicht belasten mit altmodischen Möbeln und Erinnerungen. Niemand wird erfahren, woher ich kam. Mein ganzes Leben hindurch zählte meine eigene Leistung, nicht meine Herkunft. Ich habe die Armut hinter mir gelassen und die Biertische, den Pöbel, das Raufen und das Grölen. Meine Nachkommen werden nicht erfahren, aus welchem Haus ich kam. Kraft meiner Disziplin, kraft meines Fleißes und kraft meiner Intelligenz habe ich die alte Schlechthausigkeit durchbrochen, habe der Schlechthausigkeit ein Ende gesetzt. Ich habe mich immer korrekt verhalten. Ich habe alles in meinem Leben richtig gemacht. Das allein zählt. Ich war korrekt und habe alles richtig gemacht. Guten Gewissens können meine Nachkommen behaupten, sie stammten aus gutem Hause. Diese Aufzeichnungen schreibe ich, damit ich mir am Ende meines Lebens ein Gesamtbild verschaffe, einen Überblick. Diese Aufzeichnungen dienen meiner Selbstvergewisserung. Sobald ich mir meiner selbst ganz sicher bin, werde ich die Aufzeichnungen vernichten. Zerreißen des Papiers genügt nicht, jemand könnte die Schnipsel finden und sie wieder zusammenfügen. Nur Verbrennen ist verlässliche Vernichtung.

Meine erste Erinnerung an meinen Leibvater August Rechermacher reicht zurück in das Jahr 1938, ich war sieben Jahre alt. Meine Mutter brachte mich zum Bahnhof, dort erwartete er uns. Ich muss ihn zuvor kennengelernt und ab und zu gesehen haben, denn ich erinnere mich nicht daran, dass meine Mutter mir am Bahnhof diesen Mann eigens vorgestellt hätte, ich erinnere mich aber auch an keine früheren Begegnungen mit ihm, nicht an unsere gemeinsame Bahnfahrt in den Flachgau, sondern ich erinnere mich nur an das Ankommen in Weiler auf einem Friedhof. Rund um eine Kirche waren die Gräber, dunkel gekleidete Gestalten warteten dort. Meine Großmutter war gestorben, mein Vater hatte mich abgeholt, damit ich mit ihm an dem Begräbnis teilnehme. Vielleicht wollte er mich bei dieser Gelegenheit mit seiner Verwandtschaft bekannt machen. Sein Vater, auch er unehelich geboren, mein Großvater also, war schon 1931 gestorben, am Tag meiner Geburt. Er war Viktualienhändler und Leinenweber gewesen. Nur eine Halbschwester meines Vaters ist mir in Erinnerung, weil ich in den Jahren nach diesem Begräbnis manchmal zu ihr gebracht wurde, sie hieß Nanni und lebte am See. Nanni ist mir nicht von dem Begräbnistag in Erinnerung, sondern nur von späteren Besuchen bei ihr. Ein einziges Bild beherrscht meine Erinnerung an das Begräbnis meiner Großmutter, es überdeckt alle anderen Eindrücke. Vier Männer, einer davon mein Vater, hoben den Sarg auf. Da löste sich aus dem Sarg dunkelrote Flüssigkeit und fiel in schweren Tropfen zu Boden. Die Flüssigkeit hinterließ eine feuchte Spur. Da rinnt Blut aus dem Sarg, sagte ich zu einer Frau, die neben mir ging. Aber geh, antwortete sie und: Sei doch still. Auf dem Heimweg sagte ich meinem Vater, aus dem Sarg sei Blut geronnen. Das sei nicht möglich, erwiderte er. Als ich erwachsen war, verneinten Ärzte meine Frage, ob es möglich sei, dass aus einem Leichnam Blut austrete. Dennoch blieb das Bild des Blutes, das aus dem Sarg meiner Großmutter tropft, in meiner Erinnerung das einzige Bild von diesem Begräbnis und von dieser für mich ersten Begegnung mit meinem Vater. Er fuhr mit mir zurück, und am Bahnhof holte mich meine Mutter ab, er begleitete uns nicht nach Hause, wo meine Mutter mit mir und dem Stief, ihrem Ehemann, lebte. Mein Vater fuhr vermutlich zurück in seine Kaserne. Er war Berufssoldat.

Ich war immer korrekt und habe alles in meinem Leben richtig gemacht, ja, das ist die Stimme von Nellis Vater, so klingt er, seine Überheblichkeit. Selbst wenn er die Papiere, die ich auf seinem Schreibtisch fand, nicht mit der Hand geschrieben hätte, diese Melodie hätte ich als die seine erkannt, diese Melodie erboste meine Mutter Nelli wie die Feuer, die er entfacht hatte. Im Garten habe er, dort, wo sonst Altholz verbrannt wurde, die Jugenderinnerungen seiner Frau verbrannt, Briefe, Landkarten, Dokumente, Fotos, Tagebücher. Sie wollte alles aufheben, aber diese Dinge gingen niemanden etwas an, sagte er, sie würden später womöglich in die Hände Unbefugter fallen oder der Nachkommen. In dem zweiten Feuer verbrannte er vor einem Umzug die Möbel, die seine Frau in die Ehe mitgebracht hatte. Ihre antiken Möbel ersetzte er durch furniertes Pressspanzeug, so wie er in jeder neuen Wohnung, in die er zog, die Parkettböden gegen Teppichböden tauschte. Als er jung war, sagte Nelli, habe er das Alte gehasst, er wollte jede Erinnerung, jeden Hinweis auf die vergangene Zeit auslöschen, doch seit er alt ist, hasse er das Neue. Nur die Jahre, in denen er tatkräftig war, und nur seine eigenen Taten in diesen Jahren gelten etwas, das Vorher und das Nachher müssen verschwinden. Ich saß wieder an dem Schreibtisch, ließ die Blätter durch meine Hand gleiten, und Nellis Worte gingen mir durch den Kopf. Mir tat Nellis Vater leid, in seinem Alter wollte ich nicht solche Töne brauchen müssen und nicht nur in seinem Alter.

August Rechermacher, Soldat in Salzburg, aus Weiler im Flachgau stammend, damit könnte ich die Suche aufnehmen. Meine Funde werde ich notieren, die Dokumente sammeln, alles zu einem Buch binden lassen, das schenke ich Nelli zum nächsten Geburtstag, bis dahin wird sie hoffentlich wieder aufgetaucht sein. Als erstes werde ich in Weiler die Kirchenbücher einsehen. Der Pfarrer gibt aber am Telefon unwirsch die Auskunft, ich solle mich an das Diözesanarchiv in Salzburg wenden. Das Archiv verwahrt die Lebensdaten der Rechermachers, ich könnte die Aufzeichnungen zurückverfolgen bis ins 17. Jahrhundert, könnte ich die Handschriften in den Kirchenbüchern entziffern. Wie stolz manche Leute auf ihren Stammbaum sind, als hätte nicht jede Erdenbewohnerin einen, zurückreichend in Evas Schoß, oder wie immer unser aller Anfang geheißen haben mag. Vevis Sohn wollte aber seine Abstammung verbergen. Auf dem Bildschirm des Mikrofiche-Lesegeräts im Archiv erscheinen die Lebens- und Sterbeorte der Rechermachers im Flachgau, sie liegen in unmittelbarer Nähe jenes Ortes, wo Nelli in einem Uterus schwamm, bis sie, wenige Wochen vor ihrer Geburt, in ein deutsches Dorf übersiedelt wurde. Später verbrachte sie unweit der Rechermacher-Orte jeden Sommerurlaub mit Vevis Sohn und dessen Frau. Die beiden verrieten ihr nicht, dass sie im Großvaterland waren, dass Nellis Großvater in der Nähe lebte, sie hätte auf ihn zulaufen können, hätte ihn zum Lachen gebracht, ihn umarmt. Mit jedem Sommer wurden ihr die Seen und grasigen Hügel des Flachgaus vertrauter, die Aussicht zu den hohen Bergen, gleichwohl blieb die Gegend für sie Urlaubslandschaft, nicht mehr. Das Auto, mit dem sie dorthin gefahren wurde, trug eine deutsche Nummerntafel, sie war das Kind deutscher Feriengäste, das hörten die Flachgauer an der Art, wie sie die Worte aussprach. Ich sitze vor den Mikrofiches, aber ich nehme die Buchstaben auf dem Bildschirm nicht mehr wahr, ich grüble, warum einem Kind der Großvater vorenthalten wird, einem Kind seine Vorgeschichte gekappt wird. Was bedeutet Schlechthausigkeit? War August Rechermacher womöglich ein Mörder, ein Zuhälter, war er ein Dieb, Alkoholiker? Hätte er Nelli etwas erzählen können, was sie nicht wissen sollte? Hatte sich Vevis Sohn für August geschämt und wollte deswegen keinen Kontakt zwischen Nelli und August entstehen lassen? Geschämt hatte sich später auch Nelli für Vevis Sohn und dessen Frau. Offenbar bin ich eine der ersten in der Familie, die sich für ihre Blutsverwandten nicht schämt, ich habe sie mir nicht ausgesucht. Vevi war bei Nellis Geburt schon tot, aber August starb erst, als Nelli 15 Jahre alt war. Dieser Großvater wurde für Nelli bedeutsam, weil er ihr penibel vorenthalten worden war. Wahrscheinlich wäre er mir ziemlich gleichgültig geblieben, wäre nicht so ein Geheimnis aus ihm gemacht worden, das Nelli mit sich herumschleppte. Dieses Geheimnis habe ich geerbt und für meine Kinder, sofern ich je welche haben werde, sollen ihre Vorfahren kein Geheimnis mehr sein.

August Rechermacher war Soldat der ersten österreichischen Republik. Das Archiv bewahrt sein Wehrstammbuch auf. Er war bei seinem Einrücken zum österreichischen Bundesheer im März 1927 172 cm groß und wog 71 Kilo. Wer kennt schon solche körperlichen Einzelheiten seines Großvaters? Außer einer Diphterie in seiner Jugend hatte er keine ernsthaftere Erkrankung zu überstehen gehabt und er erfüllte alle Voraussetzungen, die das Gesetz für die Aufnahme von Soldaten vorsah: er war Österreicher, ein Mann, er bekannte sich zur demokratischen Republik und erklärte dies mit seinem Manneswort, er besaß die volle moralische, geistige, körperliche Eignung, er war zwischen 18 und 26 Jahre alt, ledig, sprach Deutsch und hatte Volksschulbildung. Nach einem Monat Probezeit und einer vorteilhaften Dienstbeschreibung legte er den Eid ab: Vaterland verteidigen; Treue und Gehorsam den Gesetzen; Befehle pünktlich und genau befolgen; Weisungen gehorchen; der Republik und dem Volk dienen. Die Arbeit beim Militär versprach Sicherheit, Dauer und 14 Tage Urlaub im Jahr. August hatte sich zu zehn Jahren Präsenzdienst verpflichtet. Er wurde Soldat, Berufssoldat. Warum? Ein Patriot könnte er sein, ein Draufgänger, einer der nur beim Heer Arbeit findet, ein Liebhaber der Waffen könnte er sein, einer der im Haus der Männer befehlen oder gehorchen will, ein Barmherziger Samariter könnte er sein wollen oder einer, der kämpfen will. Vielleicht war in den sieben

Knechtjahren in ihm der Wunsch entstanden, Soldat zu werden, weil er sich vom Soldatsein mehr Freiheit erhoffte, als das Knechtsein ihm je gewähren würde. Im Krieg würde er aber zu einem, von dem der Staat das Menschentöten verlangt. Der vorige große Krieg lag nur ein Jahrzehnt zurück, während seiner Lebenszeit würde kein zweiter ausbrechen, mag er geglaubt haben. Vielleicht wurde August aber mit Begeisterung Krieger. Ich nenne den August Rechermacher mittlerweile beim Vornamen, einen Blutsverwandten kann ich wohl duzen.

Seine ersten 22 Jahre hatte er auf Wiesen und Weiden verbracht, in Ställen und unter freiem Himmel, nun übersiedelt er aus dem Grasland in die Stadt und teilt in der Salzburger Riedenburgkaserne den Schlafraum mit Rekruten. Das Bett, in dem er schläft, gehört der Republik. Würde August das Militär verlassen, dürfte er nur seine Militär-Unterwäsche behalten, die übrigen Bekleidungs- und Ausrüstungsgegenstände müsste er zurückgeben. August war in eine Reiterschwadron aufgenommen worden, war ein Dragoner geworden, wie er sie einmal in Weiler gesehen, bewundert und taggeträumt hatte, eines Tages auch in solcher rot-blauen Pracht übers Land reiten zu dürfen. Der Anblick der Dragoner hatte seine Reitversuche noch eifriger gemacht. Die Salzburger Dragoner führten die Tradition der Reitenden Tiroler Kaiserschützen fort, deren Lied August schon in der Volksschule gesungen hatte, und 1914 hatte die Blasmusik das Lied vor dem Bahnhof gespielt. Nun war er einer von ihnen geworden, er konnte das noch nicht recht glauben, als er in seiner ersten Kasernennacht andere unweit atmen hörte. Die anderen, das waren seine Kameraden, die Kameradschaftlichkeit hatten sie alle gelobt, auch wenn manche einander schon auf den ersten Blick nicht mochten, die Kameradschaft müssten sie pflegen über ihren Tod hinaus.

Die Uniformaufschläge der 1927er Dragoner waren so grasgrün wie die der 1914er, das Grasgrün half den verlorenen Krieg vergessen und das zerstobene Reich, das Grasgrün schenkte dem Land und seinen Rekruten die Illusion unbesiegter Dragoner. Der Schnitt der Uniformen und der Kopfbedeckungen, deren Streifchen und Sternchen, in unterschiedlichen Rots, Grüns, Gelbs oder Blaus, in genau vorgeschriebenen Zentimeterabständen auf den Waffenrock oder die Hose gesetzt, diese Kleiderordnung schärft nicht nur den Blick für Unterschiede, sondern nährt auch Illusionen und gehört zu den äußeren Zeichen der sogenannten Ehre. In den Auslagen der Schneidereien des Vatikans sah ich textile Angebote zur Befriedigung offenbar ähnlicher Distinktions- und Ehrgelüste wie in den Abbildungen und Beschreibungen der Uniformen. Oft gleichen die Abbildungen, vielmals Handzeichnungen, Suchbildern, verlangen genaues Hinschauen, damit man die feinen Unterschiede entdeckt. Verglichen mit diesen Suchbildern wirken die Modevorbilder für zivile Damen, wie man sie in der *Vogue* und ähnlichen Zeitschriften findet, grob. Wie die Gläubigen sich einst durch die Bilder in den Kirchen mit den biblischen Geschichten vertraut machten, erlernen die Bewohner der Kasernen durch die Farben und Formen der Bekleidung des Gegenübers die Hierarchie des Heeres kennen, richten ihr Verhalten danach aus und glauben dank dieser Kenntnisse schließlich, das Haus des Heeres wäre ihr Zuhause.

Sohn rede

Vielleicht ging mein Vater wegen der Pferde zum Militär. Vorher hatte er auf dem Hof seines Patenonkels als Pferdeknecht gearbeitet, fünf Pferde, allesamt Arbeits- und Zugtiere, hatte er zu versorgen gehabt. Er hatte sich schon als Kind das Reiten selbst beigebracht und die Pferde gingen ihm zu, als wäre er ihr Freund, einer von ihnen. Beim Militär erhielt er zum ersten Mal regelmäßig Reitunterricht und nahm bald an Distanzritten teil.

Von einem dieser Ritte durch das Salzkammergut hat er mir kleine Schwarzweißfotos geschenkt, die Gesichter der Soldaten sind auch durch eine Lupe betrachtet kaum unterscheidbar, ich kann ihn auf diesen kleinen Fotos nicht erkennen. Der Reiterzug hat auf einer schmalen Straße Halt gemacht, der Zugführer hält eine Zigarette in der rechten Hand, im Hintergrund ist ein Aquaedukt zu sehen. Der Reiterzug, auf den Fotos lassen sich meist zwölf Soldaten zählen, ist vor einem Wirtschaftsgebäude abgesessen, ein Tubist, ein Trompeter und einige Landarbeiterinnen mit hellen Kopftüchern umringen die Dragoner. Einer gießt aus einem Krug dem Kameraden ein Getränk in ein Glas, das ausschaut, als könnte es einen halben Liter fassen.

Auf dem nächsten Foto ist der Reiterzug wieder aufgesessen, schreitet zwischen Weidezäunen durch eine Friedenslandschaft. Ritt die Schwadron zu einer Parade aus, führte der Standartenträger auf einem Schimmel den Zug der Reiter an: Edel, kühn und treu, Jeder für alle, hießen die Wahlsprüche. Dem Vaterland mag er treu gewesen sein, nicht aber mir, seinem Sohn.

Augusts erste Reitlehrer beim Militär verziehen keine Miene, als er behauptet, er könne reiten, sie argwöhnen, er habe sich mit dem Reiten auch die Fehler selbst beigebracht. Erst als sie sehen, wie August auf ein Pferd zugeht, sich mit ihm verständigt, bevor er es aufzäumt und führt, als die Lehrer beobachten, wie August sich den Bewegungen des Pferdes geschmeidig anpasst und schlafwandlerisch sicher das Richtige tut oder unterlässt, verlieren sich ihre Vorbehalte und sie sind überrascht, als sie August eines Tages mit einem Nasenverband im Reitstall antreffen. Ein Hengstbiss, August hatte das Tier zu eng gesattelt. Zumindest diesen Hinweis auf eine grobe Seite Augusts gibt das Wehrstammbuch her und warnt mich vor der Gefahr, für Nelli einen August ohne Schatten erfinden zu wollen. Für Nelli gehe ich Augusts Spuren nach, zuerst für Nelli, aber auch für mich, damit mich das unbekannte Erbe nicht hinterrücks erschlägt. In der gedeckten Reithalle und auf den offenen Reitplätzen der Riedenburgkaserne lernt August das Exerzieren zu Pferd und die Dressur. Er übt mit seiner Schwadron in Ober- und Niederösterreich, gemeinsam besteigen sie den Dachstein und machen oben Schießübungen, August paradiert durch Salzburg, macht mit bei Manövern an der Donau, bei der Schlussparade reitet er zum ersten Mal durch Wien. Das Militär bringt ihn an Orte und in Landschaften, die er nicht so bald gesehen hätte, wäre er Knecht geblieben. Training, Schweiß, Muskelkater, Außeratemsein, Schmerzen, üben, lernen und wieder üben, daraus besteht Augusts Militärleben in der Friedenszeit. Wie Christen auf den Welterlöser, warten auch Soldaten. Warten, worauf? August wartet auf den nächsten Befehl, auf das Essen, auf das Ende seines Präsenzdienstes, hoffentlich wartete er nicht auf das Ende des Friedens. August ist am liebsten bei den Pferden, bei ihnen wartet er nicht. Samstagsabends dürfen die Dragoner ausgehen, nachdem der Oberstleutnant sie ermahnt hat: *Seid brav, rauft nicht, aber ein Dragoner läßt sich nicht schlagen*. Vielleicht war es ein Samstagabend, als August und Genoveva einander zum ersten Mal begegneten. Sie wird Vevi genannt. Es mag ein zufälliges Treffen beim Kettenkarussell des Rupertikirtags gewesen sein. Oder sie hatten einen gemeinsamen Freund einer Freundin, die sie miteinander bekannt machten. Bald weiß Vevi, dass Augusts Bett neben den Betten anderer Dragoner in der Kaserne steht, und er hat erfahren, dass sie in der Parscher Feigenkaffeefabrik arbeitet und in Liefering bei ihren Eltern wohnt. Mochten sie einander oder wollten sie endlich einmal mit jemandem schlafen und gaben einander dazu die Gelegenheit? Sie waren beide 25 Jahre alt. Wo konnten sie miteinander liegen? Kein Archiv wird diese Fragen beantworten, Fragen, deren Antworten mich nichts angehen, höre ich nicht auf, solche Fragen zu stellen, verletze ich die Intimität der beiden, und doch stelle ich sie mir irgendwo draußen miteinander vor. In dieser Nacht werden August und Vevi ein Paar und gründen, ohne es zu wissen, eine Familie. Eine Familie, die nie miteinander leben wird, und auch deren Nachkommen werden versprengt sein wie Gesteinsbrocken nach einem Vulkanausbruch, unweit voneinander liegend und gleichwohl unerreichbar für einander. Die Nächte in Salzburg sind Ende September meist kühl, auch feucht. Sicher scheint mir, dass August und Vevi miteinander schliefen, ohne ein Kind zeugen zu wollen. Der große Leib kann in sich nicht hineinkriechen. Als Vevi ihren wachsenden Bauch nicht länger verbergen kann, erinnert ihr Vater sie an den Kriegsversehrten, dessen Antrag sie zwei Jahre zuvor abgelehnt hatte. August anerkennt seinen Sohn kurz nach dessen Geburt, ohne ihm seinen Familiennamen zu geben. Während Vevi den Sohn stillt und ihm später rumhoniggetränkte Fetzen zum Saugen gibt, damit er nicht schreit, verfeinert August seine Reit- und Springtechnik und lässt sich in der Salzburger Neuthorgasse fotografieren, bei der Firma Schröder, sie schrieb diese Gasse mit th. Er umgreift mit der Linken das Portepee des Kavalleriesäbels, hält in der Rechten Handschuhe, entschlossen und einigermaßen zuversichtlich weicht er mit hellen Augen unter dem Schirm seiner Tellerkappe meinem forschenden Blick aus. Tief in die Kinnmitte senkt sich ein nabelartiges Grübchen. Schlank ist August, nur sein Gesicht zeigt den Rest kindlicher Rundungen. Er hat sich für die Dragoner entschieden und gegen die Ehe mit Vevi. Vor dieser Wahl stand August. Würde er heiraten, müsste er aufhören, Dragoner zu sein, sagte das Gesetz. Offenbar wusste das Vevis Sohn nicht, sonst hätte er ihm vielleicht verziehen, dass er kein Rechermacher geworden, sondern ein Schwaigerl geblieben war.

Anfang der 1930er Jahre darf August in Salzburg bei den internationalen Turnieren mitreiten. Das *Salzburger Volksblatt*, die *Linzer Tages-Post*, die *Wiener Zeitung*, die *Wiener Neue Freie Presse* berichteten von den Salzburger internationalen *Concours Hippique* auf dem Salzburger Trabrennplatz, Reiter und Reiterinnen aus fünf Nationen und auch die Salzburger Dragoner nahmen teil. In Friedenszeiten ist das Militär der größte Sportverein der Republik. Mit einem feierlichen Einzug und einer Parade vor den Tribünen beginnen die Wettbewerbe, veranstaltet von der Salzburger Reitervereinigung, der Wiener Campagne-Reiter-Gesellschaft und dem Klub der Herrenfahrer. Die Adabei-Berichte über die Reiterfeste lassen vermuten, Österreich wäre in den 1930er Jahren Monarchie, unter den Teilnehmerinnen und Zuschauern wimmelt es von Baronessen, Grafen, Prinzessinnen, Edlen, Von und Zu, als wäre das Gesetz über die Aufhebung des Adels und seiner Titel nie erlassen worden. Inmitten der Wiener und ungarischen Aristokratie, vor den Augen der Salzburger Festspielgäste und insgesamt tausender Zuschauer, wie die Zeitungen behaupten, eröffnet Augusts Schwadron schwungvoll den zweiten Tag des *Concours* mit einem Mannschaftsspringen. Seine Gruppe gewinnt. Die älteren Brüder hatten August den Dummen genannt, ihn gehänselt, an diesem Tag steht er aber in der Arena des Trabrennplatzes auf einem Stockerl, hört Klatschen, hat die Arme auf die Schultern seiner Mitsieger gelegt. Er kann nicht recht glauben, dass der Jubel auch ihm gelten soll. Ist dieser Erfolg nicht ein Missverständnis, ein Versehen? Wird er das Niveau seiner Sprünge halten und sich auf Dauer als preiswürdiger Reiter bewähren können? Er ist ja nur ein Pferdeknecht. Doch nein, er war ein Pferdeknecht, ist aufgestiegen zum Dragoner. Die Stern müsste hier sein, mit ihr hat er sich das Reiten beigebracht, von ihr hat er mehr gelernt als von seinen Reitlehrern, ihr gebührt der Applaus. Doch die Stern ist tot, wie die Brüder und der Vater, die ihm nichts zugetraut hatten, tot sind. August erlebt den ihm fragwürdigen Sieg einen Monat nachdem in Weiler sein Vater gestorben ist und Vevi an dessen Sterbetag ihren und Augusts Sohn geboren hat.

Im folgenden Jahr reitet August auf Morgenstern – wie sein Bett und seine Montur gehört auch dieser Wallach der Republik – die Dressurprüfung L. Das L steht für leicht, doch setzen die Preisrichter Schwieriges voraus. Nicht mehr auf Trense, sondern auf Kandare muss August den Morgenstern für dieses Turnier zäumen. Als Jährling wurde Morgenstern kastriert und war ab seinem zweiten Jahr in Augusts Obhut. August war der erste, der ihn an der Longe geführt, gezäumt und später zum ersten Mal geritten hat. Nun vertraut der Wallach seiner eigenen Kraft, seine Besonnenheit kommt der seines Reiters gleich, auch schwierige Prüfungen meistern die beiden unerschrocken. Als wäre Augusts Oberkörper die vertikale Auskragung des Pferderückens, tänzeln die scheinbar Einsgewordenen die vorgeschriebenen engen Kreise in den Sand, mühelos halten sie den Takt, August versammelt Morgenstern im Trab und im Außengalopp, der Wallach geht gleichmütig ein paar Schritte rückwärts, und nur Kenner nehmen wahr, womit ihm August den Richtungswechsel zu verstehen gegeben hat. Morgenstern hält die Ohren halb gespitzt, sein Schweif pendelt im Rhythmus des Gangs, der Wallach hat nur für August und ihren gemeinsamen Weg Aufmerksamkeit, harmonisch wechseln sie Richtung und Tempi, Morgensterns Rücken und Hals strecken sich wie in Wellen, federnd folgt er Augusts Hilfen, Applaus kommt von den Tribünen, sie erreiten den zweiten Platz.

Vevis Sohn mag nichts von den Salzburger Reiterfesten gewusst haben. Seine handschriftlichen Aufzeichnungen erwähnen diese Turniere nicht. Auch ich wüsste ja nichts von Nellis Tun während meiner ersten Lebensjahre zu erzählen.

August wird in Parsch auf dem Trabrennplatz beklatscht, in Liefering heiratet Vevi den Kriegsversehrten. Beide sind dunkel gekleidet, zwölf Jahre hat er ihr voraus, Vevis Blick passt zu einer Trauerfeier und er schaut verbissen finster an ihr vorbei. Das Foto lag im Schreibtisch von Vevis Sohn, ich bringe es ihm ins Pflegeheim und frage ihn, ob die Frau auf dem Foto seine Mutter sei. Er beginnt seinen Oberkörper aufgeregt zu schaukeln, vor und zurück, schneller und schneller, spuckt und sprudelt Laute, die ich nicht deuten kann. Ist das deine Mama? frage ich noch einmal, und er nickt und nickt und nickt. Mit der ungelähmten Hand schnappt er sich dann das Foto, zieht es zwischen die Zähne und zerreißt das Hochzeitspaar, als wolle er posthum dessen Scheidung vollziehen. Den Fototeil, auf dem der Kriegsversehrte abgebildet ist, nimmt er wieder zwischen die Zähne, zerreißt ihn ein zweites Mal und wieder, bis nur noch Schnipsel übrig sind. Die Fotohälfte seiner Mutter streicht er glatt und lehnt sie an das Glas auf seinem Tisch. Er weist mit dem Ellbogen auf sein Nachtkästchen, ich soll es öffnen. Drinnen liegt sein Kalender, in dem ein kleines Schwarzweißfoto steckt. August steht da mit vier anderen Soldaten unter dem Jugendstilportal einer Volksschule, an der Hauswand ist eine Plakette angebracht: Dollfuß-Schule. Vevis Sohn zeigt mir freiwillig dieses Foto, erfüllt mir ungefragt den Wunsch, den er Nelli ihr Leben lang abgeschlagen hatte. Dieser Moment ist eine Erschütterung, eine Wende. Auf dem Wiener Trabrennplatz trafen sich im September 1933 Katholiken aus allen Bundesländern. Ihnen erklärt der Dollfuß, Gott wolle den Verzicht auf Parteien und das Parlament, Gott selbst. Gegen die Diktatur des Dollfuß richten sich im Februar 1934 Waffen. Augusts Schwadron sichert in Salzburg die Lehener Brücke, den Pulverturm am Mönchsberg, das Gaswerk, ein Teil der Dragoner patrouilliert durch die Stadt. Einer dieser Orte wird im Februar 1934 Augusts Arbeitsplatz im Auftrag des Diktators gewesen sein, wäre August zu dieser Zeit krank gewesen, könnte ich das aus seinem Wehrstammbuch ablesen. Selten war er in diesen Jahren krank, mal hatte er eine Grippe und den einen oder anderen Abszess. Seinen Treueeid hat August 1927 der ersten österreichischen Republik geschworen, nun dient er, ohne Erneuerung seines Eides, dem österreichischen Diktator und käme am folgenden Tag ein neuer, würde er auch diesem die Treue schwören. Der Soldatenschwur scheint die Treue selbst zu verraten, gilt das uralte Wort doch als gegenseitige feste Abmachung, als Vertrag, Waffenstillstand, Versprechen, das ursprünglich der Wahrheit, dem Vertrauen und der Ehre nicht fernsteht, dann an den Bund zwischen Gott und Menschen erinnert und schließlich ein Kernbegriff des ritterlichen Tugendsystems wird. Eine Zeit lang erweitern sich die Bedeutungen der Treue ins Uferlose: Mannheit, Tapferkeit, Ehrgefühl, Standhaftigkeit, Ritterlichkeit; ja, auch Liebe, Güte, Freundschaft, Hingebung, Ehrfurcht, Dankbarkeit, Freigebigkeit, Barmherzigkeit, Milde, Gemeinsinn, Vertrauen, Pietät, und sogar Verschwiegenheit, Schamhaftigkeit, Gottesfurcht und Demut, sie alle werden Synonyme und lassen die Tugend verschwimmen. Im Reformationszeitalter, sagt das Wörterbuch der Brüder Grimm, erhebe sich die Treue zur eigentlichen Nationaltugend des deutschen Volkes, wie sich überhaupt der ganze innere Reichtum und die Tiefe der deutschen Seele in diesem Worte spiegle. Später verbrannten die Öfen in Birkenau den inneren Reichtum und die Tiefe der deutschen Seele. Kadavergehorsam machte sich breit, Treue wurde ein Aschewort.

Ende Juni 1934 hört Vevi in Liefering Schüsse fallen. Augusts Schwadron muss womöglich gegen jene Putschisten aufmarschieren, fürchtet Vevi, die dem jenseits der Salzach zum Reichskanzler aufgestiegenen Hitler die Treue geschworen haben. Vevi fürchtet aber nicht nur um August, sie fürchtet gleichzeitig um diese NS-Putschisten. Zu den wenigen Bemerkungen, die Vevis Sohn über seine Mutter machte, gehörte der Satz, sie sei eine glühende Nationalsozialistin gewesen. Umso merkwürdiger erschien mir seine spätere Bemerkung, der Kriegsversehrte, den Vevi heiratete und den er Stief nannte, sei 1938 einige Wochen in Dachau eingesperrt gewesen, weil er Sozialdemokrat gewesen sei. Eine Nationalsozialistin und ein Sozialdemokrat sollten ein Paar gewesen sein? Ich konnte das nicht glauben. Doch fand ich später den Namen des Stiefs unter den Namen der Gefangenen des Lagers Dachau. Ende Juni 1934 fürchtet Vevi grundlos um August, die Salzburger Dragoner üben zu dieser Zeit in der Heeresschule Enns und werden von den Putschversuchen der Hakenkreuzler gegen die Kruckenkreuzler überrascht. Bevor die Dragoner noch ausschwärmen, haben Gendarmen und eine Kompanie der Infanterie den nationalsozialistischen Putschversuch im Flachgau niedergeschlagen.

Sobald ich Augusts Spur aufnehme, werde ich zu dem sprichwörtlichen Narren, dessen Ziel gleichzeitig das Zuviel und das Zuwenig ist. Die posthume Suche nach einem Blutsverwandten gleicht keinem Vektor, eher ähnelt sie einer schlingernden Chaoskaskade oder dem wirren Lauf greller Kugeln in einem einarmigen Banditen. Ich bin Ende des 20. Jahrhunderts geboren, August an dessen Anfang. 85 Jahre trennen unsere Geburtstage, doch es könnten ebenso 850 sein, so fremd und fern erscheint mir Augusts Welt. Ich weiß inzwischen manches über Augusts Wohnorte und seinen Beruf, und habe doch keine Ahnung, was für eine Person er war, könnte nicht sagen, welche Motive sein Handeln bestimmten, schon gar nicht, welchen Charakter er hatte.

Sohn rede

In Wiener Neustadt brachte mein Vater jungen Pferden und Offiziersanwärtern das Reiten bei.

Im Herbst 1934 hört Vevi in Liefering an einem sonnigen Tag Jagdhörner, und sie weiß aus der Zeitung, dass die Dragoner auf ihrem Hubertusritt in die Auen zwischen Saalach und Salzach unterwegs sind. Von der Diktatur unbehelligt nehmen auch an dem Jagdritt Baronessen und Grafen etc. teil. Vielleicht erzählt Vevi ihrem Sohn an diesem Tag, sein Vater reite in der Nähe durch die Auen, und das Kind vergisst sogleich ihre Worte, die es nicht einmal recht verstanden hat, denn für seinen Vater hält er zu dieser Zeit die mit ihnen lebende männliche Person. Und was Vevi ihrem Sohn sagt, stimmt nicht. Vevi weiß noch nicht, dass die Theresianische Militärakademie in Wiener Neustadt nach langer Unterbrechung ihren Betrieb wieder aufgenommen hat und August dorthin versetzt wurde. Wurde er gefragt, ob er übersiedeln will? Meldete er sich freiwillig? Galt es womöglich als Ehre, in der Militärakademie dienen zu dürfen? Das Wehrstammbuch schweigt.

Von Wien fährt der Zug 23 Minuten nach Wiener Neustadt im Steinfeld, eine der kleineren Städte rund um Wien, in deren Nähe ich lebe und die ich selten besuche, als wären sie keine Ausflüge wert. Nur die Suche nach Augusts Spuren führt mich nach Wiener Neustadt, er hat dort Jahre verbracht. Von Wien kommend muss August die Weinberge zwischen Gumpoldskirchen und Baden gesehen haben, er glaubt sich in den Süden versetzt. Keine Lärmschutzwände beschränken seinen Blick zu den Bergen bei Wiener Neustadt, die von einem Gebirge begrenzte Ebene erinnert ihn an das Grasland, auch wenn dort keine Kiefernwäldchen auf sandig trockenem Boden wachsen. Zum ersten Mal wird August in einer Industriestadt leben, als er ankommt, werden in Wiener Neustadt Lokomotiven und andere Fahrzeuge gebaut, und die Stadt hatte schon vor dem Ersten Weltkrieg ein Flugfeld, auf dem Zeppeline landeten. Da sind etliche Fabrikschlote, doch kein Rauch steigt auf, es gibt kaum Arbeit, Wiener Neustadt ist still und in Not, man hört, es wäre eine sterbende Stadt, kurz zuvor hat erstmals ein christlichsozialer Bürgermeister die einstige sozialdemokratische Hochburg übernommen. August hat in Wiener Neustadt vom ersten Tag an Arbeit, er muss sich nicht um eine der wenigen mietbaren Wohnungen bemühen, sondern bekommt einen Schlafplatz und einen Kasten in der Militärakademie, erhält dort täglich drei Mahlzeiten, sein Zimmer wird für ihn geputzt und seine Wäsche für ihn gewaschen. Das Militär kümmert sich wie eine Hausfrau um ihn, das Militär ist seine *alma mater* und seine Heimat. Die Gesichter der Kollegen sind in Wiener Neustadt andere als in Salzburg und Enns, doch alle sind sie im gleichen Geist erzogen, oder müsste ich sagen gedrillt, aber lässt sich der Geist drillen? Der militärische Geist ist zu dieser Zeit wieder monarchistisch behaucht. Im Jahr zuvor hat der Heeresminister den Soldaten fesche neue Uniformen geben lassen, die denen des Kaiserheeres aufs Haar gleichen. Traditionspflege nennt das der Minister und behauptet, die sei unpolitisch wie das Heer der Republik.

Falls August mit der Bahn und nicht mit einem Militär-Transporter in Wiener Neustadt ankam, nahm er vom Bahnhof wohl den gleichen Weg durch die Bahngasse, den ich nun nehme, vorbei an den Kasematten und dem Kapuzinerkloster gehen wir – dieses kurze Wegstück gehen August und ich gemeinsam; er redet wieder nicht mit mir und er geht stockend, zögernd, hält oft inne, stolpert, zaudert. In Wiener Neustadt wird er sich bei der Firma Tomann fotografieren lassen. Sein Gesicht hat die kindlichen Rundungen verloren, zwischen Nasenflügeln und Mundwinkeln haben sich mondsichelartig zwei Falten geschwungen, eine Narbe von dem Pferdebiss ist auf der Nase nicht zu erkennen, doch in Augusts Blick lauert die Angst. Wovor sollte sich aber einer fürchten, dem Gewaltbereitschaft antrainiert wird, der im Auftrag des Staates nicht nur töten darf, sondern muss, sobald Töten befohlen wird. Sehe nur ich die Angst in Augusts Blick, dichte ich sie ihm an, habe vielleicht ich selbst Angst vor seinem tapferen und mannhaften, so hat er geschworen, Tun als Soldat?

August scheint in Wiener Neustadt mitunter an seinen Sohn zu denken, denn auf die Rückseite des Fotos schreibt er: Erinnerung von deinem Papa. Das Wort Papa ist in eine oben offene Ellipse gehüllt. Drei Sterne auf dem Uniformkragen zeigen, dass August inzwischen Zugsführer geworden ist, er erledigt den Papierkram für acht bis zwölf Männer, die er führen darf.

Aus der Bahngasse öffnet sich der Platz, an dem die Burg der Militärakademie steht. Zum ersten Mal war die Burg im 13. Jahrhundert auf Geheiß eines Babenbergers errichtet worden. 200 Jahre später eröffnet Friedrich der Dritte, Kaiser des Reiches, das sich heilig und römisch nennt, in dieser Burg sein *home office*. Alle seine Besitztümer, vom Ring bis zum Reich, lässt Friedrich mit der bis heute nicht entschlüsselten Vokalfolge AEIOU markieren, vielleicht besagt sie nur: Aber Es Is Olles Umsunst. Im Lauf der Jahrhunderte erleidet die Burg Erdbeben, Brände und Plünderungen, wieder und wieder wird sie restauriert oder neu aufgebaut. Friedrich der Dritte lässt eine Kirche in die Burg bauen und an deren Rückseite lässt er Wappen anbringen aus blassgelbem Sandstein, die Wappen seines Hauses Habsburg, das auch Haus Österreich genannt wurde. Die Bombardements im Zweiten Weltkrieg, die von Stadt und Burg wenig übrigließen, zerstörten nur 19 dieser mehr als 100 Wappen. Die Zahl der zerstörten ist größer als die der echten Wappen. Denn nur der kleinste Teil dieser Wappen, die den Friedrich als Nachfahren einer mächtigen und in menschliche Urzeiten zurückreichenden Geschlechterfolge zeigen sollten, fußt auf wirklich vorhanden gewesenen Personen oder Orten. Die meisten Vorbilder der Wappen waren der Phantasie des Leopold von Wien entsprungen, Fabelfürsten, dargestellt in seiner Österreichischen Chronik von den 95 Herrschaften, die das Märchen der Geschichte des Hauses Österreich erzählt. Friedrich der Dritte griff dieses Märchen auf, denn er wollte seine Macht in Stein gemeißelt sehen und seinen Ruhm vergrößern.

Die Worte des Burgführers vor der kaiserlichen Wappenwand machen mich vergnügt und ich überhöre fast seinen Hinweis, die Reitlehrer seien in den oberen Stockwerken der Burg untergebracht gewesen. Kaiser Friedrich hat fast alle seine Vorfahren erfunden, und nicht einmal selbst erfunden hat er sie, sondern verwendete die Phantasien eines anderen und formte daraus den Schein-Stammbaum der Habsburger. Der Burgführer begleitet mich hinaus auf die Rückseite der Burg, vor dem Standbild des Kaisers Franz Joseph des Ersten ist ein alter Herr stehengeblieben, nimmt stramme Haltung an und salutiert. Wo bin ich hier? Vor mir öffnet sich ein weitläufiger Park. In der Burg ist an diesem düsteren Nachmittag ein Raum hell erleuchtet, drinnen tanzen vor dem geöffneten Fenster Soldaten im Kreis, die Arme haben sie einander über die Schultern gelegt, einzelne Worte ihres johlenden Gesangs dringen bis zu mir: goldner Stern, Liebe bringt, hoch am Himmel, vermutlich gehört das gemeinsame Tanzen und Singen zu dem, was sich Kameradschaft nennt. Ein gekiester Weg führt durch eine Allee zur Reitwiese, dort gibt ein Lehrer durch ein Megaphon zwei Reiterinnen Kommandos, die beiden nehmen die Hindernisse mit Schwung und scheinbarer Leichtigkeit. Durch diese Allee muss August oft gegangen sein, er ist verschwunden, als ich den Innenhof der Burg betrat, gerade dort verschwand er, wo ich hier von ihm erfahren will, was er auf dieser Reitwiese erlebt hat, ob ihm ab und zu ein Pferd durchgegangen ist, ihn gegen seinen Willen durch den weitläufigen Park getragen hat und er es nur mit Mühe zu den gemauerten Ställen neben der Remontenhalle zurücklenken konnte. Den Boden des Vorraums der Halle deckt noch die Pflasterung, über die schon August ging. Aus dem Vorraum gelangte er zur Werkstatt des Hufschmieds, wendete ich mich in diese Richtung, stünde ich vor Duschkabinen. Ich gehe aber geradeaus durch ein Tor, das ein Pferd samt Reiter einlässt. Innen über dem Tor ein zierlicher Balkon, errichtet für den ungestörten Blick der Aristokratie über das Geschehen. In dieser besonders breiten und langen Halle reitet August junge Pferde an und ermahnt zukünftige Offiziere, im Sattel die Knie vollkommen ruhig zu halten, von der Hüfte abwärts länger und hüftaufwärts größer zu werden, die Schultern ihrem Gewicht zu überlassen und den Hals leicht und frei herauszuheben. Nach der Übungsstunde führt August die Pferde zurück in die Stallungen, die auch bei meinem Besuch noch neben der Remontenhalle stehen, bewohnt von schnaubenden hohen Schönheiten. Vier historische Reithallen überstanden die Bombenangriffe auf Wiener Neustadt, drei Hallen überließ man bis Ende des 20. Jahrhunderts ihrem Schicksal, und als sie endlich einzustürzen begannen, wurden an ihrer Stelle Einkaufszentren errichtet. Historischen Diebstahl nennen das die wenigen Militärs, die militärische Reiterei als kulturelles Erbe sehen, das es zu pflegen und zu bewahren gelte, und die es für falsch halten, im Bundesheer keine Reiter mehr auszubilden, weil damit Wissen verloren gehe, das über Generationen erworben worden sei.

August führt die Pferde zurück in den Stall und bleibt noch eine Weile bei ihnen, obwohl seine Dienstzeit an diesem Tag schon zu Ende ist. Er nimmt einen Sattel ab, das Zaumzeug, reibt ein Fell trocken, breitet eine Decke über einen Pferderücken, legt Heu nach, Aufgaben des Pferdeknechts, die August übernimmt, ohne dass sie ihm jemand anschafft, sie gehören zu seinem Leben mit den Pferden. Er legt seinen Handballen auf die Stirn eines Braunen, hält diese Verbindung, bis der Braune sich rührt und zum Trog wendet. Im Stall, auf der Koppel und in der Reithalle begegnet August den Pferden mit Zuneigung und Vertrauen, sie sind seine Freunde. Seine Liebe erwidern die Pferde mit ihrer Hingabe. Auf welches auch immer er aufsitzt, es scheint dessen Wünsche im Voraus zu ahnen, wechselt die Gangart, noch ehe August den Entschluss recht gefasst hat, vom Schritt in den Trab zu fallen oder ein Hindernis springend zu überwinden. In den Ställen hat August mehr Freunde als in Wohnungen. Jeden Tag geht er von der Remontenhalle zum Fohlenhof, dort zieht das Heer seinen Pferdenachwuchs auf. Verletzt sich ein Pferd oder wird krank, begleitet August es ins Pferdelazarett. Ein Foto aus Wiener Neustadt, vom Fotografen Tomann gemacht, zeigt den Zugsführer August Rechermacher jedoch nicht beim Reiten, sondern an einem Sommertag auf dem Wiener Neustädter Flugfeld vor einem cabrioletartigen Fluggerät ohne Dach. Neben August stehen ein Mann in Kniebundlederhose und Lodenjanker, neben ihm ein Dicker im Frack mit schwarzer Fliege, ein dritter Zivilist in hellem Anzug und Krawatte, hinter ihnen grinst ein Soldat in die Kamera, er hält sich am Portepee seines Säbels fest. An den Jacken der Zivilisten hängen kleine Sticker, weiße Markierungen auch und kurze, bunte Bändchen. August wirkt angespannt, als fühle er sich nicht recht wohl, an seiner Jacke klemmen zwei buschige Dinger, Pfeifenputzern schauen sie ähnlich. Ich finde keine Erklärung, welcher feierliche Anlass die Fünf in so buntscheckiger Aufmachung auf dem Wiener Neustädter Flugfeld zusammengeführt hat. Ein besonderer Anlass muss das gewesen sein, sonst wäre Herr Tomann nicht eigens zum Fotografieren herausgekommen.

Am 1. Dezember 1937 beendet August seinen zehnjährigen militärischen Präsenzdienst als Unteroffizier. Rudolf Towarek, zu Kaiserzeiten in Krakau geborener Kommandant der Militärakademie, unterschreibt Augusts provisorische Beurlaubung. Als Angestellter bleibt August beim Militär, im Fall der Einberufung, und die sei bis 1947 möglich, müsse er zum Dragonerregiment in Stockerau einrücken. Er ist 32 Jahre alt und mietet zum ersten Mal eine eigene Wohnung, die Fenster öffnet oder schließt er, wann immer er will. In dieser Wohnung in der inneren Stadt hinter dem Dom lebt er mit einer Frau, das Wehrstammbuch bezeichnet sie einmal als seine Haushälterin, ein anderes Mal als seine Braut, sie heißt Walli. Entweder kannte er Walli schon längere Zeit, oder er stellte sie als Haushälterin an und sie wurde später seine Braut, mit der er vielleicht in der Wiener Straße ins Café Lehn ging, dem *Treffpunkt sämtlicher Heeresangehöriger*, wie das Lehn für sich wirbt. Ich sehe die beiden in Gumpoldskirchen beim Heurigen, sie spazieren über eine Brücke des Wiener Neustädter Kanals, wandern durch das Rosaliengebirge und manchmal besteigen sie die Rax. Hätten sie mir doch eine Ansichtskarte geschickt und ab und zu einen Brief geschrieben. Bis zu dieser Zeit hatte August bei der Militärverwaltung seine Halbschwester Nanni als nächste Angehörige genannt, nun bekommt Walli diese Rolle.

Die Wappenwand im Burghof kommt mir wieder in den Sinn, ich werde mir den Vokalkaiser zum Vorbild nehmen und mir bei der Erfindung des August mehr Freiheit erlauben. Als erstes will ich ihm eine Kindheit verschaffen. Ich fahre zurück nach Wien und beginne noch an diesem Abend zu schreiben: Da war August. Ein Kind ist er. Er kommt aus dem Grasland, dort spielt er mit Fohlen. Sie gehen auf Flysch, dem einstigen Boden der Tiefsee. Er schaut mir nicht in die Augen, hält den Blick gesenkt zu Boden oder in sich hineinschauend. 1927 sattelt er um.

Der Beistrich

Zeitzeuge rede

Wir wußten nur, Schuschnigg hat abgedankt u. das Bundesheer war in Kriegsformation zusammengefaßt, u. daß deutsche Truppen einmarschieren sollen. Der Fackelzug nahm bedrohliche Formen an; vor der Theresianischen Militär Akademie machte er nämlich halt und 1000de von Leuten sammelten sich davor; u. immer wieder brandeten die Sprechchöre: ‚Sieg Heil' ‚Heil Hitler' u.s.w. zu unseren Fenstern empor. In diesem Augenblick wurde Alarm gegeben. Die gesamte Akademie wurde daraufhin mit Wachen besetzt; u.zw. deshalb, weil man annahm, daß die Leute in die Akademie dringen werden, nachdem ihre Forderung an den Akademie Kommandanten, ‚die Hakenkreuzfahne zu grüßen' von ihm abgelehnt wurde, mit der Begründung: ‚Er warte auf Befehle'. Da wir während dieses Alarms u. der Besetzung noch nichts zu tun hatten u. in den Unterkünften blieben, so konnte ich die Massen von Menschen beim Abzug sehen (sie zogen nämlich ohne etwas zu unternehmen ab). Es war unheimlich. Es schien als ob das ganze (rote) Wr. Neustadt plötzlich Nazi geworden sind (sic).

Tagebuch des Militärakademikers Franz Dutter vom 11.3.1938, zitiert nach Werner Sulzgruber

August geht am 11. März 1938 nach Dienstschluss nicht in seine Wohnung zurück, an diesem Tag hat sein Dienst kein Ende. An diesem Tag und in der folgenden Nacht kann der Kommandant Rudolf Towarek die

Militärakademie noch gegen die bewaffneten österreichischen Nationalsozialisten behaupten, die an die Burg branden und lautstark Einlass fordern. Am folgenden Tag beugt er sich dem Befehl, zur Begrüßung der deutschen Wehrmachtstruppen eine Ehrenkompanie zu stellen. Nach deren Eintreffen kann sich Towarek nur noch persönlich, nicht mehr im Namen der Militärakademie, weigern, bei Gott den heiligen Eid zu schwören. Nein, Towarek wird dem Hitler, dem Oberbefehlshaber der Wehrmacht keinen unbedingten Gehorsam leisten. Nein, Towarek will nicht als tapferer Soldat bereit sein, jederzeit für diesen Eid sein Leben einzusetzen. Als Towarek am 15. März 1938 sein Kommando niederlegt und zwangspensioniert wird, hat August seine österreichische Heimat schon aufgegeben, indem er Großdeutschland die Treue schwört. Diesmal nicht nur dem Volk und Vaterland oder der Verfassung, sondern der einen, namentlich benannten Person, wie Augusts Brüder dem einen Kaiser die Treue geschworen hatten, schwört August nun, sein Leben für den Hitler einsetzen zu wollen. Ach, August. Aber was erlaubt sich mein Ach, ich kann von August posthum keinen widerständigen Heldenmut verlangen. Die Theresianische Akademie heißt nun Kriegsschule, durch ihren Park dürfen die Wiener Neustädterinnen und Neustädter nicht mehr spazieren, weil im Park Soldaten der Wehrmacht trainieren, exerzieren, salutieren. Augusts Chef wird bis zum folgenden Sommer Erwin Rommel. Im April 1938 schließen nach Towareks Entlassung die ersten Offiziere ihre Ausbildung an der Kriegsschule ab. Sie stehen hinter der Burg auf der Reitwiese in den Uniformen der deutschen Wehrmacht. Sie singen das Horst-Wessel-Lied. Viele von ihnen werden im kommenden Krieg fallen, das *Denkmal der 1400*, das an gefallene Offiziere der Akademie erinnert, wird ihre Namen nach dem Krieg aber nicht nennen.

In Salzburg-Liefering bringen im März 1938 Uniformierte in Vevis Wohnung Unruhe. Sie öffnen jeden Raum, schauen in die Kästen, unter die Betten, hinter die Vorhänge, sogar in den schmalen Besenschrank schauen sie und wollen den Keller sehen. Sie suchen den Stief. Er ist nicht zu Hause. Sie finden ihn an seiner Arbeitsstelle und verhaften ihn. Vevi schickt ihm Wäsche, Rasier- und Zahnputzzeug nach Dachau. Seit er weg ist, scheint die Wohnung größer geworden zu sein, seine Abwesenheit beschwingt Vevi, sie summt vor sich hin, lacht, Vevis Sohn sagt, sie sei in diesen Tagen fröhlich gewesen. Vevis Sohn, der fast alle anderen Vorkommnisse seiner Jugend beharrlich beschweigt, war im März 1938 sieben Jahre alt. Ich kann mich an keine Stimmung Nellis in meinem siebenten Jahr erinnern. Vielleicht erinnert sich Vevis Sohn an seine eigene Fröhlichkeit in den Tagen, als der Stief nicht da war. Nach einigen Wochen kommt der Stief zurück, er ist zwar Sozialdemokrat, aber weil er im Krieg des Kaisers ein Bein verloren hat und sich jemand für ihn einsetzt, wird er freigelassen.

Wo ist August in diesen hysterisch aufbrausenden ersten Nazitagen? Kaserniert in der Burg Wiener Neustadt? Mischt er sich unter die Menge auf dem Hauptplatz, jubelt er armstreckend mit, als die Angehörigen der deutschen Wehrmacht vom Flugplatz kommend durch die Stadt fahren? Bleibt er mit Walli in der Wohnung, stecken sie die Köpfe unter der Decke zusammen und schwören einander Treue, was immer nun kommen mag? Augusts Präsenzdienst ging vier Monate vorher zu Ende, er wurde vom Bundesheer angestellt, von der Wehrmacht übernommen, seine Dienstpflicht in der Reserve wird 1947 enden. Er hat etwas Geld gespart, sie haben diese kleine Wohnung, endlich könnte August heiraten. Sie warten eher noch ab, bis die Zeiten ruhiger geworden sein werden, könnten sie gesagt haben. August hat kein Tagebuch hinterlassen. Wahrscheinlich war er auf dem Hauptplatz in Wiener Neustadt. Er hat nicht widersprochen, als die jüdischen Offiziere aus dem Heer und die Familien aus der Stadt ins Lager nach Wöllersdorf gezwungen wurden. Offenbar würde ich Nelli gerne einen heldenhaften Großvater präsentieren. Ich darf aber von August dem Knecht und August dem Berufssoldaten keinen Widerstand erwarten, den die Bevölkerung nicht leistete und nicht die Regierung. Im Schreibtisch von Vevis Sohn fand ich ein Foto, ein Brustbild, das zeigt August in Zivil, weißes Hemd, gestreifte Fliege, unter dem Mantelkragen aus gutem Stoff schaut ein Stück eines dunklen Anzugkragens hervor, im linken Revers steckt ein Hakenkreuz. August muss der Partei beigetreten sein. Wann bloß? Ich muss nach Berlin schreiben, anfragen im Archiv, vielleicht findet sich sein Name in der Nazikartei. Monate wird es wohl dauern, bis eine Antwort kommt. Für welchen Anlass hat sich August mit Kreuz und Fliege herausgeputzt? Über die ganze Breite des Fotos hat er groß seine Unterschrift gezogen: Rechermacher, wie Stars ihren Fans manchmal Fotos signieren. Augusts Gesicht ist schmaler geworden, seine Stirn höher, der Haaransatz ist nach hinten auf Ohrhöhe gerutscht und seine Lippen liegen nicht mehr so weich und locker aufeinander wie in der Salzburger Neuthorgasse. Er hat viel Weiß in den Augen, die Pupillen hängen am oberen Lidrand.

Augusts Salzburger Reiterschwadron nimmt Ende März 1938 an einer Parade in Bamberg teil, vier Monate später wird die Schwadron aufgelöst und in das deutsche Armeekorps eingegliedert. Zwei Jahre lang hatte sie geübt für den *Operationsfall DR*, das bedeutet *Angriff durch das Deutsche Reich*, südlich von Linz hätte sie *hinhaltend kämpfen* sollen, lautete der Auftrag. Doch der General der Infanterie meinte, das Bundesheer habe zu wenig Munition, und vor allem konnte er bei der Regierung keinen Einsatzbefehl durchsetzen. Die Salzburger Dragoner habe der Verlust der schmucken österreichischen Uniform mit Lammfelljacke geschmerzt, schreibt 1997 eine österreichische Zeitschrift für Militärgeschichte. Wie hoffnungsvoll diese Dragoner in die Zukunft geschaut haben müssen, dass sie 1938 keine anderen Sorgen oder Freuden bewegen als der Verlust ihrer Ulankas. Doch vielleicht haben die Militärhistoriker recht und die Dragoner trauerten tatsächlich der alten Uniform nach, weil die Verehrung der Uniform und deren Kinkerlitzchen hilft, keine Gedanken an Kampf, Dreck, Verlust, Gestank, Schmerzen und Tod aufkommen zu lassen. Im Sommer 1938 sieht August, wie viele zivile Pferde das Militär mustert, und da weiß er, dass der Krieg nicht mehr weit ist. Im Herbst muss er für zwei Monate nach Stockerau zu Übungen des Kavallerieregiments, in dieses Regiment hat die deutsche Wehrmacht manche der Salzburger Dragoner aufgenommen. Als August von Stockerau nach Wiener Neustadt zurückkehrt, scheint die Stadt aus schwerem Schlaf erwacht, die Schlote stoßen endlich wieder Rauch aus, als hätte eine Zauberhand die drückende

Arbeitslosigkeit von der Stadt gehoben. Die Arbeitslosigkeit verschwindet für die wenigen Jahre, in denen Wiener Neustadt der deutschen Rüstungsindustrie zuarbeitet. Die Firma Messerschmitt lässt dort Jagdflugzeuge bauen und die Raxwerke, zuvor Spezialist für Tender der Dampflokomotiven, montieren für die Wehrmacht Raketen. Zurück in der Kriegsschule, sieht August viele der Generäle, Obersten und Offiziere nicht mehr, denen er Reitstunden gegeben hat. Im November 1938 wird August zum zweiten Mal gemustert, die deutsche Wehrmacht bescheinigt ihm Stärke, Gesundheit und daher Tauglichkeit. Ende August 1939 verlässt er zum ersten Mal Österreich, ein Land, das es zu dieser Zeit nicht gibt. Er ist unterwegs Richtung Polen. Nicht in friedlicher Absicht ist er unterwegs und kommt nur bis Trenčín im slowakischen Tal der Váh, der Ort gehört 1939 zu dem Gebiet, das die Nazis *Protektorat Böhmen und Mähren* nennen. In Trenčín hat die deutsche Wehrmacht ein Nachschublager, Schutzstelle genannt. Aus dem Reich kommen Munition, Uniformen, Verbandszeug, Lebensmittel, Waffen, August nimmt alles in Empfang, verlädt, schickt weiter nach Polen. Drei Wochen später ist er zurück in Wiener Neustadt. 1940 macht er in Bruck an der Leitha bei zwei kurzen Übungen für Unteroffiziere mit, danach bleibt er in der Kriegsschule. Der Reitverein Wiener Neustadt berichtet, 1940 seien in der Kriegsschule 80 Pferde gestanden, in der großen Reithalle habe reges Treiben geherrscht, Zivilpersonen hätten täglich mit Rittmeistern des Heeres für das silberne Reitabzeichen trainiert. Erstaunlich, dass die Wehrmacht im zweiten Kriegsjahr für solches Vergnügen Zeit, Personal, die große Reithalle und Geld zur Verfügung stellte. Womöglich hat August in der Kriegsschule weiterhin Reitunterricht erteilt, als hätte sich nichts verändert.

Ich hatte den ganzen Tag bis in den Abend hinein Texte über das Militär gelesen. In der folgenden Nacht träumte mir von einem Offizier und seiner Frau, beide waren nackt. Der Mann war vom Hals bis zu den Zehen schreiend bunt tätowiert, nur die Brustpartie war, für die Orden, von der Bemalung ausgenommen. Der Bauch der Frau war hellbraun pudelwollig behaart, sie sah aus wie einer der Urmenschen. Vielleicht wollte mir der Traum sagen, die Militärs hätten zu tun mit etwas, das in die Frühzeit des Homo Erectus zurückreicht, und weil es mein Traum war, musste das Kriegerische auch zu tun haben mit mir. Das Kriegerische stärkt die Wirtschaft und lenkt ab von innerer Not. Hätten wir investiert seit je in die Bekämpfung unserer inneren Not statt in die Bekämpfung anderer, hätte aus der Erde ein für alle lebenswerter Planet werden können. *Imagine, all the people, living life in peace*, Nellis Lieblingslied, lange vor meiner Geburt hat es John Lennon geschrieben, ich spiele es mir vor, will mich ablenken von meinen Gedanken an Nelli, sie schrieb, ich solle mir keine Sorgen um ihren Verbleib machen, doch inzwischen ist viel Zeit vergangen, ich fürchte, Nelli nie wiederzusehen. Vor allem soll mich aber das Lied ablenken von der Gewissheit, dass ihr Blutsverwandter, und damit auch meiner, von Beruf Soldat war. Seit drei Jahren ist August Soldat im Krieg, Schüsse hat er bisher nur bei den Übungen und mit Platzpatronen abgegeben. Möge es so bleiben, wünsche ich mir und Nelli, uns Bastard- und Soldatenkindern.

Anfang Jänner 1942, an einem dieser kurzen grauen Tage, kommt nach Wiener Neustadt ein Brief. Das ist kein privater Brief, das Feldersatz-Bataillon St. Pölten hat an August geschrieben. Am 21. Jänner, sagt er seiner Lebensgefährtin Walli, am 21. Jänner muss ich um sechs am Abend in St. Pölten sein. Was machst dort? fragt sie. Einrücken, erwidert August. Walli hält in ihrer Bewegung inne, greift nach Augusts Arm, sie verharren einen Moment statuenstarr. In diesem Jahr wird August 37 Jahre alt werden, zu alt für die Front – daran hatten er und Walli geglaubt, sie hatten gehofft, sie blieben verschont. Unersättlich verschleißt der Krieg Menschen und Tiere, fordert gierig Nachschub für die Geschlachteten. In den wenigen Tagen und Nächten, die August mit Walli bleiben, wollen sie nichts als Einssein, verschmelzen, untrennbar werden. Der Brief befiehlt ein Ankunftsdatum, den Tag der Rückkehr nennt er nicht. Die Dauer seines Fernbleibens wird nicht August bestimmen. Einen Monat verbringt er in einer Kaserne in St. Pölten. Danach ist keine Rede davon, nach Wiener Neustadt zurückfahren zu dürfen, ein Zug bringt ihn nach Westen. August ist nach Trier versetzt, eine Stadt an der Mosel, unweit von Luxemburg. Von der Stadt sieht er vorerst nichts, lebt in einer Kaserne. Schlafsäle sind ihm vertraut, er kennt den Drill, die Hackordnungen, Kasernen waren zehn Jahre lang sein Zuhause, er hatte darin seinen Platz gefunden. In Trier versteht er den Dialekt der Kollegen nicht, findet sich nicht zurecht, zur Kaserne gehören Garagen, keine Ställe, und die Kollegen verstehen ihn nicht. Unteroffizier Rechermacher aus Wiener Neustadt, schreibt schon zwei Wochen später der Hauptmann, sei eine Belastung für die ganze Kompanie, er bitte um dessen Versetzung. Die nächste Einheit, zu der August kommt, duldet ihn drei Wochen, dann ersucht auch dieser

Kompaniechef wegen völliger Ungeeignetheit um die Versetzung Rechermachers. Als August bei der folgenden Einheit ankommt, hält er die Augen gesenkt, grüßt kaum hörbar, redet nicht. Nachts hört er die anderen atmen und kann nicht einschlafen. Als Könner war er geboren worden, wie die meisten nach ihrer Geburt hatte auch er atmen können, schauen und hören können, schreien und stoffwechseln können. Er hatte gelernt und dazugelernt, das meiste was er über Pferde wusste, hatte er sich selbst beigebracht. Er hatte das Knechtsein abgeschüttelt, war einer der Dragoner geworden. Die Turniere auf dem Trabrennplatz in Salzburg sieht er vor sich, seine Reitwiese in Wiener Neustadt, die Remontenhalle, an Walli denkt er. Er hatte nie auf den nächsten Befehl gewartet, auch nicht auf das Ende des Friedens, er war jeden Tag bei den Pferden gewesen, hatte sie, sich und andere trainiert, hatte sein Atmen gespürt, den Schweiß gerochen, die Muskeln waren manchmal verkatert, stundenlang hatte er sich im Freien bewegt und bewegt, die Tabak-Bestellscheine für die Männer seines Zugs auszufüllen, war ihm lästig gewesen wie der ganze Papierkram, doch viel Zeit hatte der nicht gefordert. Jahrelang hatte er getan, was er am liebsten tat: reiten und reiten und reiten in Uniform. Er hatte die Schwächen der republikanischen Kavallerie kennengelernt. Sie hatte zu wenige Pferde, die meisten waren zu alt oder von schlechter Qualität, nirgends sonst in Europa hatten die Offiziere keine eigenen, sondern nur Dienstpferde. In Augusts Schwadron war manchmal mit Bewunderung die Rede gewesen von dem Maler Kokoschka, Fähnrich der Dragoner im Ersten Weltkrieg, der sein Gemälde *Windsbraut* verkauft habe, damit er sich Pferd und Uniform leisten konnte. Als Kavallerieoffizier nicht das eigene Pferd zu reiten, sei in der Monarchie undenkbar gewesen. Von seinen Reitern verlange das Heer am meisten, mehr als von jedem anderen Soldaten, hatte Augusts Offizier gesagt. Jeder einzelne Mann und jedes Pferd müsse vollkommen durchgebildet sein, damit beide fähig würden, sich dem Feind rasch zu nähern und ihn zu schlagen. Das Budget des republikanischen Bundesheeres war zwar schmal, August war aber stolz gewesen, einer der Dragoner zu sein.

Bei der Wehrmacht in Trier darf er nicht zu den Pferden. Nicht dem Krieg widersetzt sich August, sondern er ist unzufrieden mit seiner Aufgabe darin, er sei am falschen Ort, denkt er, darf nicht tun, was er am besten kann. Er wälzt sich unruhig hin und her, ist in der Früh zerschlagen und stumm. In Trier behandeln ihn die Kollegen, Kameraden auch sie, wie einen Trottel, er ist wieder der dumme August geworden, als Sündenbock darf er herhalten, sie schieben ihn herum wie einen überzähligen Kasten und lachen. In einem abgelegenen Durchgang entdeckt er einen Platz unter einer Stiege, kriecht dort unter, ein paar Stunden ungestört, bis einer vorbeikommt, Rechermachers Schuhspitze sieht, andere herbeiholt und johlend ziehen sie den ostmärkischen Schlappschwanz, wie sie ihm zurufen, aus seinem Versteck. Am folgenden Morgen muss er zum Kompaniechef, Rechermacher, heißt es, sei vollkommen unausgebildet, nicht als Gruppenführer und nicht einmal als Tankstellenwart sei er zu gebrauchen, als Kammerarbeiter wäre er besser zu verwenden. Ja, er weiß nur, wie man Pferde stärkt, einen Panzer hat er nie zuvor betankt. Das traut er sich dem Kompaniechef nicht zu sagen und wird versetzt. Er wundert sich nicht mehr, dass es in der neuen Einheit nach wenigen Wochen heißt, irgendeine Verwendungsmöglichkeit bestehe für ihn auch dort nicht. Nun wird nicht mehr nur um die Versetzung Rechermachers ersucht, sondern auch ein Auszug aus dem Strafregister der Kriminalpolizei Wiener Neustadt wird verlangt und August muss zum Disziplinarvorgesetzten. Der schreibt, Rechermacher sei ein sehr ruhiger, verschlossener, nicht entwicklungsfähiger Charakter. Seine geistige und körperliche Veranlagung sei knapper Durchschnitt, er sei kränklich. Er habe keinerlei dienstliche Kenntnisse oder Leistungen, doch sei er unbescholten. August wird nach Mainz versetzt. Dort heißt es, er sei vollkommen dienstunfähig und bedeute für den geordneten Ablauf der Dienstgeschäfte innerhalb der Kompanie ein großes Hemmnis. Am folgenden Tag erhält August in Mainz wieder eine Beurteilung des Disziplinarvorgesetzten, sie ist wortgleich mit der vorigen Beurteilung in Trier. Es ist Ende Mai, innerhalb von drei Monaten wurde August sechs Mal versetzt, nun wird er dem Stabsarzt vorgeführt, Rechermacher habe so schlechte Zähne, dass er nur bedingt tauglich sei, bis 21. Juli 1942 sei er g.V.H., das bedeutet, er sei bei Einheiten in der Heimat verwendbar, anschließend sei er kriegsverwendungsfähig. Mit Heimat meint der Stabsarzt offenbar Großdeutschland, denn Rechermacher darf nicht zurück nach Wiener Neustadt, nicht nach Salzburg, sondern bleibt in Mainz, wird dort wieder versetzt, muss zum Oberstabsarzt. Bei ihm klagt Rechermacher über seine eingeschlafenen, bamstigen Füße und Beine, taub seien sie, er sei beim Appell gestolpert und dann gestürzt, weil ihm die Beine unter dem Rumpf weggesackt seien, plötzlich könne ein stechender Schmerz einschießen, dann wieder verspüre er ein unerträgliches Kribbeln, die Füße seien oft entzündet. Auch habe er täglich das Gefühl zu fallen. Er falle in sich. Er falle in sich hinein. Als wäre in ihm ein tiefes Unten, in das er fallen könnte, immer noch tiefer. Im Fallen würden seine Gelenke steif. Er werde starr wie ein Leichnam. Beim in sich Hineinfallen suche er vergeblich nach einem Halt an den glatten Häuten seines Innen und glitte weiter ab. Er könne nicht um Hilfe rufen, sei eingelocht in sein Fallen. Er spürt den Blick des Arztes über seine Wangen und über seine ganze Gestalt streichen und findet in sich kein Wort, findet keine Geste, diesen Blick abzuschütteln, von sich zu lenken. Der Arzt nimmt eine Nadel, sticht in einen Fuß, dann in den anderen, in die Unterschenkel, keine Reaktion. Der Arzt schlägt mit einem Hämmerchen an Rechermachers Knie, keine Reaktion. Neuropathie, befundet der Arzt, die Wiederherstellung der Dienstfähigkeit sei in absehbarer Zeit nicht zu erwarten. Z 15,1 schreibt er außerdem in den Befund, dieser Code steht für Nervosität sowie eine abnorme geistige Verfassung, eine überstandene oder noch bestehende Nerven- oder Geisteskrankheit.

August der Könner wird im Kernland Großdeutschlands zu August dem Nichtkönner. Leben erhaltendes Nichtkönnen. Mich freut der Befund des Oberstabsarztes, Augusts Versagen in Trier und Mainz gibt mir die Hoffnung, die Vorgesetzten werden ihn nun bald in Pension schicken. Und ich wundere mich. Ist August ein geschickter Vortäuscher? Bis zu den Untersuchungen in Trier und Mainz gibt sein Wehrstammbuch keinen Hinweis auf geistige oder körperliche Schwächen, ab und zu hatte er Grippe oder einen Abszess, einmal einen Leistenbruch, nichts weiter. Schwächt Heimweh seine Nerven? Fürchtet er, seinen Treueschwur beweisen zu müssen, womöglich an einer Front?

In Wien zieht sich zwischen Siebensterngasse und Mariahilferstraße ein weitläufiger Gebäudekomplex entlang der Stiftgasse. Jahre zuvor hatte ich mich in dem Innenhof dieser, früher Stiftskaserne genannten, Gebäude einmal umschauen wollen, ein riesiger Gefechtsturm steht in dem Hof. Ich lebte unweit dieser Gebäude, ohne Ahnung, was es mit dem Turm und dessen umliegenden Gebäuden auf sich hat. Ein uniformierter Torwächter fragte mich, wer ich sei und ob ich einen Termin im Haus habe. Er ließ mich dann nicht ein, weil ich nichts als neugierig war auf eines der Häuser des Staates. Den ursprünglichen Gebäudekomplex hatte im 17. Jahrhundert ein Freiherr, der sich selbst den Beinamen *von Chaos* gab, als Waisenhaus gestiftet. Hundert Jahre später kamen die Gebäude an das Militär, das dort eine Ritterakademie mit Reithalle, später auch eine sogenannte Pflanzschule betrieb. Darin zog das Militär nicht Bohnen, sondern sieben- bis vierzehnjährige Buben heran, die anschließend zur Ausbildung nach Wiener Neustadt in die Militärakademie übersiedelten. Die Reithalle der Stiftskaserne eignete sich 1934 als Ausgangspunkt der nationalsozialistischen Putschisten auf ihrem Weg zur Ermordung des Bundeskanzlers, von der Stiftgasse ist es nicht weit zum Ballhausplatz. Zehn Jahre später fanden in dem Turm tausende Menschen Schutz vor den Bombenangriffen auf das nationalsozialistische Wien. Noch immer bewacht ein Uniformierter den Eingang zu dieser Kaserne, in der auch die Landesverteidigungsakademie ihren Sitz hat. Wie bei meinem ersten Versuch, in dieses Gebäude zu gelangen, habe ich auch jetzt noch keine Ahnung vom Bundesheer. Ich kenne es nur aus Erzählungen männlicher Freunde, die sich nicht für Zivildienst, sondern für den Wehrdienst entschieden hatten. Verlorene Lebenszeit, sagen sie, sinnlos verbrachte Monate seien das gewesen. Manche erzählen von Wachdiensten, in denen sie gefürchtet hatten, verrückt zu werden vor Langeweile. Einmal ging ich im Oktober auf den Heldenplatz, wo das Heer am Nationalfeiertag, unter den Standbildern der berittenen Heerführer Prinz Eugen und Erzherzog Carl, seine Waffen und Uniformen zeigte. Vor den gereckten Hälsen der Rekruten und den schwarzen Soutanen der Bischöfe, zwischen den Würstelständen und der Gardemusik, unter den Fahnen, den Helikopterluftballons und den bellenden Befehlen an die Ehrenkompanie glaubte ich mich in eine andere Zeit versetzt, als man Buben noch Zinnsoldaten zu Weihnachten schenkte und Kriege nicht vor Bildschirmen, sondern Mann gegen Mann mit Säbeln geführt wurden. Unter den Zuschauern waren einige k.u.k.-Dragoner in roten Hosen und blauen Waffenröcken, auf den Köpfen trugen sie schwarze Helme mit aufsteigenden vergoldeten Kämmen, auf denen Löwen gegen Schlangen kämpfen. Ein zweites Mal wollte ich das Spektakel nicht besuchen. Erst wenn die Flüsse im Land wieder einmal über ihre Ufer treten oder Lawinen Ortschaften von der Außenwelt abschneiden, schätze ich die Hilfe der Soldaten und ihres schweren Geräts. Das Heer hat die Stiftskaserne im Jahr 2020, die Verbrechen der Wehrmacht waren längst bekannt, nach dem aus Salzburg stammenden General und Raumverteidiger Emil Spannocchi benannt. Dieser Sohn des Hochadels hatte, wie August, Sohn des Kleinbürgertums, als Dragoner begonnen und diente zur gleichen Zeit wie August in der Militärakademie Wiener Neustadt. Das Fundament seiner Nachkriegskarriere legte Spannocchi von 1939 bis 1945 in der Deutschen Wehrmacht, sie hat ihn auch für den Generalstab ausgebildet. Ich frage mich vor der Glasscheibe des uniformierten Rezeptionisten, ob es nicht angebrachter wäre, die Stiftskaserne nach Franz Jägerstätter zu benennen, als der Offizier, mit dem ich sprechen möchte, meine Gedanken unterbricht und mich durch das weitläufige Gebäude hinauf ins Offizierskasino führt. An weiß gedeckten Tischen unterhalten sich dort Herren und auch einige Damen in Uniformen in gedämpftem Ton, die Kellner nähern sich zurückhaltend höflich, als wäre ich in ein Restaurant der oberen Preisklasse geraten. Im Offizierskasino geht es vornehm zu, doch die Preise sind günstig, wie sonst nur in Firmenkantinen oder Universitätsmensen. Wie der Gefechtsturm genutzt werde, frage ich, obwohl ich nicht wegen dieser Frage gekommen bin. Falls eine ernsthafte Krise entstehe, sagt der Offizier, könnten in diesem Turm auf zehn Stockwerken bis zu 400 Menschen etliche Tage lang autark versorgt werden, es gebe darin 280 Computer-Arbeitsplätze, in dem Turm liefen die wichtigsten Sicherheitsinformationen des ganzen Landes zusammen. Aber was möchten Sie eigentlich von mir, sagt der Offizier dann, die Infos über unsere Kaserne können Sie alle im Internet nachlesen. Der Offizier ist mit militärischer Zeitgeschichte vertraut, vielleicht weiß er, was von Rechermachers Situation in den Kompanien der Wehrmacht in Trier und Mainz zu halten ist?

Die Reiter, erwidert der Offizier, nachdem er das Wehrstammbuch Rechermachers durchgesehen hat, die Reiter seien kluge Köpfe gewesen, diese Klugheit habe Rechermacher offenbar verwendet, um Dummheit vorzutäuschen, innere Emigration nenne man das, die Erkrankung habe es ihm außerdem erleichtert, seine Unfähigkeit glaubhaft darzustellen, ein Drückeberger also, wie man damals sagte. Es könne aber auch sein, meint der Offizier, die Wehrmacht habe Rechermacher loswerden wollen. Die Wehrmacht habe zahlreiche Unteroffiziere des österreichischen Bundesheeres nicht ihrer Ausbildung gemäß verwendet oder zwangspensioniert, weil Berufsunteroffiziere in der Struktur der Wehrmacht nicht vorgesehen gewesen seien, als Begründung sei stets mangelnde Eignung genannt worden. Der Offizier erzählt von anderen Dragonern, die im Bundesheer der ersten Republik internationale Reitturniere gewonnen hatten und in der Wehrmacht wegen mangelnder Eignung nicht zum Reitdienst zugelassen worden seien. Er betrachtet das Gespräch offenbar als beendet, denn er winkt den Kellner zum Zahlen herbei, drückt mir einen Packen Militärzeitschriften in die Hand und begleitet mich dann hinunter zum Uniformierten. Als käme ich zurück von einer Reise aus einer fremden Welt, stehe ich auf der vertrauten Wiener Gasse. Drückeberger, hat der Offizier gesagt, ein Drückeberger könnte August gewesen sein. Das Wort gehörte zum Vokabular der Wehrmachtsjustiz, mit dem sie Personen in Brauchbare oder Nutzlose scharf trennte. Militärpsychiater hatten während ihrer Bewertungen der Erfahrungen des Ersten Weltkriegs begonnen, diesen Wortschatz zu entfalten und dann zu vergrößern. Hinter dem Drückeberger steckten *seelische Defektzustände*, behaupteten die Psychiater, *ethische Minderwertigkeit,* auch eine besondere *Neigung zur Simulation*, der Drückeberger zeige eine *Decktendenz der eigenen Minderwertigkeit vor der Umwelt*. Hätte der Offizier doch recht, gern würde ich Nelli erzählen, August wäre einer gewesen, der am Gemetzel nicht habe teilnehmen wollen. Der Oberstabsarzt in Mainz beschreibt ihn als untauglich, verschreibt ihm aber keine Behandlung. Der Mainzer Kompaniechef ignoriert den Befund des Arztes und versetzt August. Das ist ein Befehl. Widerspräche August, gälte er als Meuterer oder Befehlsverweigerer. Im Grasland schon hatte August das Gehorchen gelernt, dem Vater zuerst, dann dem Priester, später der Lehrerin und schließlich dem Patenonkel, dessen Knecht er war. Widerrede, eigene Meinungen oder gar Auflehnungsversuche hatten Prügel gebracht, Schmerzen, Ärger. Auflehnung war sinnlos. Wenn August die fordernde Enge um sich herum nicht mehr ausgehalten hatte, war er hinaus, gelaufen auf die Koppeln, über die Weiden, zu den Pferden, an den Waldrand. Als August seine Ausbildung bei den Dragonern in Salzburg begann, war er schon ein Meister des Gehorsams, willig wie ein Wallach, dem er zuerst die Hilfen gab, und nur wenn der nicht spurte, die Sporen. August widersetzte sich nicht, lernte sich anzupassen an Gegebenes, verstand, sich zu fügen ins Befohlene, er zeigte sich dankbar, überhaupt einer der Dragoner geworden sein zu dürfen. Er hatte gelernt, denen zu dienen, die an der Macht waren, manchen galt sein Beruf dennoch als Ehrendienst. Nebenbei hatte August gelernt, wie man sich Freiheit erschleicht, man konnte tun, was man wollte, solange man sich nicht erwischen ließ. Der Schein war die Hauptsache, der heilige Schein. So tun als ob, in diesem Fach bringen Kirche und Militär Meister hervor. Ehrlichkeit und Treue hatte August bei den Pferden gefunden, wenn die mitgingen, dann ganz, wenn die sich unterwarfen, dann für immer. Das Sein mit

Menschen ohne ein Oben gegen ein Unten, ein miteinander gleich Sein, ohne Unterwerfung des einen, solches Leben hatte August nicht kennengelernt, nicht zu Hause, nicht in der Schule, nicht als Knecht und schon gar nicht beim Heer. Auch wenn er den Pferdestall des Patenonkels verlassen hatte, war August doch bis zu diesem Befehl des Mainzer Kompaniechefs ein Knecht geblieben, Knecht in Uniform.

Nun sagt der Mainzer Kompaniechef, Augusts neuer Dienstort sei Freiburg und heiße Wehrmachtsgefängnis. Unmerkbar stutzt August. Gefängnis? Millionen Pferde dienen im Zweiten Weltkrieg, und er, der Dragoner, soll absitzen? Jeden ihrer Soldaten knebelt die Wehrmacht, wem dennoch ein falsches Wort auskommt, den kettet sie in ihren Gefängnissen außerdem an, und sobald ein Wehrmachtsrichter befiehlt, wird der Ungehorsame zwei Stunden vor Tagesanbruch aus seiner Zelle geholt, auf einen Lastwagen verfrachtet und zu einem Platz außerhalb des Gefängnisses gefahren. Dort wartet eine Kompanie Kameraden mit Gewehren, manche sind geladen, andre ungeladen. Kein Kamerad weiß beim Frühstück, wer im Morgengrauen den Kameraden erschossen hat. Manchen gönnt die Wehrmacht nicht einmal eine Kugel und befiehlt dem Henker, einen Strick zu verwenden, für die Ermordung der Zeugen Jehovas befiehlt der Gerichtsherr meistens das Fallbeil. Von solchen Sachen hat August gehört. Und er weiß nun nicht, ist seine Versetzung in ein Wehrmachtsgefängnis eine Strafe, weil er zur Belastung wurde für die Kompanie, glaubt man ihm seine bamstigen Füße nicht? Oder bedeutet der Befehl eine Schonung, eine Begünstigung also, weil durch Freiburg keine Front verläuft? August kann Pferde zureiten, vom Zurichten eines Menschen versteht er nichts. Die zwölf Mann, die er in Wiener Neustadt zu führen hatte, waren gutwillige Kameraden gewesen, Freunde manche. Einen Moment nur flackern Bilderfetzen durch Augusts Gemüt, wie er selbst zugerichtet wurde. Doch sogleich unterwirft er sich dem Befehl, ohne Widerspruch, salutiert und schweigt. Widerspräche er, würde er nicht versetzt ins Wehrmachtsgefängnis, sondern würde dorthin kommandiert, als Ungehorsamer. Als ungehorsam gelten junge Männer, die wagen, Befehle zu bezweifeln, denen ihre Liebe zu Gott, zur Heimat, zu einem gleichgeschlechtlichen Kameraden oder auch nur zu ihrer eigenen Freiheit heiliger ist als der Führer, die absichtlich oder unabsichtlich zu spät zur Truppe zurückkehren, die ohne Erlaubnis heiraten, die während einer Wache vor Erschöpfung einschlafen, die wagen, selbst zu denken und Nein zu dem Krieg des Hitler sagen, und im Wehrmachtsgefängnis sitzen auch die Ungeschickten, die sich erwischen ließen beim Organisieren, das allen Kameraden vertraut ist.

Gefängnisschreiber rede

Bei der zur Wache erweiterten Pforte fing es an: ein wildes, dem Außenstehenden unverständliches Herumschreien, ein ratloses Telefonieren des ahnungslosen Wachhabenden, wohin er mich zu schicken habe, glücklich ins Innere gelangt, ein umständliches Suchen nach dem richtigen Mann. Das alles begleitet von ungeheuer viel Lärm und Getue. Aus dem Zellenbau drang ohrenbetäubender Lärm, Pfeifen, Schreien und Rufen an das erstaunte und erschreckte Ohr.

Karl Siegfried Bader: Unter bestraften Soldaten, 1945

Die Lärmenden tragen Kleidungsstücke, die August an Uniformen erinnern, dem einen ist aber die Hose zu lang, dem anderen seine Jacke zu eng, dem Dritten schlottern die Ärmel um die ausgemergelten Schultern, der Stoff ist schäbig, abgewetzt, geflickt. Dieses Bettlerheer trägt verschlissene Uniformen, doch lässt sich an keinem Kragen, an keinem Ärmel, von keiner Brust ablesen, welchen Rang einer hat, die Zeichen zur Unterscheidung sind abgetrennt wie die Hoheitszeichen, die meisten hier Eingesperrten sind Soldaten der deutschen Wehrmacht, Kameraden überwacht von Kameraden. Laut schreiend und rufend äußern sich auch die Bewacher, das Wort Achtung glaubt August mehrmals aus dem Geschrei herauszuhören, er wartet vor der vergitterten Pforte und beobachtet drinnen ein scheinbar planloses Hin- und Hergerenne unzähliger Männer, das von dem scharfen Ruf eines Bewachers plötzlich angehalten wird, dann weiterrennt und auf Befehl wieder innehält. Sehr jung sind diese Männer hinter dem Gitter, viele haben Bubengesichter, sind noch nicht volljährig aber wehrfähig und strafmündig. Die Wehrmacht betreibt nicht nur Kasernen, Offizierskasinos, Lazarette und hunderte Bordelle. Die Wehrmacht hat ihre gefürchtete Feldpolizei und sie hat eigene Gerichte, besetzt mit Vertretern der Anklage, Richtern, Beisitzern, geführt vom Gerichtsherrn. Die verhängten Strafen lässt die Wehrmacht in ihren acht Gefängnissen vollziehen. Zu jedem Gefängnis gehören mehrere Außenlager, oft kilometerweit entfernt. So gehört das Lager Groß-Mittel in der Nähe von Wiener Neustadt, in dem die Wehrmacht hauptsächlich Zwangsarbeiterinnen unterbringt, organisatorisch zu dem Wehrmachtsgefängnis Glatz (Kłodzko) in Niederschlesien.

Seit dem Februar 1940 beansprucht die Wehrmacht in Freiburg das frühere Landesgefängnis zum Einsperren ihrer Soldaten.

Am Morgen nach seiner Ankunft in Freiburg steigt August hinter einem Feldwebel die schwach beleuchteten Stiegen eines Turms hinauf. Als sie von dem Stiegenabsatz in einen großen runden Raum treten, ist August im ersten Moment geblendet, Fenster rundum, draußen Himmel, eine Hügelkette, Freiburgs Münsterturm. August gewöhnt sich an die Helligkeit und erfasst im Hinunterblicken langsam die Form des Baus: ein Fünfstern mit gekappten Zacken, der mittige Turm, in dem August steht, überragt die fünf Zacken, umzingelt ist die Anlage von hohen Mauern. In vier Sternzacken leben auf jeweils drei Stockwerken 800 bis 1200 Männer, meistens sind jetzt zu viele da, einen Zacken benutzt die Verwaltung, zwischen den Zacken sind Höfe und von hier oben aus, behauptet der Feldwebel, könne der Aufseher jeden Winkel des Gefängnisses überblicken, ein Panoptikum. Das Modell des Riesenkerkers entstand im 19. Jahrhundert in Pennsylvania.

Mir fällt es schwerer und schwerer, August durch den Zweiten Weltkrieg zu begleiten, ich zögere und zaudere wie Nelli mit ihrer Suche gezögert und gezaudert hat. Seit August im Gefängnis angekommen ist, fühle ich mich selbst gefesselt und unfrei, schleppe mich mühsam durch die Tage. Doch weit kann sein Weg durch den Krieg ja nicht mehr sein.

Ich gehe Augusts Geschichte nach, weil ich sie Nelli erzählen will, wenn sie endlich zurückkommt. Sie kennt ja nicht nur seinen Namen nicht, sie weiß auch nichts von seiner Pferdenarrheit, kennt seinen Beruf nicht, weiß nichts von ihm im Krieg. Vevis Sohn hat über seinen Vater zu Nelli kaum ein Wort fallen lassen. Lange Zeit hatte sie geglaubt, der Stief wäre ihr Großvater, erst als sie das Grab von Vevis Eltern zufällig entdeckte, begriff sie, dass Vevis Sohn nach seiner Mutter Schwaigerl hieß. Als Nelli danach zu Vevis Sohn fuhr und ihn wieder nach dem Namen seines Vaters fragte, behauptete Vevis Sohn, den Namen nicht zu kennen, ging aus dem Zimmer und aus dem Haus und tauchte nicht wieder auf, bevor Nelli abreiste. Nelli weinte, als sie mir davon erzählte, und verfiel in eine schweigende Starre. Nelli behauptete Jahr um Jahr, sie wolle Spuren ihres Großvaters finden, aber sie suchte mit geschlossenen Augen, redete vom Suchen nur und weinte wieder.

Mich hat dieses Gerede und ihr Heulen ermüdet. Ich will dem ein Ende setzen mit Namen, Orten, Zeiten. Nur heute abend nicht mehr, Rechermachers Übersiedlung nach Freiburg hat mich erschöpft, ich will auf andere Gedanken kommen, blättere in einem Buch, *stumm steigt der mond aus einer wunde, rotbeschuht*, und finde mich plötzlich in H.C. Artmanns Kriegsgeschichte verwickelt. Er wird verwundet, desertiert, wird zu zwölf Jahren Zuchthaus verurteilt, flieht 1944 im Elsass aus einer Strafkompanie. *Die Front war sehr nahe und in einem Waldstück haben sie uns wieder einmal die Haare völlig abgeschnitten.*

Artmann flieht aus der Strafkompanie und schlägt sich durch nach Freiburg, bleibt dort bis zum 27. November 1944. Abends kurz vor acht beginnt die *Operation Tigerfish* der RAF, zu jener Zeit nur als Abkürzung der *Royal Air Force* verwendet, innerhalb von 23 Minuten treffen 14.525 Luftminen und Brandbomben die Stadt.

Dichter rede

Die ganze Gefängnismauer ist wie ein Puppenhaus runtergebrochen. Ich hab noch schnell vom Gefängnisdirektor den Anzug angezogen, seine Schuhe, die nicht gepasst haben, dickere Socken und raus. Beim Rausspringen hab ich mich noch am Fuß verletzt. Nach diesem Bombenangriff, ich allein auf der Straße, mit mir ein mit einem Bein gefüllter Stiefel. Ein Zivilist, schrecklich. Die Leute sind aus ihren Kellern gerannt und haben geschrien und geweint. Ich habe noch versucht, Verschüttete auszugraben und bin dann ins nächste Wirtshaus, so Rationierungsmarkerl fladern. Dann habens' noch mehr g'schrien, „da wird geplündert ...", dann bin ich wieder davon.

H.C. Artmann: ich bin abenteurer und nicht dichter.
Aus Gesprächen mit Kurt Hofmann

H.C. Artmann erzählt vom Wehrmachtsgefängnis Freiburg. Es ist auch für Soldaten zuständig, die in Salzburg und Südtirol verurteilt wurden und in Südbaden ihre Strafe verbüßen sollen. Außer Artmann und August überlebt ein Pongauer in Freiburg die Nacht, in der die Bomben fallen.

Oberstabsrichter rede

Der Angeklagte Ernst Pickl hätte die zuletzt über ihn verhängte Strafe von 3 Jahren Gefängnis im Wehrmachtsgefängnis Freiburg/Breisgau verbüssen sollen; er wurde zu diesem Zweck mit einem Mithäftling von 1 Unteroffizier und 1 Gefreiten von Klagenfurt nach Freiburg überführt. Infolge der dortigen Terrorangriffe nahm das Wehrmachtsgefängnis die Häftlinge nicht an, weshalb diese wieder zurück befördert hätten wer-

*den sollen. Der Angeklagte sprang jedoch, als sich der Zug in Bewegung setzte, aus dem Waggon und entkam somit der Begeleitmannschaft. Er trieb sich nun 14 Tage hindurch in Freiburg herum.**

Im Wehrmachtsgefängnis töten die Bomben drei Personen, etwa hundert Gefangenen gelingt die Flucht. Mit dem Verwaltungsgebäude des Gefängnisses verbrennen sämtliche Strafvollzugsunterlagen: *Bücher, Stammrollen, Listen, Karteien, Teilkarteien, Verzeichnisse der Karteien, Kurvenbilder für die Statistik, Übersichten*, um die, wie der Gefängnisschreiber Karl Siegfried Bader festhält, *mit ungeheurer Erbitterung und Ernst ein kaum mehr übertreffbarer Papierkrieg zwischen den einzelnen Büros und Dienststellen ausgetragen* worden war. Alle Aufzeichnungen über die Gefangenen, alle Personalakten verbrennen in den Feuern nach der Bombardierung. Ein unbekannter Autor schreibt, nach dem Luftangriff habe eine Reihe Aufsichtsbeamter ihre Tätigkeit eingestellt und sich entweder in den Ruhe-

---

* Feldurteil des Gerichts der Division Nr. 418 in Salzburg vom 25.1.1945, vertreten durch Oberstabsrichter Dr. Erich Peyrer-Heimstätt und Ankläger Dr. Ferdinand Voggenberger, die Ernst Pickl zum Tod verurteilen und für wehrunwürdig erklären. Am 23.2.1945 lehnt Heinrich Himmler das Gnadengesuch ab. Im Alter von zwanzig Jahren wird Ernst Pickl am 8. März 1945 in Glanegg bei Salzburg erschossen. http://www.stolpersteinesalzburg.at/de/orte_und_biographien?victim=Pickl,Ernst
Dr. Erich Peyrer-Heimstätt war Gründungsmitglied und Präsident des Vereins der Freunde der Salzburger Festspiele und Ehrenmitglied des Kuratoriums der Internationalen Stiftung Mozarteum, die 1977 verspricht, sie werde ihm *stets ein ehrendes Andenken bewahren*. Eine Monografie über Peyrer-Heimstätt und die weiteren Beteiligten der NS-Militärjustiz in Salzburg liegt bislang nicht vor. Siehe: Nachruf auf Peyrer-Heimstätt in: Mitteilungen der Internationalen Stiftung Mozarteum, 25. Jg, Heft 3/4, Salzburg 1977.

stand versetzen oder für viele Wochen krankheitshalber beurlauben lassen. Das Wehrmachtsgefängnis wurde nach Wildflecken in der Röhn verlegt. Ich öffne Augusts Wehrstammbuch noch einmal, um zu sehen, ob er krankgeschrieben wurde oder mit nach Wildflecken ging. Die Eintragungen enden aber mit seiner Versetzung nach Freiburg. Ich hatte Augusts Wehrstammbuch mehrmals gelesen, ich kenne seine militärische Laufbahn auswendig, glaubte ich. Erst bei dieser neuerlichen Durchsicht nehme ich den Zusatz wahr, der neben den Worten WG Freiburg/Brsg. steht und dem ich bis dahin keine Beachtung geschenkt hatte: Feldstrafgef. Abt.3.

Feldstrafgefangenenabteilung lautet das Wortungetüm. Irgendetwas an der Formulierung beunruhigt mich. Gab es im Wehrmachtsgefängnis eine Abteilung, die so hieß? Aus den Aufzeichnungen des dortigen Gefängnisschreibers weiß ich, dass die Abteilung 3 die Aufnahmeabteilung war, er nennt sie jedoch nicht Feldstrafgefangenenabteilung. Was diese Abteilung bedeutet, ist mir ein Rätsel, ich muss einen Forscher fragen.

1936 begann die Wehrmacht, Straflager für eigene Soldaten zu errichten. Bereits 1940 schrieb der NS-Militärrichter Fritz Hodes diesen Straflagern den *Charakter eines Konzentrationslagers für die Wehrmacht* zu. Im Winter 1941/42 starben zehntausende Soldaten der Wehrmacht bei ihren Angriffen auf die Sowjetunion, mehr als eine halbe Million Soldaten wurden verwundet. Die Generäle beendeten das Gemetzel jedoch nicht, sondern verlangten Menschennachschub. Im April 1942 beauftragte der Hitler den General Eugen Müller, die gefangenen Soldaten aus den Wehrmachtsgefängnissen in Straflager an die Front zu verlegen. Dieser Plan kam den Kommandanten der Wehrmachtsgefängnisse entgegen, weil die Gefängnisse überfüllt waren. In den folgenden Monaten ließ die Wehrmacht mehr und mehr Straflager in der Nähe von Frontlinien errichten und bezeichnete sie mit unterschiedlichen Namen. Eine Sorte der Straflager nannte die Wehrmacht Feldstrafgefangenenabteilung. An der Ostfront standen bald 22 solcher Abteilungen, durch die mindestens 50.000 Männer geschleift wurden, nicht viele haben die Gefangenschaft und Zwangsarbeit in diesen Lagern überlebt.

Dort soll August gewesen sein? Ist er denn nicht in Freiburg? War meine Vorstellung, er sei in der Nacht der Bombardierung im Freiburger Wehrmachtsgefängnis gewesen, wie Artmann und Pickl, nichts als eine naive Hoffnung? Ist es denn möglich, dass August in die Wachmannschaft eines Straflagers an der Ostfront versetzt worden war? Er war doch in Mainz für untauglich erklärt worden.

Ich schaue den Versetzungszettel noch einmal an. Wieder und wieder hatte ich diesen Zettel angestarrt, nun buchstabiere ich noch einmal den Vordruck:

neuer Truppenteil, Standort.

Über diesen vorgedruckten Worten steht handschriftlich:

Wehrm. Gef. Freiburg, Feldstrafgef. Abt.3.

Der Sinn der handgeschriebenen Worte erschließt sich durch die vorgedruckten und erschließt sich vor allem dann, wenn ich den Beistrich beachte, den ich bis dahin geflissentlich überlesen hatte. Das Wehrmachtsgefängnis Freiburg gilt als Rechermachers neuer Truppenteil. Zu diesem Truppenteil gehören mehrere Außenlager. Organisatorisch war Rechermacher dem

Wehrmachtsgefängnis Freiburg zugeteilt worden, sein Standort war aber die Feldstrafgefangenenabteilung 3. Was ich nicht wahrhaben wollte, findet in diesen beiden Zeilen seine Antwort. Doch noch einmal versuche ich dem auszuweichen, wovor mir graut, was mir die Kehle einschnürt. Der Versetzungszettel sagt, Rechermacher sei am 2.7.1942 von Mainz versetzt worden und sei am 3.7.1942 *dort* eingestellt worden. Was ist mit *dort* gemeint? Mainz trennen knapp 300 Kilometer von Freiburg, diese Reise hätte Rechermacher innerhalb eines Tages machen können. Die Feldstrafgefangenenabteilung 3 wurde aber im Wehrmachtsgefängnis Anklam aufgestellt, das liegt nördlich von Berlin an der Ostsee, knapp 800 Kilometer von Mainz entfernt. Nach Anklam wäre Rechermacher von Mainz aus vermutlich nicht innerhalb eines Tages gekommen. Schließlich finde ich eine Erklärung, die mir schlüssig erscheint. So wird es gewesen sein: Rechermacher kam nach Freiburg in das Wehrmachtsgefängnis. Dort blieb er, bis sich eine Transportmöglichkeit für eine Gruppe von Gefangenen dieses Gefängnisses fand, die der Feldstrafgefangenenabteilung 3 zugeteilt worden waren. Rechermacher war einer der Bewacher dieser gefangenen Kameraden auf ihrem Weg nach Anklam. Doch wo war der Standort des Straflagers, der Feldstrafgefangenenabteilung 3? Nur wenige der Orte sind bisher bekannt, an denen die Wehrmacht ihre Straflager errichtete. Viele Akten der Feldstrafgefangenenabteilungen gingen verloren oder wurden vor der Auflösung der Lager befehlsgemäß verbrannt. Ich durchsuche Text um Text, die Hinweise im Internet sind spärlich, nach Tagen erst finde ich den Hinweis, wo die Abteilung 3 zuerst eingesetzt war.

Von Anklam führt Augusts Weg 1700 Kilometer östlich, über Vilnius oder über Warschau, in die Nähe eines Ortes, der ein Jahr zuvor noch die sowjetrussische Kleinstadt Cholm (Холм) gewesen war. Sie liegt auf halber Wegstrecke zwischen Moskau und Leningrad, etwas westlich dieser Linie, in einer hügeligen, waldreichen Gegend, die Böden der Wälder sind sumpfig. Noch Mitte März 1942 sinkt die Temperatur auf minus 30 Grad Celsius, Schneestürme toben. Im Hochsommer glaubt man dort auf eine Dunstwand zuzugehen, doch der Dunst sind Schwärme von Mücken im Anflug. Von Cholm stehen im Sommer 1942 nur noch Ruinen. Während der ersten Jahreshälfte war der Ort zum Schlachtfeld geworden, tausende Russen und Deutsche waren umgekommen. Eine Infanterie-Division der Wehrmacht errichtet bei Cholm eine neue Frontlinie, dieser Division wird die Feldstrafgefangenenabteilung 3 zugeteilt.

Wer tritt ein in das Lager?

Bewacher und Bewachte. Nichts als ein T unterscheidet sie. Unfrei sind diese Männer alle, doch keineswegs gleich.

Wer ist der Bewacher?

Handlanger einer Mörderbande. Herr über Leben oder Tod.

Wer ist der Bewachte?

Freiwild, sklavengleich.

Wie viele Bewachte leben in diesem Lager?

640, an Nachschub ist kein Mangel.

Warum sind die Bewachten hier?

Einer schlief ein während der Wache. Einer musste pinkeln während der Wache und legte deshalb die

Waffe ab. Einer bekam Urlaub, fuhr nach Hause, das Haus lag in Trümmern, er brauchte Tage, bis er seine Familie fand, er kehrte zu spät zur Truppe zurück. Einer war seiner Wege gegangen, die an keine Front geführt hatten. Einer hat geheiratet, ohne den Kompaniechef zu fragen. Einer hat aus dem Vorrat Tabak organisiert und ließ sich erwischen. Einer hatte gebeten, länger im Lazarett bleiben zu dürfen.

Wo leben die Bewachten?

Auf freiem Feld, in zugigen Holzbaracken, Kreidestriche markieren die erlaubten Wege durch die Baracke. Wer die Kreide überschreitet, ist des Todes.

Wo leben die Bewacher?

Auf freiem Feld, in zugigen Holzbaracken, neben den Baracken der Bewachten.

Was essen die Bewachten?

Täglich dünne Suppe ohne Fleisch. Brot dazu, leicht wie drei Semmeln. Laub essen sie im Herbst, Gräser im Sommer, einen Pilz aus dem Wald. Wer Nägel isst, den erschießt der Bewacher.

Wie schwer sind die Bewachten?

Keiner wiegt mehr als 50 Kilo, mancher nur 36.

Was essen die Bewacher?

Sie sind satt, wenn sie die Bewachten in die sumpfigen Wälder zur Arbeit treiben.

Was arbeiten die Bewachten?

Sie fällen Bäume, schleppen die Stämme zu einer Straße. Für Panzer und Soldaten bauen sie die Straße.

Sie suchen Partisanen.

Sie graben Minen aus.

Sie sammeln an der Frontlinie Beine, Därme, Köpfe, Hände, Ohren und die Herzen der Zerschossenen ein.

Da schreit jemand im Wald: Heb den Baumstamm auf.

Der Mann will den Stamm heben und fällt mit dem Gesicht auf den Stamm.

Heb sofort den Baum auf, bellt der Bewacher.

Der Mann will den Stamm heben und fällt.

Zum letzten Mal, heb den Baum auf, kreischt der Bewacher.

Der Mann will den Stamm heben und fällt.

Ein Schuss knallt durch den sumpfigen Wald.

Der Mann fällt.

Wer schoss?

August Rechermacher?

Möglich.

Wer fiel?

Der Schneider aus Dortmund mag gefallen sein oder der Schüler aus Hanau, mag sein er war der Bäcker aus Tulln oder der Friseur aus Hamburg, er könnte auch der Melker aus Saalfelden gewesen sein, der fiel oder der Lehrer aus Wien. Kameraden, alle.

Wann gehen sie zurück zu den Baracken?

Nach zehn Stunden Arbeit. Ihrer Kolonne nähern sich Leute. Sie haben ein Brot dabei. Ein Bewachter tritt aus der Kolonne und bettelt um ein Stück von dem Brot.

Der Bewacher schreit: Unerlaubte Entfernung. Und schießt.

Das Stück Brot fällt, wird schwarz vom Matsch, dann rot.

Die Kolonne geht weiter?

Ja, zurück zu den Baracken.

Dann essen sie?

Ja, dünne Suppe ohne Fleisch. Brot dazu, leicht wie drei Semmeln.

Dann ruhen sie aus?

Nein, dann exerzieren sie vor den Baracken, ohne Waffen.

Dann ruhen sie aus?

Das Licht wird gelöscht. Lesen verboten. Sie liegen im Dunkeln. Sie atmen. Sie haben Ruhr.

Weinen sie?

Niemand hört sie.

Haben sie Freunde in der Baracke?

Selten. Im Lager ist der Kamerad der Feind.

Was machen die Bewacher am Abend?

Sie haben Licht. Sie atmen. Sie schreiben. Sie schreiben zwei Namen in zwei lange zuvor und fern der Front gedruckte Formulare: Der X hat bei einem von ihm selbst verschuldeten disziplinären Notstand den Tod gefunden. Todesanzeigen und Nachrufe sind verboten. Der Y hat bei einem von ihm selbst verschuldeten disziplinären Notstand den Tod gefunden. Todesanzeigen und Nachrufe sind verboten.

Sind freundliche Ausnahmen unter den Bewachern?

Selten.

Haben die Bewacher Freunde im Lager?

Sie haben Saufkumpane.

Weinen die Bewacher in den Nächten?

Niemand hört sie.

Wie viele Bewachte sterben im Lager?

Wer weiß das schon.

Woran sterben die Bewachten?

Sie verhungern, sie sterben an der Ruhr, Minen zerreißen ihren Leib, Kugeln, geschossen von Bewachern, bleiben in ihnen stecken.

Wie lange bleiben die Bewachten im Lager?

Wer weiß das schon. Und wenn sie entlassen werden, dann in ein anderes Lager, entlassen auch in die gefährlichsten Bataillone an der vordersten Frontlinie. Oder sie laufen über zum Feind. Dort überlebt kaum einer der ausgehungerten Bewachten die Strapazen der Kriegsgefangenschaft.

Wie viele Bewachte überleben den Krieg?
Wenige.

Wie viele Bewacher wurden bestraft?
Kaum einer.

Wurden Befehlsgeber bestraft?
Wenige.

Und Wehrmachtsrichter?
Sehr wenige.

August will ich nun nicht mehr August nennen, August Rechermacher soll er heißen, besser nur Rechermacher, ihn nicht mehr rufen beim Vornamen. Ich wünsche mir keine Briefe oder Postkarten mehr von ihm, will ihn nicht mehr kennenlernen. Verweigere Nähe. Will Rechermacher nicht als Blutsverwandten. Will Rechermachers Geschichte für Nelli nicht mehr aufschreiben, soll sie doch endlich selbst nach ihrem Großvater suchen. Mein Wollen oder Nichtwollen ist aber belanglos. Hätte ich doch mein Leben gelebt und mich nicht auf Blutsverwandte eingelassen. Alles hatte so harmlos angefangen. Nelli hinterließ mir die Geschichten über ein Mädchen in Heidelberg, das MarshmallowFest, die roten Punkte, das Reiten. Ich erfand Rechermacher eine Kindheit, sah ihn bei den Dragonern, bei den Turnieren, lachte über die Uniformen, spazierte um die Reitwiese der Militärakademie. Vielleicht hätte ich mich länger bei der Frage aufhalten sollen, warum Vevis Sohn Nellis Wunsch reiten zu lernen nie unterstützt hatte. Bedenkenlos hatte ich Rechermachers Wehrstammbuch aus dem Archiv geholt und Eintrag für Eintrag nachverfolgt. Er war ja nur Soldat. Unter meinen Vorfahren hatte ich keine Täter vermutet. Als ich das Hakenkreuz an Rechermachers Revers auf dem Foto entdeckte, dachte ich, er war halt ein Mitläufer. Jetzt, wo ich ahne, dass Vevis Sohn mehr als sein Bastardsein verbergen wollte, hat er sich einen Schlaganfall zugelegt, selbst wenn er wollte, kann er mir nichts mehr erklären. Vielleicht meinte er mit der Schlechthausigkeit, von der er schrieb, Täterschaft. Vielleicht gab er den Namen seines Vaters nicht preis, weil er wusste, wohin Rechermacher im Krieg versetzt worden war. Vielleicht wollte Vevis Sohn seine Nachkommen schonen, sie vor der Wahrheit schützen.

Über den Nationalsozialismus weiß ich einiges, habe Filme gesehen, mit Nelli und mit meiner Freundin Miri haben wir oft über die Nazizeit geredet. Doch sobald unser Sprechen geendet hatte, entwischte diese Zeit, rückte so weit weg wie Nellis Geschichten aus den 1960er Jahren, wie Kaiser Friedrich der Dritte oder die Steinzeit, wurde abstrakt und unwirklich. Erst seit ich zugelassen habe, Rechermachers Versetzungszettel zu begreifen, werden aus dem Abstrakten Bilder. Nichts schützt mich mehr. Die Vergangenheit Rechermachers stört meine Nächte, baumelt wie ein Kriegsrest in meinen Alltag. Er war mein Blutsverwandter und er wird es bleiben bis zu meinem letzten Tag.

Ich möchte Miri sehen, mit ihr sprechen, doch ich weiß nicht wie. Miri und ich sind befreundet, seit wir gemeinsam dieselbe erste Klasse des Gymnasiums besuchten. Sobald Miri Zeit hat, sucht sie. Sie sucht Spuren. Sie schaut Dokumentationen an, Filme, liest Forschungsberichte, sie durchsucht Transportlisten, alte Adressbücher, besucht Tagungen. Miri fährt zu den Orten, wo ihre Vorfahren gewohnt haben. Miri fährt in die früheren Lager, durchsucht die Archive der Gedenkstätten, sie wolle dem Zufall eine Chance geben, sagt sie. 23 Vorfahren hat Miri gefunden. Sie spricht über die Morde in sachlichem Ton. Sie kennt inzwischen jeden Opfernamen, die Todesarten, die Mordorte. Und mehr noch. Niemand kennt ihren Stammbaum so gut wie Miri, zurück bis zum Ende des 18. Jahrhunderts weiß sie Namen, Orte, kennt manche Berufe ihrer Vorfahren. Als wolle sie jene, die eines natürlichen Todes starben, schützend um die gruppieren, die ermordet wurden. Die Morde haben in Miris Familie eine Brache geschlagen, haben ein Nichts hinterlassen, Dunkel, langes Schweigen auch. In die Brache setzt Miri ihre Funde, sie spricht über die Ermordeten, als wären die lebendig, Miris Suche macht sie lebendig. Miri gleicht einer Isis des 21. Jahrhunderts. Der von der ägyptischen Göttin Isis geliebte Osiris wurde zerstückelt, die Teile wurden über die ganze Erde verstreut.

Isis ruhte nicht, bis sie alle Teile des Geliebten gefunden und wieder zusammengesetzt hatte. Erinnern fügt das Zerstückelte neu zusammen. Die Namen der Mörder kennt Miri nicht, nur deren Auftraggeber.

Miri hat mich und Nelli gefragt, was unsere Vorfahren im Krieg gemacht haben, und wir wussten nicht viel zu antworten, sprachen über Nellis Vater, der kaum etwas erzählt hatte, zum Glück wurde er erst 1931 geboren. Ich begann zu suchen, weil ich Nelli mit meinen Funden überraschen wollte. Ich begann aber auch zu suchen, weil mir schien, wenn ich nicht suchte, ließe ich Miri im Stich, wie ihre Vorfahren von meinen Vorfahren im Stich gelassen worden waren. Finde ich nicht heraus, was meine Vorfahren getan haben, verschwinden die Mörder von Miris Vorfahren aus dem Blick, als hätte eine Naturkatastrophe sie hinweggerafft. Die Vorfahren vergast? Hunderttausend deutsche Soldaten von den eigenen Kameraden ermordet? Wer wird das in 300 Jahren noch glauben, wenn es keine Täter gab? Ein israelischer Autor lässt Schüler seines Landes sagen: *Zum Überleben müssen wir auch ein bisschen Nazis sein*. Ist es nun bald so, *als wär' es nicht gewesen*? Wer sagt das? Der Teufel, im *Faust*. *Enthüllt sein innerstes Prinzip: Zerstörung von Erinnerung*, Adorno hat darauf aufmerksam gemacht. Im Kreis meiner Bekannten sind keine Nachkommen der Täter, zumindest sagt niemand etwas. Komme ich allein aus schlechtem Hause?

Ich muss hinaus, radle zum Fluss, lasse das Rad auf die Böschung fallen, gehe die paar Schritte hinunter, biege die Sträucher zur Seite und setze mich auf einen der Steinblöcke, die das Ufer der braunen Donau befestigen. Die Wahrheit wird euch frei machen, behaupten Christen, zumutbar sei sie, die Wahrheit, behaupten Schriftstellerinnen. Mich bedrückt die Wahrheit. Sie macht mich frei von der Lust zu leben. Auf welche Weise kann ich weiter? Als Eremitin, ja. Doch wie kann ich Miri in die Augen schauen? Ihr zuerst müsste ich erzählen, wohin Rechermacher versetzt wurde. Ich müsste sprechen von dem Befehl, unter dem Rechermacher in dem Lager stand: Du bist verpflichtet zu schießen, ohne Warnruf, sofort schießen, bei jeder Widersetzlichkeit. Rechermacher kam aus den Schulen des Gehorsams. Er hatte nicht gelernt, sich Befehlen zu widersetzen. In dem Lager wurde einer zum Täter, damit er nicht zum Opfer wurde. Ich muss den Rechermacher nun aber nicht verteidigen.

Anzuerkennen, die Enkelin eines Bastards zu sein, bringt mich zum Lachen, ich bin ja selbst einer. Doch anerkennen, dass es einem Wunder gleichkäme, wenn Rechermacher in dem Lager nicht zum Täter geworden wäre, dieser Gedanke treibt mich in die Einsamkeit. Mit Nelli werde ich über Rechermachers Versetzung kaum sprechen können. Sie wird weinen, sich verkriechen, tagelang schweigen, und wenn ich mich über ihr Verhalten beschwere, wird sie wieder weinen. Meinetwegen soll sie für immer wegbleiben. Sie hätte die Verstrickung Rechermachers längst aufdecken können, wäre sie beharrlicher gewesen. Eine Person, eine einzige Person kommt mir in den Sinn, zu der ich von Rechermachers Versetzung – Rechermachers Versetzung, das scheint mein Deckname für das Grauen zu werden – sprechen könnte. Dieser Gedanke zieht mich weg vom Wasser. Das Rad liegt noch auf der Böschung, ich fahre ohne Umweg zu der Person, erzähle, was ich gefunden habe, und sage dann: Ich weiß nicht, wie mit dieser Erbschaft weiterleben. Die Person schaut mich länger schweigend an und fragt dann: Seit wann bist du Anhängerin der Sippenhaftung? Und die Person sagt: Spiel du dich jetzt nicht als Opfer auf, weil dein Urli ein Täter war. Schau lieber genau hin, was dort war. Uns bleibt nichts, als wissen und aushalten, sagt die Person und verabschiedet mich.

Salz, ach

Heidelbergerin bin ich nicht, bin keine Wienerin, aus Salzburg kommen die Blutsverwandten, nicht ich. Ich bin nur Nelli, Nelli ortlos. Maia, meine Tochter, sie ist Wienerin. Mir ist es nicht gelungen, an einem Ort heimisch zu werden, auch nicht hier in Wien, wo ich die meisten Lebensjahre verbracht habe. Ich möchte Wien für unbestimmte Zeit verlassen, meine Rückkehr nicht festlegen, ich möchte mich von niemandem verabschieden, will von einem Tag auf den anderen untertauchen. Doch eine Mutter kann nicht einfach verschwinden, Maia hält meine Anwesenheit für selbstverständlich. Schreiben muss ich ihr zumindest, wenn ich weggehe. Wohin aber gehen? In Gedanken versunken bin ich auf meinem Spaziergang unversehens an die Ecke einer Gasse gekommen, die ich kenne und die ich lange gemieden habe. Ihre Häuser waren anthrazitfarben, nun sind sie ocker, weiß, rosa, gelb, fliedrig. Das Düstere der Gasse ist außen nicht mehr vorhanden, das Düstere befindet sich nur noch in meinem Kopf, im Gemüt, im Bindegewebe, wo immer auch die Erinnerungen zu Hause sein mögen. Diese bunte Gasse war einmal die graue Gasse. Nun erkenne ich sie wieder und mit der Erkenntnis kommt eine vertraute Empfindung zurück, eine altbekannte Beklemmung, die sich äußert durch diffuse Schmerzen im Bauch, Krampfendes, das meinen Schritt zögern lässt, Enge, die enger wird, je näher ich dem Nussbaumhaus komme. Das Gefühl war Angst, und mit dem Erkennen der Gasse kehrt die Angst zurück. Im Nussbaumhaus lebten die Blutsverwandten und ich mit ihnen. Jede Rückkehr in ihr Haus fürchtete ich, wünschte mir, sie wären während meiner Abwesenheit verstorben. Doch bei jeder Rückkehr waren sie lebendig und anwesend. Mit welcher Hingabe die Blutsverwandten in den 1960er Jahren schlugen, mit welcher Inbrunst sie noch Anfang der 1970er Jahre zuschlagen, verbieten und einsperren, wenn ich beharre auf dem, was mir lieb ist, was ich mein Eigenes nenne. Ich bin das Kind mit dem schlechten Charakter, von mir geht Dunkles aus, seit je, Unheimliches. Die Blutsverwandten müssen das Schlagen und Schmähen im Lauf der Zeit erlernt haben, als Säuglinge und Kleinkinder beherrschten sie es noch nicht. Was in ihrer Jugendzeit Schergen oder Erziehungsberechtigte besorgten, das können die Blutsverwandten später selbst. Ist kein Krieg bei der Hand, keine Diktatur, lebt die Gewalt in den Haushalten fort, ihrer Darstellung widmet sich seit je die Kunst. *Gilgamesch* oder die *Ilias* heben mit dem Hauen und Stechen an. Mein Körper nahm in einem Theater das Spiel einmal ernst, vielleicht weil ich noch nicht erfasst hatte, dass in meinem Körper Maias Leben begonnen hatte. Die katalanischen Spieler und Spielerinnen rannten mit aufgepflanzten Motorsägen und in deren dröhnendem Lärm auf mich zu, ich glaubte mich bedroht. Das Publikum stand mit den Spielenden auf gleicher Ebene und stob auseinander, als die keine Absicht zeigten, die Richtung ihrer Attacke zu ändern oder sie zu beenden. Seither habe ich mich an die Gewalt im Theater, auf den Leinwänden und Bildschirmen gewöhnt, sie ängstigt mich nicht mehr. Die Gewaltunterhaltung ermüdet mich aber, langweilt mich. Die Darstellungen verdoppeln das, was ohnehin tagein tagaus geschieht. Sobald das Bühnengebrüll, das Toben oder die Blutorgien beginnen, verlasse ich den Ort der Handlung. Ein Maß der Gewalt ist die Hand. Ein anderes Maß der Gewalt ist der Mund. Die Stimme ist ein Maß der Gewalt und der Fuß. Gewalt ist eine Ortsveränderung. Nichts ist dann mehr an dem ihm gemäßen Platz. Als Maia mein Kind war, verwendete sie nicht das Gewaltwort. Sie rief: Au, das tut weh, er schlägt mich, ich blute.

Gewalt wird angetan. Vom Passiv, der Leideform, bin ich nicht angetan, weil ich sie kenne. Ich weiß, wie sich der fremde Schlag im eigenen Gesicht und sonstwo anfühlt, ich kenne die Erniedrigungen, ich sah wirkliche Menschen wirklich sterben, meine Vorstellungskraft braucht keine Beihilfe und ich spüre meinen Körper, ohne ihn eigens zu quälen. Im Herrgottswinkel jeder Bauernstube hängt ein Geschundener, Gekreuzigter, der Stellvertreter. Wie die Bauernhäuser wollen die Bühnen und ihr Publikum Stellvertreter. Ein anderer mag die Gewalt erleiden, die ich selbst nicht ertrage, bei der ich aber gerne zusehe, Kern christlicher Kultur, die sich auf Bühnen und Bildschirmen fortsetzt. Ich vermisse Sanftmut, leise Töne. Doch weiß ich nicht, auf welche Weise ich selbst zu Maia, meinem Töchterchen, von der Gewalt sprechen könnte. Wie klingt das Friedenslied? *Imagine, all the people,* mit welcher Inbrunst habe ich das gesungen, doch seit je geht der Krieg durch die Welt, Krieg nach Krieg, nur die Schauplätze wechseln, die Felder der Schlacht. Dem Frieden habe ich kein neues Lied geschrieben und kein neues Haus gebaut, sondern stattdessen gelernt, mich zu gewöhnen an Gewalt. Noch immer denke ich *Töchterchen*, auch wenn dieses Töchterchen einen Kopf größer ist als ich und ihre Miete längst selbst bezahlt. Ich sah einen kurzen Film, in dem zeigt eine Socke, was ihr angetan wird. Diese Socke setzt nicht neue Gewalt in die Welt, sondern verwandelt die ursprüngliche. Wie nebenbei verweist ihr Sockesein auf das Zerbrechliche jedes Sockenträgers und auf das Zarte, Verletzliche, das jeder Sockenträgerin innewohnt. Diese Socke sollte Maia erzählen, was ich mir selbst kaum erzählen kann. Denn erzählt muss werden, hin zu den Gegenden jenseits der Schmerzen, des Krieges und der Angst. Jemand tupft mir auf die Schulter. Ich habe mich in meinen Gedanken verhängt und mich auf dem Gehsteig zu breit gemacht, ein Paar will vorbei. Er trägt ihre fliederfarbene Handtasche und eine gelbe Gladiole, Ton in Ton mit der bunten Gasse, Mann und Frau tragen Gewand, das man früher und auf dem Land sonntäglich nannte, sie gehen langsam, schlendern. Sie könnten aus dem Orient stammen, aus einer persischen Miniatur. Mein Stehen und ihr Weg kreuzen sich für ein paar Schritte, der Blick in ihre Gesichter bringt Maias Vater in meine Gedanken und lässt mich das Haus übersehen, hinter dem einmal ein Nussbaum stand. Die graue Gasse hat eine Baulücke, welches Haus hat die gefüllt, als ich durch diese Gasse täglich ging? Vergessen. Unweit der Lücke ist noch der Vorsprung – hinter ihm stehen, einen Halbstock höher, Bäume und Sträucher im Laub. Dieser erhöhte Garten, klein und geheimnisvoll, überrascht mich, wie früher, zwischen den Häusern. Das nächste behielt seinen bewährten Namen: Wein- und Bierhaus, auch wenn es keine Doppler mehr anbietet. Die Fenster sind staubig, ein Zettel an der Eingangstür verspricht baldige Wiedereröffnung des Ausschanks. An der nächsten Ecke stehen Bauten der Gemeinde Wien aus einer Zeit, in der ich nicht war. Sie waren schon hier, als der LKW mit den Möbeln in der grauen Gasse ankam. Ich habe keinen Hauch der Erinnerung an diese burgartigen Gebäude. Wenn mir etwas geschah, wie selten habe ich in dem Moment erfasst, dass dies mein Leben, mein Augenblick ist, in dem das Etwas geschieht. Von der grauen Gasse habe ich mich entfernt und gehe nun unweit der Straße, in der ich mit Maia gelebt habe, hier war sie mein Kind, dann ein Mädchen, dann die junge Frau, nun müssen sich unsere Wege noch deutlicher trennen. Sie muss aufhören zu glauben, sie müsse sich um mich kümmern. Und womit muss ich aufhören? Schon bin ich beim Apollo-Kino, das mich die Blutsverwandten nur ein Mal besuchen ließen. Zu der Zeit meines ersten Besuchs in dem luftig weiten Kinosaal war für Fritz Grünbaum in Wien noch nicht wieder Platz, erst 1989 hat er einen kleinen bekommen, gegenüber dem Kino, unweit des Flakturms. Bedrohlich schien mir der Flakturm, stumpfgrau war er wie meine Gasse, nun ist er hell verglast, wirbt für ein Esslokal auf dem Flachdach, eine Seite lässt sich erklettern. Auf der anderen Seite des Turms steht noch das Schulgebäude, für dessen Zweckmäßigkeit ein Schlösschen hatte weichen müssen. Im Park um den Turm schlafen Männer auf den Holzliegen, Wein- und Bierflaschen griffbereit. In der Nähe klimmen Junge oberkörpernackt und flummygleich an den Reckstangen auf und ab, auf und ab. Ihre Leistungen lassen sie messen von kleinen Geräten, geschnallt um die Bizepse. Ein Mann hängt beide Füße in die oberste Sprosse einer Kletterwand, lässt den Körper langsam nach unten gleiten, richtet sich dann wieder und wieder vom Kopf bis zur Gürtellinie im rechten Winkel auf. Eine Frau springt über ein Seil, springt und springt. Auf dem

Spielplatz neben den Kraftsportlern essen Frauen unter Kopftüchern ihre Jausen. In der Nähe der Nebelsprüher ruhe ich aus. Ich gehe an diesem Tag durch die Stadt, als würde ich Abschied nehmen.

Im Traum kam ich an einen unbeleuchteten Ort. Von draußen kam eine Frau herein. Ich glaubte, sie sei eine alte Freundin, aber sie war es nicht. Einige Tage nach diesem Traum fuhr ich ins Gebirge. Ich setzte mich an einen Teich, an dem ich bei einer Wanderung einmal zufällig vorbeigekommen war. Niemandem hatte ich von diesem Teich erzählt. Bei diesem ersten Besuch dachte ich, dieser Teich wird in der Zukunft einmal mein Ort sein, wo niemand mich vermutet. Vom Teich schaue ich hinauf zu den Felsen. Schwalben pfeilen heran, halten einen Augenblick auf dem Wasser inne, nehmen einen Teichschluck und sind fort, bevor mein Blick sie recht erfasst hat. Die schnellen Schwalben bringen behäbige Pfaue in meine Gedanken, ich sah sie vor Kurzem mit meiner Freundin Lotte, im Park versuchten sie, auf einen Zaun zu gelangen, Lotte sagte, die gefallenen Sterne in ihrem Gefieder machen sie schwerfällig. Vom Teich schaue ich hinauf zu den Köpfen der Schlafenden, die schliefen, bis sie zu Fels erstarrten, nur ihr Spiegelbild bewegt sich im Wasser. Bremsen, Fliegen und Wespen leben am Teich. Die Libellen jagen einander knapp über der Wasseroberfläche, zwei schließen sich zum Herz der Liebe, wie die Franzosen sagen. Am Ufer schwanken Schilf und Erlen, durchs Geäst huschen Grünfinken. Der Teich liegt inmitten von Wiesen, die zu den Waldrändern aufsteigen und bis zu ihnen hinabreichen. In den Wiesen stehen Augentrost, Margeriten, Quendel. Der Motormäher wird die hell Blühenden am Nachmittag zu Winterfutter machen. Ich habe niemandem gesagt, dass ich ins Gebirge fahre. Ich will nicht wissen, ob und wann ich zurückkomme in das Wiener Leben, das nach der möglichen Rückkehr mein früheres Leben heißen wird, denn das nachrichtenlose Weggehen wird mich vielleicht verändern. Fern der Menschen, die mich kennen, entsteht erst meine Unabhängigkeit. Maia soll sich nicht um mich sorgen, mich nicht suchen. Auch Lotte will ich nicht beunruhigen. Ich habe ihnen geschrieben. Sie fürchten sonst, ich hätte einen Unfall gehabt. Den Teich habe ich in dem Brief an sie nicht erwähnt, habe nicht geschrieben, wie wohl mir an dem Teich ist und wie wehmütig mich die oben Schlafenden stimmen. Später werde ich zu einer Hütte wandern, dort übernachten. Der Waldboden wird nachts zum Meer. Morgen gehe ich hinunter ins Tal und hinaus in die Stadt.

Ich kenne nur das erste Ziel meiner unangekündigten Reise, es heißt Saalachspitz. Seit Jahren denke ich an den Saalachspitz. Oft war ich in Salzburg und dachte an den Saalachspitz. Doch nie fuhr ich zum Saalachspitz. Stets kam irgendetwas dazwischen, ich musste Salzburg verlassen, ohne den Saalachspitz besucht zu haben. Der Saalachspitz ist der Landpunkt, an dem Saalach und Salzach sich zu einem Gewässer vereinigen. Hier verliert die Saalach ihren Namen und geht unter in der Salzach. Will ich den Saalachspitz je erreichen, muss ich ihn zum einzigen Grund und Ziel einer Reise nach Salzburg machen. Während ich meine Reise an den Saalachspitz noch plane, befallen mich schon Schreckensphantasien. Ich sehe mich in der womöglich einsamen Gegend überfallen, ausgeraubt, verletzt. Meine Angst sieht mich nahe dem Zusammenfluss von Saalach und Salzach blutend im Gras. Soll ich einen Freund bitten, mich zu begleiten? Doch ich muss allein zum Saalachspitz. Ich muss dort beobachten, was innen geschieht, während ich mich diesem äußersten Landpunkt nähere. Jede Begleitung würde meine Aufmerksamkeit verwischen. Ich werde an einem hellen, sonnigen Tag zum Saalachspitz gehen. Und danach? Wohin werde ich mich wenden? Ich weiß es nicht. Erst am Saalachspitz wird mir das nächste Ziel meiner Reise klar werden, und es wird selbstverständlich sein.

In Salzburg hebt ein Taubenschwarm vom Bahnhofsdach ab, umfliegt das Glashotel, zerstiebt über O-Bus-Strängen, kehrt zurück als Schwarm aufs Bahnhofsdach. Mehr Unwissen als Wissen bindet mich an Salzburg. Ich nehme den O-Bus bis zur Endstation in der Nähe der Salzachseen. Einige Minuten gehe ich durch verbautes Gebiet, dann öffnet sich eine parkartige Landschaft. Obstbäume stehen dort neben alten Laubbäumen auf einer frisch gemähten Wiese. Nun nicht dem Wunsch nachgeben auf einer Bank an dieser Wiese zu sitzen, wie die Frau dort drüben mit dem Buch in der Hand. Es ist ein wolkenverhangener, warmer Vormittag. Von Weitem sehe ich einen der Badeseen, meide aber den Pfad zu diesem Gelände, mich zieht es auf den gekiesten Weg Richtung Salzach. Uralte Weiden stehen da, manche mögen einen Umfang von vier Metern haben. Eine Aulandschaft, die Seitenarme der Donau kommen mir in den Sinn, die Lobau, sumpfiges Gelände. Birken, Ahorne, Robinien, Haselbüsche säumen den Weg, eine Frau mit einem Hund kommt entgegen, und obwohl ich weiß, dies muss der richtige Weg sein, frage ich sie, ob es hier zur Salzach gehe, als brauchte ich jetzt einen Wortwechsel mit einem Menschen. Im Südosten taucht ein größerer Teich auf, dieser scheint nicht zum Schwimmen genutzt zu werden, das Ufer ist schilfig. Die Kanäle durch den Spreewald kommen mir in den Sinn, obwohl hier im Hintergrund Berge aufragen, etwas verdeckt von einem Hochhaus. Am falschen Platz wirkt dieses Haus hier, vielleicht weil es das einzige Hochhaus in dieser Gegend ist und nicht eines von vielen wie sie rund um den Teich des *Central Park* stehen und dort eher den Teich fehl am Platz wirken lassen. Seltsame Salzburger Gegend, die so viele Erinnerungen an andere Gegenden weckt. Eine Frau kommt mit dem Rad, auf dem Gepäckträger sitzt ein Bub. Sie steigt ab, hebt den Buben vom Rad, macht ein Foto von ihm am Teich. Ich bitte sie, ein Foto von mir bei diesem Teich zu machen, sie macht irgendetwas mit dem Fotoapparat, als ich am Abend die Fotos des Tages ansehe, ist da kein Bild von mir am Teich. Auch diese Frau habe ich um das Foto nur gebeten, weil ich an diesem Ort Nähe und Gespräch mit Menschen suche, als fürchte ich mich allein. Da ist schon die Mündung in die asphaltierte schmale Straße entlang der Salzach, viele Fahrräder sind unterwegs. In meinen Angstphantasien hatte ich mir die Gegend menschenleer vorgestellt. Die Uferböschung fällt steil ab, totreguliert wirkt dieser Flussabschnitt, das Wasser schleppt sich fast lautlos dahin. Vielleicht war es 1955 noch lebendiger, auch wenn die Salzachregulierungen schon im 19. Jahrhundert begannen. Von Bergheim kommt nun das Zwölfuhrläuten, mischt sich in Auto- und Zuglärm. Hinter der Bergheimer Kirche tauchen die zwei Türme von Maria Plain auf. In der Basilika unter dem Gnadenbild, Maria und ihr Sohn tragen überundüber juwelengeschmückte Kronen, unter diesem Gnadenbild wurde Genoveva gefirmt. Als Genovevas Bauchwölbung sichtbar geworden war, jedoch kein Gatte, hatte der Pfarrer ihr das Betreten der Kirche während der Schwangerschaft verboten. Später nahm er den neugeborenen Bastard durch die Taufe auf den Namen August Johann gnädig in die Heilige Römische auf.

Erst kurz vor der Saalachmündung gewinnt die Salzach Leben zurück. Dort muss sie eine niedrige Schwelle überwinden, danach braust sie hörbar und kräftig bewegt. Der Fahrradweg geht in eine Linkskurve, geradeaus führt ein schmalerer Kiesweg weiter, den nehme ich, hier sind keine Menschen mehr zu sehen, Goldruten und Baldrianstauden streifen meine Arme. So hatte sich meine Phantasie den gesamten Saalachspitz vorgestellt. Der schmale Umweg nimmt aber bald ein Ende und ich bin zurück auf dem Fahrradweg, dort steht wieder eine Frau mit einem Buben, sie schließen die Räder aneinander. Silbergrau schimmert unten der Sand an der Glan, sie mündet hier in die Salzach. Nach dem letzten Hochwasser wurden Schutzbauten in dem Augebiet errichtet, eine Hinweistafel warnt mich, dem Ufer zu nahe zu kommen. Ich wende mich nach Norden, hebe eine schmale, schwarze Feder auf, erstes Stück einer Reliquiensammlung. Ich komme an eine Sand- und Schotterbank und stehe endlich am Wasser. Es fließt rauschend entlang der grauen Uferkiesel, weiße auch, grün und rosa, als kämen sie aus Adnet. Ich nehme ein Exemplar jeder Farbe für die Sammlung. Auf der Schotterbank liegt ein langer Holzpfahl, die Spitze metallbeschlagen. Auf den Pfahl setze ich mich und denke an Genoveva, sie wurde Vevi genannt. Hier bin ich dem Spitz ganz nah, doch immer noch nicht dort. Ein Mann mit einer Kamera um den Hals nähert sich. Ich würde ihn gern fragen, was ihn hierherführt, doch ich bleibe still. Ich schaue hinüber nach Deutschland, die Saalach bildet die Grenze. Genoveva hat immer an der Grenze gelebt. Nach einer Weile stehe ich auf und gehe hinüber zur Salzach. Die Wolken haben sich verzogen, der Himmel ist blau geworden, die Luft schwül. Am gegenüberliegenden Salzachufer macht ein Mann ein Lagerfeuer, etwas abseits breitet ein anderer ein Stück Stoff aus, kniet darauf und beugt seinen Oberkörper zur Erde. Am reißenden Fluss spielen einige Kleinkinder, strecken die Füßchen ins Wasser, in ihrer Nähe unterhalten sich zwei Männer und scheinen die Kinder nicht zu beachten. Kinder und Männer tragen lange Hosen, langärmlige T-Shirts oder Hemden. Ich mache mir Sorgen um diese Kinder am anderen Ufer, Kinder die ich nicht kenne, Kinder die dort ertrinken könnten, weil die Männer nicht gut genug auf sie schauen. Woher kommt diese Sorge? Ist es nicht eher meine eigene Sorge um Vevi, die ich ablenke auf diese Kinder? Nicht sie ertrinken hier, Genoveva ist hier ertrunken, am 8. Mai 1955.

War es ein Unfall? War es Mord? War es Selbstmord? Diese Fragen stellte ich ihrem Sohn wieder und wieder, nachdem ich endlich, ich war schon älter als Vevi bei ihrem Tod, erfahren hatte, dass sie ertrunken war. Ihr Sohn gab mir keine Antwort, er wisse es nicht, behauptete er und ich glaubte ihm nicht. Ich fragte nach Vevis Mann, mit dem sie bis zu ihrem Todestag in einer gemeinsamen Wohnung gelebt hatte, über ihn werde er nicht sprechen, erwiderte Vevis Sohn.

Am 1. Mai 1955 standen über Liefering in der Früh noch einige Wolken von den Gewittern der Vornacht. Bald klarte der Himmel auf, die Berge zeigten sich und der Tag wurde warm, als wäre schon Sommer. Vevi öffnete die Fenster ihrer Wohnung und hörte von der Autobahn herüber Motorenlärm, zur Feier des Tages fand dort ein Motorradrennen statt mit Teilnehmern aus verschiedenen Ländern. Am Nachmittag ging Vevi zu den Wiesen neben der Autobahn, Menschen über Menschen drängten sich dort um die Würstelstände, aus Stanitzeln tropfte rosa und braun das Eis auf helle, leichte Kleider. Vevi sah das Treiben von Weitem und kehrte bald um, ihr war der Krach zu laut und die Luft war zu heiß, um noch in den Volksgarten zu fahren, wo an diesem Tag das Freibad für die Sommersaison eröffnet worden war. In der folgenden Woche wird es kühler, nachts gehen Gewitter nieder, die Morgenstunden sind kalt mit nicht mehr als fünf Grad, am Freitag kommt Föhn auf, Schwüle und kalte Böen wechseln einander ab. Als Vevi am frühen Morgen des folgenden Sonntags zum Saalachspitz aufbricht, ist es noch nicht recht hell, die Luft ist frisch und der Himmel schaut aus, als würde der Tag heiter und warm werden. Es ist der Muttertag, da hat man Zeit, ins Wasser zu gehen. Auf dem Weg durch den Auwald bückt sich Vevi, hebt einen Stein auf, steckt ihn in die Manteltasche, bückt sich, hebt den nächsten auf. Sie geht langsam und irgendwie schwankend. In Saalfelden stürzt an diesem Morgen ein amerikanischer Soldat in die Urslau und ertrinkt. Am folgenden Tag wird seine Leiche bei der Einmündung der Leoganger Ache in die Saalach geborgen. In der ersten Maiwoche war in Salzburg der Lyrikband *Die ganze Welt in meines Herzens Enge* herausgekommen. Diese Zeile der Karoline Brandauer, Dichterin von der Salzachschlinge, hat dem Band seinen Namen gegeben, der auch frühe Gedichte des Thomas Bernhard bringt, er beschreibt den Pfarrgarten in Henndorf, das liegt im Grasland. Hatte mit ihrer einsamen Schwangerschaft Vevis unglückliches Sein begonnen? In dem großen Leib wächst ungefragt der kleine. Dem kleinen sind vertraut Innendunkel und Innengeruch des großen. Der kleine Leib schlüpft zu seiner Zeit aus dem großen. Der große Leib säugt den kleinen. Gleich ob der große traurig oder fröhlich ist, gleich ob er großzügig lebt oder vergeizt, gleich ob dumm oder klug, gleich ob rechts oder links, der kleine Leib saugt, damit er lebe und wachse. Leibvertrauen trotz Personenfremde. Hätte Vevi die neuen Gedichte gelesen, vielleicht hätte sich ihre Herzensenge gelöst und sie wäre, getröstet, am zehnten Jahrestag der Befreiung spazieren gegangen statt ins Wasser. Genoveva Schwaigerl war aber Fabrikarbeiterin, die lesen selten neueste Gedichte. Keine Süßigkeit, kein Ausflug in die Berge konnte sie mehr verlocken, zum Himmelsblau schaute sie nicht mehr auf, kein Maiglöckerl vermochte sie zu trösten, Vevi war eine Untröstbare geworden.

Am 19. August kurz vor ein Uhr Mittag erreiche ich den Saalachspitz. Ein spitzwinkliges, fast gleichseitiges Dreieck ist dieser Spitz, er fällt ab in die Vereinigung von Saalach und Salzach. Vereinigt gewinnen sie neuen Schwung und Rhythmus. Die Saalach führt helleres Wasser, ein langes Fließstück bleiben die Farbunterschiede deutlich. Ich wende mich zu der schmalen Insel, die Saalach und Salzach hier aus dem Land formen. Sie steigt unvermittelt steil an, oben ist eine Fichte gestürzt, der Wurzelballen wippt in der Luft, der Wipfel schleift in die Saalach, bald wird sie die ganze Fichte mit sich reißen, wie Saalach und Salzach Vevi mit sich gerissen haben. Wie viel Kraft, wie viel Mut, wie viel Energie nötig ist, seinem Leben selbst ein Ende zu setzen.

Vevi war eine große, kräftige Person. So sieht sie zumindest auf dem einen Foto aus, das ich von ihr habe. Sie trägt eine kurze Sporthose, ein ärmelloses Leiberl. Kräftige Schenkel und Schultern hat Vevi, sie wirft einen Handball – *Sport in der Andre Hofer* hat eine Hand auf die Rückseite des Fotos geschrieben. Die *Andre Hofer* war die Feigenkaffeefabrik in Parsch, wo Vevi arbeitete. Als sie den Ball so kräftig warf, war sie keine dreißig Jahre alt. Vier Monate vor ihrem fünfzigsten Geburtstag ging sie zum Saalachspitz. Ging sie betrunken? Hat sie sich erst hier, am Saalachspitz, die Gleichgültigkeit, Voraussetzung für Todesmut, angetrunken? Dann verstummt mein Verständnis heischendes Fragen. Hätte sie nicht noch ein paar Jahre warten können? Sie hat mir die Möglichkeit genommen, sie kennenzulernen, indem sie ein Jahr vor meiner Geburt ins Wasser ging. Ich schlage mit einem Stock auf den Boden, wirble den Stock durch das Wasser, lasse ihn auf die Flut knallen, bis meine Kleider nass sind.

Die Wellen spülten ihren Leichnam in der Nähe von Burghausen an Land. Das sind fast 50 Kilometer vom Saalachspitz. Ist es denn möglich, dass ein Leichnam über eine so weite Strecke unbemerkt durchs Wasser treibt? Ich könnte eine Gerichtsmedizinerin fragen. Sie würde vielleicht über den Stimmritzenkrampf sprechen, von Sauerstoffmangel, Ohnmacht und Ersticken. Über meine Großmutter erführe ich keinen Deut mehr. Ich habe die Geschichte von Kaisern, Königen, Staatsverträgen und Präsidenten gelernt und weiß von meinen Großeltern nichts.

Als ich Vevis Sohn zuletzt sah, fragte ich ihn wieder nach ihr, nach ihrem Tod. Seine Mutter sei eine lebenslustige Person gewesen, erwiderte er mürrisch, er wisse nicht, warum sie sich umgebracht habe. Da hatte er zum ersten Mal gesagt, dass sie sich das Leben genommen hatte. Ich war nach dem Gespräch zu dem Friedhof gefahren, auf dem Vevi begraben liegt. Ich kam zu der Grabstelle und dort war nur noch ein Streifen leerer Erde. Ich rief ihren Sohn an. Wo Vevis Grab sei? Er habe es schleifen lassen, die Grabnutzungsgebühr hätte monatlich 50 Euro betragen, das könne er sich als Pensionist nicht mehr leisten. Warum er mich nicht vorher gefragt habe, es sei meine Großmutter, sagte ich. Es ist meine Mutter, erwiderte er und beendete das Gespräch. Ich rief die Friedhofsverwaltung an, die Grabgebühr betrage 150 Euro im Jahr, nein, nun ließe sich das frühere Grab nicht wiederherstellen, die Grabstelle sei bereits neu vergeben. Ich besuche Vevis Sohn seither nicht mehr. Und ich weiß nicht, ob ich ihn je noch einmal sehen will.

Ich sitze ohne ein Wort am Saalachspitz, langsam trocknet die Sonne meine Kleider. Vevis Sohn hat sich geschämt, Sohn seiner Mutter zu sein, so wie ich mich geschämt habe, sein Kind und das seiner Frau zu sein. Ich wollte nicht zu der Familie gehören, in die ich geboren wurde. Bedeutet das, nicht die sein zu wollen, die man ist? Wofür schämte ich mich denn im Bus in die Stadt neben seiner Frau? Für deren Hagerkeit? Für deren Frisur, die den anderen Frisuren im Bus nicht glich? Ich fürchtete, sie würde den Mund aufmachen und mit dem ersten Wort, das sie sprach, sich zu erkennen geben als Nichthiesige. Jedes Wort seiner Frau und sein gellendes Schweigen rissen mich mit in die Fremdheit der beiden, in ihre Sonderbarkeit. Mit ihnen stimmte etwas nicht. Wenn sie Einladungen gaben, redete Vevis Sohn, als wäre er gesprächig. Er erzählte, welcher seiner Freunde eine Professorenstelle bekommen habe, sprach über Bekannte, deren Kinder hochbegabt seien, er berichtete, welche Bekanntentochter kürzlich einen Diplomaten geheiratet habe. Diese Nachrichten passten zu den Themen der Gäste, alle befreundet mit intelligenten, sympathischen und offenbar wohlhabenden Leuten, denn es wurden in Nebensätzen Häuser mit Gärten erwähnt, Automarken oder Stutzflügel und so bescheiden und nett seien alle diese Bekannten der Bekannten. Die Stunden vergingen in angeregtem Geschwätz, ohne dass auch nur einer der Gäste mehr als die nächsten Urlaubspläne hätte preisgeben müssen.

Auf der anderen Seite der Salzach spielen noch die kleinen Buben am Fluss, das Feuer ist zu einer Grillglut verglommen. Ich gehe zurück Richtung Fahrradweg, kann nicht zu den Grillmännern hinüberschauen, weil ich auf jeden Schritt achten muss, damit ich nicht ausrutsche. Da liegt eine gelbe Rose vor meinem Fuß, mit hellgrünem Stil, grauer Sand zwischen den Plastikblüten. Ich nehme sie mit. Aus dieser Rose, der schwarzen Feder und den Steinen werde ich Vevis Reliquienaltar basteln. Über meine Großmutter Vevi werde ich nichts weiter erfahren können. Ich werde sie mir wieder und wieder erfinden müssen, bis sie mir vielleicht eines Tages gleichgültig geworden sein wird.

Auf dem Rückweg ist an der Stelle, wo der Mann mit der Kamera stand, in den Sand ein Goofy gezeichnet, signiert mit den Buchstaben PW. An der Saalach will ich zurückgehen, ein schmaler Pfad führt entlang des hohen Steilufers. Er endet abrupt an einer Kante, ich muss zurück, bis ich den breiteren Weg erreiche. Auf einer Bank sitzt ein Jugendlicher, der in eine Art Mentaltraining oder Meditation versunken zu sein scheint. Er strengt sich offensichtlich an, seine Augen nicht zu öffnen, als er mich vorbeigehen hört. Der Weg mündet in eine Straße, die nicht nur von Fahrrädern, sondern auch von Autos befahren wird. Ein zweistöckiger Bus kommt entgegen. Drinnen sitzen Burschen, der Bus trägt groß das Abzeichen des Salzburger Fußballklubs. Die Jungkicker haben hier auf der Halbinsel ihre Akademie, ein langgestrecktes neues Gebäude, mit Sportplätzen rundherum, ein kleines Stadion, Flutlichtanlagen. Auf dem Nachbargrundstück wiehert es aus einem Reitstall. Weiter oben an der Saalach wird die Brücke sichtbar, die nach Deutschland führt, dahinter ein Kraftwerk. Hier münden Straßen in Autobahnzubringer, Lärm tost zwischen Industriehöfen und Lagerhallen und immer mehr Lärm. Zu laut wenn man vom Saalachspitz kommt, wo das Orchester nur aus zwei Flüssen besteht.

Sieben Tage nach Vevis Freitod, am 15. Mai 1955, läuten in Salzburg zu Mittag eine Viertelstunde lang alle Kirchenglocken. Nicht für Vevi läuten sie, sondern fürs ganze Land, das seinen Staatsvertrag feiert, der die Truppen, die das Land zehn Jahre zuvor befreit hatten, in deren Heimatländer zurückbringen wird. Für Vevi läutet in diesen Tagen die Sterbeglocke, als ihr Leichnam der Erde übergeben wird. Die Glocken läuten und Vevi wird nicht vermisst. Ihrem Mann ist es peinlich, dass sie in die Salzach gegangen ist, doch er ist auch erleichtert, dass sie nicht zurückkommen wird. Im folgenden Jahr wird er eine neue Ehefrau gefunden haben. Männer sind in den Nachkriegsjahren rar. Warum sein Stief wieder geheiratet habe, darauf antwortet Vevis Sohn nicht, sondern zuckt nur mit den Schultern.

Als Vevi ins Wasser geht, lebt ihr Sohn im Ausland. In der auf Vevis Tod folgenden Woche wird er seine Abschlussprüfung machen. Man sagt ihm erst nach der Prüfung, seine Mutter lebe nicht mehr, und er hat die Sterbeglocke nicht gehört, die für Vevi geläutet wurde.

It’s just a shot away

Vom Saalachspitz nahm ich den Bus und am folgenden Tag Züge nach Coventry. Stephen, den englischen Freund, will ich treffen. Seit Langem nennen wir einander Freunde und haben nie einen Alltag oder eine Nähe geteilt, in dem sich diese wechselseitige Benennung hätte bewähren müssen. Die weite Entfernung hält unsere Freundschaft am Leben. Mit Stephen fühle ich mich verwandter als mit meinen Vorfahren. Es ist nicht das Blut, das Verwandtschaft begründet.

In Coventry verlasse ich das Bahnhofsgebäude und sehe die Wolken grau und dicht über die Stadt treiben, die Sonne scheint weit weg, unsichtbar für Coventry. Es ist kalt Ende August. Die Häuser sind schwarz, manche blutrot, die Wände feucht. Ich bringe mein Gepäck in ein *B & B* und rufe dann Stephen an. Wir verabreden uns für den folgenden Tag, wie immer im *Herbert Museum*. Ich bin vor ihm dort und setze mich in unseren gewohnten Treffpunkt, ein *Air Raid Shelter*, der dort ausgestellt ist. Eine winzige Hütte aus Wellblech – deutlich kleiner als eine der Biwakschachteln, die Verirrten in den Alpen Schutz bieten –, drinnen ein Holzbrett, auf dem zwei schlanke Personen nebeneinander Platz finden, ein dünnes Kind könnte sich zwischen sie quetschen. Hätte während der *Operation Mondscheinsonate* eine der Phosphorbomben der deutschen Luftwaffe diese schmale Zuflucht getroffen, wäre Stephens Großvater darin qualvoll verbrannt. Der Großvater hatte Glück, denn der Garten, in dem er seinen *Shelter* errichtet hatte, lag nicht in der Nähe einer der

Fabriken, die das Hauptziel der Nazideutschen *Pfadfinder* – so wurden die Flugzeuge an der Spitze der Bombengeschwader genannt – waren. Elf Stunden lang wurde Coventry in der Nacht des 14. November 1940 bombardiert. Stephens Großmutter und sein damals zweijähriger Vater waren schon im Sommer 1940, nach dem ersten Bombenangriff auf Coventry, nach Derry zu Verwandten geflüchtet. Ich setze mich in die Wellblechhütte, die Tür steht offen, ein Plastiksackerl nähert sich, auf weißem Grund grün umrandet lese ich *Duty Free Zurich*, das wird Stephen sein, der ohne Plastiksackerl nicht aus dem Haus geht. Wir umarmen uns beiläufig, als hätten wir einander am Vortag zuletzt getroffen, und er setzt sich neben mich auf die Holzbank. Stephen nimmt meine Hand und ich seine andere und wir legen sie überkreuz, so bleiben wir still eine Weile sitzen, dann zieht sich die unterste Hand hervor, legt sich auf den Dreihändestapel, die unterste tut es der obersten nach und so immer schneller, bis die Hände klatschen. Wir waren nie ein Liebespaar, spielen nur manchmal dieses Spiel mit den Händen. Er fragt nicht, warum ich gekommen bin, ich muss nichts vom Saalachspitz sagen. Später werden wir reden, zuerst müssen wir, Nachfahren ehemaliger Feinde, nebeneinander im *Shelte*r sitzen, unsere Blicke gehen hinunter zu den Hosenbeinen, betrachten die vier Schuhe, vier Ohren hören Atemzüge. Mit Stephen kann ich in der anderen Sprache reden, sie gibt mir Abstand zu meinen Geschichten. Wenn ich nach Coventry komme, sitzen wir zuerst hier, die Begegnung im *Shelter* ist unser Ritual geworden, als wollten wir einander auf diese Weise wieder und wieder versichern, Versöhnung sei möglich. Nach einer Weile klopft jemand von außen an das

Wellblech und singt: *War, children, it's just a shot away. Gimme, gimme shelter, or I'm gonna fade away.* Wir lachen und drücken die Blechtür auf, draußen steht ein Weißhaariger, dessen Strähnen in einem Pferdeschwanz über seinen karierten Hemdkragen fallen. Wir verlassen unseren *Shelter*, treten zum Fenster, schauen zur *Saint Michael's Cathedral* hinüber, zu den angrenzenden Restmauern der ursprünglichen Kathedrale, it's just a shot away. In Coventry wussten die Überlebenden, dass es Menschen nicht zusteht, im Namen der Getöteten deren Mördern die Tat zu vergeben. Die Überlebenden verlagerten die Verantwortung in die Transzendenz und meißelten in einen Stein der zerstörten Kathedrale – nur einige Außenmauern und der Turm haben dem *Coventry-Blitz* standgehalten – die Worte: *Father forgive.* Graham Clitheroe, Domherr der benachbarten *Holy Trinity Church*, wunderte sich später über die Atmosphäre in Coventry nach jener Nacht: *Die Menschen beklagten nicht ihr Unglück, sondern wir wuchsen eng zusammen. Zum ersten Mal in meinem Leben hatte ich den Eindruck, in einer Welt ohne Egoismus zu leben.*

Als wir im Café der Kathedrale Butter auf die *Scones* streichen, kommt Stephens gewohnte Frage: Wie war das, als das Haus in Salzburg bombardiert wurde?

Im November 1944 jaulten Sirenen zur Warnung vor einem Luftangriff auf, Vevi erreichte ihr Haus nicht rechtzeitig und fand mit ihrem Sohn in einem fremden Keller Schutz. Zwölf Personen saßen auf lehnenlosen Holzbänken in dem Keller, ein heftiger Druck ging durch den Raum und Vevi glaubte, der Boden bewege sich in Wellen auf sie zu. Die Glühbirne erlosch und ließ sich nicht wieder einschalten. In diesen Keller hatte sich auch ein Soldat geflüchtet, ein Jagdflieger aus Klosterneuburg, hatte Vevis Sohn gesagt, der sonst kaum etwas aus seiner Jugend erzählte, ein Jagdflieger aus Klosterneuburg, wiederholte Vevis Sohn, der zu jener Zeit selbst hatte Kampfpilot werden wollen, der Klosterneuburger heulte wie ein kleines Kind, sagte Vevis Sohn, laut, lang und klagend heulte er, wir hielten das kaum noch aus und stießen ihn an, er solle sich endlich zusammenreißen. In dem Keller, in dem Vevis Sohn mit den elf anderen saß, war noch Luft, aber innerhalb des Hauses herabstürzende Ziegel und Schutt hatten die Tür des Kellers verlegt, sobald man sie zu öffnen versuchte, rutschte mehr Schutt nach. Als der Jagdflieger erfasste, dass dieser Keller ihr aller Grab werden könnte, fand sein Heulen keinen Halt mehr. Jemand schüttelte ihn schließlich, drückte ihm den Unterarm vor den Mund und drohte ihm mit Schrecklichem, wenn er nicht. Die Geschütze der Flak waren verstummt, niemand hatte die Entwarnung gehört, nur ein tiefes Schluchzen unterbrach ab und zu die Stille, und es stank. Dieser Keller war für Kohlen und Erdäpfel gebaut worden, nicht für angsterfüllte, stoffwechselnde Lebewesen. Nach einiger Zeit im Gestank glaubte Vevis Sohn, einen schwachen Lichtschein wahrzunehmen, er kam von draußen. Jemand hatte Messer und Gabel dabei, mit diesen Werkzeugen begann Vevis Sohn den Riss zu verbreitern, jemand ertastete in einer Kellerecke einen Krampen, der half, Ziegel voneinander zu lösen, bis schließlich ein Schlupf entstand, durch den sich der dünne Sohn Vevis ins Freie zwängen konnte. Draußen sah er sein Fahrrad, das er achtlos bei der Treppe fallengelassen hatte, bevor sie in den Keller flüchteten, nur dieses Fahrrad hinderte den Kamin daran, in den Keller zu stürzen. Da habe er geschrien, sagte Vevis Sohn, und sei blindlings losgerannt um Hilfe. Wurden sie gerettet? fragt Stephen, als wüsste er das nicht. Ja, sage ich, aus dem Keller wurden alle befreit, und der Kamin sei nur wenige Sekunden, nachdem die letzte Person herausgezogen worden war, in den Keller gestürzt, habe Vevis Sohn behauptet. Die Nacht hätten sie unter Bäumen in den Auen zwischen Saalach und Salzach verbracht, weil sie Angst vor einem neuerlichen Angriff aus der Luft hatten. Und der Stief, will Stephen nun wissen, und der leibliche Vater, wo waren sie in jener Nacht? Wie je antworte ich auf diese Frage: Ich weiß es nicht. In der Früh gingen Vevi und ihr Sohn zu dem Haus zurück, in dem sie gewohnt hatten. Statt des Hauses lag dort ein Haufen aus Ziegeln, verkeilt mit glosenden Holzbalken, Ofenrohren, Möbelteilen. Rauchschwaden stiegen in den Morgenhimmel. Vevi und ihr Sohn hatten noch das, was sie an ihren Leibern trugen. Vevis Sohn wehrte sich nicht, als Vevi ihn in die Arme nahm, und sie weinten, weil sie lebten. Eine Arbeitskollegin nahm sie auf. Die Wohnung war winzig, aber Vevis Sohn wohnte dort gern, der Stief war irgendwo anders untergekommen. Drei Jahre lebten sie dort. War das der einzige Luftangriff, den sie erlebt haben? fragt Stephen weiter, als höre er die Geschichte zum ersten Mal. Nein, erwidere ich, in dieser Nacht war das schon der dritte Luftangriff auf Salzburg, bei den vielen, die bis zum Ende des Krieges noch folgten, wurde Vevis Sohn öfters mit seiner Schulklasse in einen der Stollen im Kapuzinerberg geführt, auch in den Mönchsberg, als seine Schule in einem Ausweichquartier auf der anderen Salzachseite untergebracht war. Schrecklich sei es in diesen Stollen gewesen, er habe kaum Luft bekommen, die Leute seien ohnmächtig geworden, hatte Vevis Sohn erzählt. Bei den Angriffen im folgenden Jahr seien viele Flüchtlinge in der Stadt gewesen, nach den Bombenangriffen habe er ihre Körper in den Panjewagen gesehen, verrenkt, aufgerissen, blutig, leblos. Und deine Großeltern, frage nun ich, als wüsste ich nichts von deren Geschichte, wie ist es ihnen ergangen? Meine Großmutter blieb bis zum Ende des Krieges in Derry. Mein Vater kannte seinen Vater nicht, als er ihn wiedersah. Aber sie sahen sich wieder? frage ich noch einmal, als kenne ich die Antwort nicht. Ja, erwidert Stephen. Nur eine Schwester meines Großvaters kam in der Nacht um, als die Kathedrale zerstört wurde. Stephen und ich müssen einander diese Geschichten wieder und wieder erzählen, eines Tages werden sie sich durch unser Erzählen auflösen, hoffen wir, sie werden sich verflüchtigen und zerstieben. Den frei gewordenen Raum füllen die Geschichten aus den folgenden und den folgenden Kriegen, die zu führen und von denen zu erzählen Nachgeborene längst begonnen haben.

Erzählst du diese Geschichten eigentlich nur mir? fragt Stephen, und seine Frage kommt unerwartet. Die meisten meiner Freundinnen und Bekannten sprechen nicht über ihre Vorfahren, nicht über den Krieg. Eine fragte ich nach der Geschichte ihrer Mutter, die kurz zuvor verstorben war. Nach wenigen Sätzen stockte die Freundin mitten im Satz und erwiderte empört: Du fragst mich ja ab. Ungefragt beginnt niemand, den ich kenne, über das Leben der Vorfahren zu sprechen. Maia erzähle ich nur etwas von früher, wenn sie danach fragt, ich will meine Tochter nicht langweilen, will sie vor allem nicht belasten. Dich treffe ich gern, weil du ungefragt redest über den Krieg, sage ich, und du sprichst mich nicht schuldig. Stephen schaut mich an, runzelt die Stirn, schüttelt den Kopf. Und warum erzählst du die Salzburger Geschichten? fragt er nach einem Schweigen, dort hast du doch nie gelebt? Ja, sage ich, in Salzburg habe ich nie gelebt. Salzburg ist das rostige Scharnier, um das mein Leben schlingert. Die unerzählten Leben der Vorfahren binden mich an den Ort. Hast du endlich Verwandte deines Vaters gefunden? fragt nun Stephen. Ich zögere. Die Frage zieht mir Schuppen von den Augen. Nach seinen Verwandten habe ich nie gesucht, sage ich schließlich. Er war ein Solitär, kein einziges seiner Familienmitglieder habe ich kennengelernt. Nein, das stimmt nicht. Ich habe ein Foto, das zeigt mich als Zweijährige auf den Schultern eines alten Mannes sitzend, der groß und schwer wirkt, mit wallendem Bart, er steht da in Lederhosen und trägt eine Trachtenjoppe, meine Hände krallen sich in dem Haar des Mannes fest. Das Foto zeigt uns vor dem Haus, in dem ich aufgewachsen bin. Als ich erwachsen geworden war und mir das Foto unterkam, fragte ich, wer der Mann sei. Das sei mein Urgroßvater, der Vater seiner Mutter, sagte Vevis Sohn. Dieser Urgroßvater hatte Vevis Sohn und dessen Familie besucht. An diesen Besuch habe ich keine Spur einer Erinnerung, nur das Foto. Vevis Sohn sprach zu mir nicht über seine Vorfahren, so entstand keine Geschichte, in die ich mich hätte hineinversetzen können. Salzburg, wo ich nie gelebt habe, wurde ein neblig verschwommenes Familienzentrum. Willst du dieser Geschichte nicht endlich nachgehen, unterbricht Stephen meine Gedanken, was wir noch tun wollen, sagt er, müssen wir bald tun. Predige nicht, erwidere ich, auch wenn du recht hast. Vevis

Sohn sprach von einem Schorsch, seinem Schulfreund, er lebe noch in Salzburg. Ich kenne seinen Familiennamen und Vevis Sohn hatte einmal gesagt, Schorsch wohne an der Glan. Am Nachmittag sind wir in Stephens Wohnung und er lässt nicht locker, bis ich die Adresse dieses Schulfreundes herausgefunden und ihn angerufen habe. Ja, er kenne Vevis Sohn, sagt er am Telefon, er sei sein Nachbar gewesen und sein Freund, sie seien gemeinsam zur Schule gegangen, er freue sich, dass ich endlich komme. Ich werde ihn bald treffen. Stephen fährt mit mir nach London, begleitet mich zum Bahnhof. An diesem Tag erscheint er mir wie mein Lebensberater, nicht wie der englische Freund. Wir verabschieden uns dann beiläufig, wie wir uns begrüßen.

Der Atem des Mannes geht schwer, als er mir in Salzburg nah der Glan seine Wohnungstür öffnet. Ich bin der Georg, alle sagen Schorsch zu mir, stellt er sich vor und duzt mich. Er sei froh, dass wenigstens ich einmal gekommen sei. Er spricht, als habe er mich seit Langem erwartet, als wäre mein Besuch eine Selbstverständlichkeit. Er stützt sich auf einen Rollator und weist mir mit dem anderen Arm den Weg in ein Wohnzimmer, Kaffee steht bereit, Kuchen. Er erwähnt seine vor Kurzem erst überstandenen Operationen und sagt dann unvermittelt: Der Hans hat sich über uns erhoben. Hans? Wen meint er? Er hat August Johann geheißen, aber alle haben ihn Hans genannt, sagt Schorsch. Seltsam, in meinem Leben mit Vevis Sohn nannte ihn niemand Hans. Seine Frau nannte ihn Gustl, wenn Gäste kamen, nannte sie ihn August. Und erhoben? Wie Schorsch das meine? Wir waren Nachbarskinder, sagt Schorsch, wir sind miteinander aufgewachsen wie Geschwister, wir sind gleich alt. Nachdem ihr Haus zerstört wurde, hat Hans mit seiner Mutter bei uns gewohnt. Haben sie nicht bei Vevis Arbeitskollegin gewohnt? Ja, sagt er, später dann, zuerst waren sie ein paar Wochen bei uns. Vevi habe zuvor völlig zurückgezogen gelebt, sie traf sich mit niemandem, an den Unternehmungen der Nachbarinnen nahm sie nicht teil. Als sie bei ihnen lebten, sei Vevi wie ein Schatten durch die Wohnung gehuscht, als wolle sie unsichtbar sein. Sie verhielt sich wie eine Magd, aus Dankbarkeit übernahm sie alle schweren Arbeiten im Haushalt, sie war lieb, sagt Schorsch. Erst drei Jahre nach dem Krieg hatten sie wieder eine eigene Wohnung. Alle hätten mitgeholfen, das Haus wieder aufzubauen, Hans habe Ziegel klopfen müssen, Schwerstarbeit.

Wo hat der Stiefvater von Hans zu der Zeit gewohnt? Das wisse er nicht, bei ihnen nicht. Er und seine Eltern hätten Vevi gemocht und natürlich den Hans. Mit dem Stiefvater wollte seine Familie weniger zu tun haben. Er sei außerordentlich streng, verschlossen und autoritär gewesen, ohne jeden Humor. Er sei 1938 für kurze Zeit in Dachau inhaftiert gewesen, weil er Sozialdemokrat war, niemand habe ihn vermisst.

Und den leiblichen Vater von Hans, hat Schorsch ihn gekannt? Den Rechermacher habe er selten gesehen, vor dem Krieg sei der ein fescher Mann gewesen. Rechermacher? Ja, so habe doch der Vater von Hans geheißen, August Rechermacher, warum ich danach frage? Weil ich den Namen nicht kenne, sage ich. Schorsch stutzt, dann sagt er, das schaut dem Hans ähnlich, und schaut mich irgendwie mitleidig an, sagt einfach nichts, wenn er nicht will, nicht einmal seiner Tochter. Rechermacher sei Soldat gewesen, in der Kavallerie. Er habe in Niederösterreich gelebt und sei nur selten nach Salzburg gekommen. Er sei aber Salzburger gewesen, aus Weiler im Flachgau. Schorsch sagt, er habe den Rechermacher zufällig auf dem Bahnhof gesehen, als der aus der Kriegsgefangenschaft zurückgekommen sei, und habe den Hans gleich benachrichtigt. Wo war Rechermacher in Kriegsgefangenschaft? Er habe das gewusst, sagt Schorsch, aber jetzt falle es ihm nicht mehr ein, mag sein Russland, aber vielleicht verwechsle er das mit seinem Vater oder seinen Onkeln, es könnte auch französische gewesen sein oder amerikanische, er habe es vergessen, sagt Schorsch und er scheint mir etwas anderes erzählen zu wollen.

In dem Jahr, als wir in die Volksschule kamen, sagt Schorsch, fuhr mein Vater mit dem Hans und mir im Autobus auf den Gaisberg. Dort oben war ein Aussichtsturm, man sah alle Berge, bis weit nach Bayern hinaus, in den Flachgau, zu den Seen und hinein bis zum Toten Gebirge. Auf dem Plateau war ein Hotel, wir bekamen ein Kracherl, dieser Ausflug war eine Seligkeit. Unterhalb des Hotels war ein Segelflughangar, der hat uns angezogen wie ein Magnet. Wir durften zuschauen, wie die Segelflugzeuge gestartet wurden, manchmal zogen Burschen das Flugzeug mit einem Seil, manchmal war ein Auto vorgespannt. Seit diesem Tag wollten wir beide Flieger werden, das war unser gemeinsamer Traum, der gab uns Gesprächsstoff für Jahre. Ich bettelte dann oft um einen Ausflug auf den Gaisberg und wir waren vielleicht zwei, drei Mal oben bei den Seglern. Anfang 1939 brannten das Hotel und der Aussichtsturm nieder. Hartnäckig hielt sich das Gerücht, SS-Leute, die auf dem Berg eine Einheit hatten, hätten das Hotel angezündet, das wurde aber nie bewiesen. Als der Krieg begann, wurde das ganze Plateau abgezäunt und bewacht, die Segelfliegerei war dort zu Ende. Das Plateau wurde militärisches Sperrgebiet. Niemand hat gewusst, was da oben vor sich geht. Erst Jahrzehnte nach dem Krieg habe er von der Luftraumüberwachungsstation *Giraffe* erfahren und von dem Institut für Radartechnologie auf dem Gaisberg. Schorsch spricht weiter über den Gaisberg und meine Gedanken gehen auf diesen Berg, der den gleichen Namen trägt wie der Heidelberger Hausberg. Ich bin fünf Jahre alt, ein warmer Sommertag, auf dem Gipfel wird mir übel und schwindlig, der Kopf schmerzt und der Ausflug muss vorzeitig abgebrochen werden. Am Tag zuvor war ich beim Spielen in einem Salzburger Garten gestürzt, hatte eine Platzwunde, mit dem O-Bus wurde ich ins Landeskrankenhaus gefahren und nun steigt mir in Schorschs Wohnzimmer der Geruch des Äthers, oder war es Chloroform, wieder in die Nase. Ich habe einen Teil seiner Erzählung verpasst, er redet, als öffne mein Besuch eine Schleuse.

In der Schule habe ihr Lehrer die Kinder mit dem Stock auf die Handflächen geschlagen, bei den Streichen gegen die Lehrer habe der Hans nicht mitgemacht. Er war ruhig, bedachtsam, er hat etwas gestottert, war ein guter Freund, aber bei den Lausereien, wiederholt Schorsch, sei Hans nie dabei gewesen. Mit zehn Jahren wurden sie gemeinsam in die HJ aufgenommen, das sei sehr feierlich gewesen, mit hunderten Kindern und Ansprachen. Da hat die herrlichste Zeit begonnen, sagt Schorsch, wenn ich noch einmal jung wäre, würde ich wieder bei der HJ mitmachen. Er hat ein Foto von damals und legt es vor mich hin. Dieses Foto kenne ich. Es ist einmal aus einem Geburtstagsbuch der Firma

Reader's Digest gefallen. In einem Garten stehen breitbeinig zwei halbwüchsige Buben in der Uniform der Hitlerjugend, einer der beiden schaut streng und misstrauisch, der neben dem Hans bin ich, sagt jetzt Schorsch in einem Ton, als erwarte er von mir zustimmende Begeisterung. Die HJ veranstaltete in unserem Wald draußen das Geländespiel *Völkerschlacht*, sagt Schorsch. 50 Jugendliche kämpften gegen 50 andere, das war ein wirklicher Kampf mit Schlägereien und Verwundungen, aber mit edlem Sinn, sagt Schorsch. Wegen dieser organisierten Völkerschlachten sei es in ihrem Wohnviertel sonst kaum zu Schlägereien gekommen. Bei der Völkerschlacht habe Hans mittun müssen, aber er habe sich in den hinteren Reihen und am Rand gehalten, wenn es zu wild herging, habe er sich überhaupt versteckt in einem Gebüsch, das sie von ihren Spielen kannten. Das sei zwar nicht erlaubt gewesen, aber die Führer waren mit dem hin- und herwogenden Kampf so beschäftigt, dass ihnen Hans nicht abging. Mit Hans habe er Heilkräuter für die Soldaten in den Lazaretten gesammelt. Offenbar macht man in jedem Krieg die Kinder gerne glauben, mit ein paar Kamillenblüten und Schafgarben würde alles wieder gut. Wir durften dann zur Flieger-HJ, sagt Schorsch, fuhren mit den Rädern zur Segelflugübungsstelle Gaisberg-Koppl oder nach Freilassing in die Segelflugzeughalle. Auf dem Bahnhof in Freilassing stand öfters der Zug des Führers oder der von Göring, einmal haben wir von Weitem den Führer gesehen. Wenn wir HJ-Einberufung hatten, mussten wir nicht in die Schule. Das war eine fliegerische vormilitärische Ausbildung. Wir erhielten Vergünstigungen wie Wehrmachtsangehörige. Schorsch redet, ohne dass ich auch nur eine

Frage stellen müsste. Er erzählt mir die Alltagsgeschichten seiner Jugend, Geschichten, wie ich sie mir von Vevis Sohn gewünscht hatte, doch der sprach nicht über seine Herkunft, nicht über seine Kindheit, nicht über seine Jugend.

Als die HJ-Zeit begann, sagt Schorsch, seien er und Hans in die Hauptschule hinter der Schranne gekommen. Hans hatte mehr Taschengeld, er habe sich regelmäßig Zeitschriften, Frankfurter und Kekse kaufen können. Er sei großzügig gewesen, habe die Würstel und Kekse mit ihm geteilt. Bei Fliegeralarm mussten sie in die Stollen. Er und Hans gingen mit einem Seil hinein, jeder fasste ein Ende, wenn sie den Stollen betraten. Sie hatten ausgemacht, keiner dürfe je das Seil loslassen, so hatten sie einander in dem Gedränge nicht verloren. Ungefragt sagt Schorsch nun, über die Juden wurde nicht geredet, auch die HJ-Ausbilder redeten nicht über die Juden. Die Bevölkerung wusste davon nichts. Einmal seien Hans und er gemeinsam zum Heereszeugamt nach Freilassing geschickt worden, sie sollten dort Uniformstücke für Ausbildner holen. Bei der Rückfahrt kamen zwei Männer in ihr Abteil, die wollten auf die Zistelalm zu einer Frau Hauser und wollten von Hans und ihm alles Mögliche über den Gaisberg, über die Wege hinauf wissen. Als sie ausstiegen, habe er Hans gesagt, die Männer seien Spione gewesen. Am folgenden Tag erzählte Hans dem Lehrer von der Begegnung. Einige Zeit später kam der Schuldirektor in die Klasse und lobte Hans, weil durch seine Aufmerksamkeit zwei Spione gefasst worden seien. Schorsch sei neidisch gewesen, weil es seine Idee gewesen war, dass die beiden Männer Spione sein könnten. Er habe mit Hans nie mehr über diese Sache gesprochen.

Und jetzt sei er froh, dass er seinen Neid auf Hans endlich loswerden könne. Als der Krieg zu Ende war, schlossen sie beide die Hauptschule mit Auszeichnung ab. Hans wollte aufs Gymnasium, aber seine Mutter sagte, er müsse zuerst etwas Ordentliches lernen, er machte eine Tischlerlehre. Irgendwo besorgte er sich die Bücher fürs Gymnasium und lernte neben der Lehre, er hatte keine Zeit mehr für mich, wir trafen uns nur noch bei der Katholischen Jugend. Er hat dann bald nach der Gesellenprüfung die Matura extern abgelegt, bekam ein Stipendium und durfte im Ausland studieren. Ich war enttäuscht, dass Hans wegging, sagt Schorsch. Der Hans, der war anders, sagt er dann. Durch sein Studium im Ausland hat er sich über uns erhoben. Er kam im Sommer zu Besuch, er hat nicht mehr gestottert, seine Sprache war vollkommen verändert. Er hatte keine Färbung mehr, keinen Dialekt. Im Sommer hat er den Rechermacher besucht, der wohnte irgendwo beim Kobernaußerwald. Nach dem Studium kam er zum Heiraten nach Salzburg, wegen dem Marmorsaal im Schloss Mirabell, zu seiner Hochzeit hat er mich eingeladen. Schorsch steht auf, geht zu einem Regal und bringt ein Foto. Eine lange, festlich gedeckte Tafel ist zu sehen, im Vordergrund sitzen einander gegenüber zwei Männer. Der links Sitzende hat kaum Haare auf dem Kopf, er schaut aus, als würde in ihm etwas gären, verkommen, im Kinn hat er ein Grübchen, er lächelt gequält in die Kamera. Er ist mir unsympathisch. Der Mann ihm gegenüber hat dichtes graues Haar, wirkt gelassen unbeteiligt. Wer sind diese Männer? Du kennst sie wirklich nicht, fragt Schorsch und schüttelt den Kopf, als würde er mir nicht recht glauben. Der linke ist der Rechermacher, dein Großvater, ihm gegenüber sitzt der Stief. Ich springe vom Sessel auf. Mein Vater hat seinen leiblichen Vater und den Stiefvater zu seiner Hochzeit eingeladen und sie einander gegenübergesetzt? Ja, sagt Schorsch, das ist doch nicht so außergewöhnlich, dass man seinen Vater zur Hochzeit einlädt. Die Hochzeit fand nicht lange nach Vevis Tod statt. Schorsch habe sich nur gewundert, dass auch der Stief zur Hochzeit eingeladen worden sei. Warum hat er seine Väter zur Hochzeit, danach aber nie mehr eingeladen, warum hat er sie mir nicht vorgestellt? frage ich. Das musst du deinen Vater fragen, sagt Schorsch. Bei seiner Hochzeit habe ich Hans zum letzten Mal gesehen, sagt Schorsch, er hat den Kontakt abgebrochen, nur zu jedem Geburtstag hat er mir eine Karte geschrieben.

Wie die Beziehung zwischen Hans und Rechermacher gewesen sei, frage ich. Das wisse Schorsch nicht, über Rechermacher hätten sie kaum geredet, auch nicht über den Stiefvater von Hans. Weiß er etwas über Vevis Tod? Nein, er wisse nichts, er und seine Familie seien sehr traurig gewesen. Hans hätte zu dem Begräbnis nicht kommen können, er war noch im Ausland. Der Stiefvater von Hans habe kurz nach Vevis Tod wieder geheiratet. Seine neue Frau sei auch oft auf dem Kommissariat gewesen. Auch? Weil Vevi vorher schon oft auf den Posten gekommen sei und um Hilfe gebeten habe. Er wisse das, weil sein Vater dort gearbeitet habe. Die Polizei habe ihr aber nicht helfen können, sie könnten erst kommen, sagten die Polizisten, nachdem etwas passiert sei. Darauf hatte Genoveva wohl nicht warten wollen, denke ich. Schorsch wirkt müde, wir trinken schweigend Kaffee und ich verabschiede mich. Innerhalb weniger Stunden habe ich so viel über Vevis

Sohn und dessen Vater erfahren wie in meinem ganzen bisherigen Leben nicht. August Rechermacher, zum ersten Mal habe ich den Namen meines Großvaters gehört. Aus dem Flachgau kam er, aus Weiler. Eine unruhige Aufregung macht sich in mir breit, Erhellung, als leuchte ein Schweinwerfer plötzlich einen dunklen Winkel aus. Ich gehe von der Glan zur Salzach, schnell gehe ich, über den Steg, zur Linzergasse und hinauf auf den Kapuzinerberg, durch den Buchenwald, schneller. Im Laufschritt hinunter, auf die andere Seite der Salzach, hinauf auf den Mönchsberg, zum Bürgermeisterloch und hinunter zum Krauthügel gelaufen, umgekehrt, außer Atem vorbei am Erhardgässchen und über dem Nonntal erschöpft auf der Bank unter der Platane niedergesunken. Ich muss Stephen anrufen. Ohne seine Unterstützung hätte ich nicht gewagt, Schorsch zu besuchen. Stephen gratuliert und meint, in Weiler gebe es wahrscheinlich noch Rechermachers, die solle ich ausfindig machen und anrufen. Morgen, sage ich, oder übermorgen. Doch zuvor muss ich zurück ins Gebirge, zu meinem Teich, als entstünde unter den Felsen in mir Kraft für die weitere Suche nach dem, der mir ein Selbstverständlicher sein müsste, dessen Name mir seit je geläufig sein sollte, August Rechermacher, Großvater. Stephen ruft an, ich könne jetzt nicht einfach abbrechen, wo ich doch schon so weit gekommen sei. Ich breche nicht ab, sage ich, ich brauche nur eine Verschnaufpause, muss mich ein wenig sammeln. Er werde bald wieder anrufen, sagt er. Ich hebe nicht ab, wenn ich an den folgenden Tagen und in den folgenden Wochen seine Nummer sehe, er schickt leicht gekränkt wirkende Nachrichten. Wir sind befreundet, doch mein Zögern versteht er nicht, die

Langsamkeit, das Verzagen bevor ich noch etwas begonnen habe. Ich bezweifle jeden Handgriff, probiere nichts aus, wage nichts. Das Nichtkönnen ist ein Schmerz im Brustbein. Es ist eine Anspannung. Eine Stockung. Eine Stauung. Freudig aufgeregt bin ich durch Salzburg gerannt, nun werde ich haltlos, flau, schleppe mich in der Hütte nahe den Felsen vom Sessel zur Eckbank und zurück zum Sessel, Butter auf ein Brot zu streichen ist anstrengend. Ich muss mich zwingen, die Hütte wenigstens einmal am Tag zu verlassen. Mein Nichtkönnen hat etwas mit den Blutsverwandten zu tun. Als habe ihr Nichtkönnen mich angesteckt. Doch wie? Können Blutsverwandte über Generationen hinweg anstecken, die Nachgeborenen belasten, ihr Gemüt und ihre Körper? Das Nichtkönnen hockt im Hypothalamus, verklebt die Faszien, verhärtet die Mitochondrien. Wochen verstreichen, bis endlich der Tag kommt, an dem ich mich fähig fühle für die Anrufe in Weiler. August Rechermacher sagt der erste Rechermacher, den ich in Weiler erreiche, ja, so habe sein Onkel geheißen, ob ich mehr wisse, denn es gebe mehrere August Rechermacher in der Gegend. Soldat war er, sage ich, hatte irgendetwas mit Pferden zu tun, lebte in Niederösterreich. Ja, das wird er sein, sagt der Mann am Telefon freundlich und lädt mich ein, ihn zu besuchen, Martin Rechermacher heißt er. Am Bahnhof in Neumarkt erkenne ich ihn von Weitem, ohne ihn je zuvor gesehen zu haben. Er hat irgendeine Ähnlichkeit mit Augusts Sohn, wie er die Schritte setzt, die Hände bewegt, wie er so von der Seite zu mir schaut, ganz vertraut wirkt er. Auch er duzt mich gleich, weil wir ja verwandt sind, sagt er. Er fährt mich zum Friedhof in Weiler. Nahe dem Eingang zeigt er mir ein Grab, auf dem lese ich den Namen, August Rechermacher, geboren 1905, gestorben 1971. Martin sei bei dem Begräbnis gewesen, auch Augusts Sohn sei gekommen, das sei die einzige Gelegenheit gewesen, bei der Martin diesen Cousin gesehen habe. Als Kind sei Martin mit seiner Mutter einmal in Salzburg zu Besuch bei Vevi gewesen, das wisse er nur aus der Erzählung seiner Mutter, ohne eigene Erinnerung. Wer sind die anderen Rechermachers, die in diesem Grab liegen? frage ich. Seine Eltern, erwidert Martin. Sein Vater war Leinenweber und eröffnete später auch eine Viktualienhandlung, weil er von der Weberei allein nicht leben konnte. Er webte von Martini bis Lichtmess, im Sommer schnitzte er abends Holunderstängel zu schlanken Spulen, auf die wickelten die Frau und die Kinder das Schussgarn.

Seine dritte Frau, Augusts Mutter, war eine Müllerstochter, die Mühle steht noch, sagt Martin und bietet an, hinzufahren. Tätowierte Leute haben das Haus gekauft und blau gestrichen. Sie halten Doggen, die ihnen bis zum Nabelpiercing reichen und mir Angst machen, das Grundstück zu betreten. Unmessbare und gleichwohl wirksame Spuren der Müller- und Weberahnen sind womöglich wie homöopathische Hochpotenzen auf Maia übergegangen, sage ich und erzähle Martin von ihr. Maia hatte oft den Wunsch geäußert, in einer alten Mühle an einem Bach zu leben und dort Leinen zu weben. Das Geräusch des Wassers ziehe sie an und die abgeschiedene Lage der Mühlen. Im Waldviertel kamen wir bei einer Wanderung an einer Mühle vorbei, das Dach eingestürzt, die Mauern von Efeu überwuchert, gebrochene Teile des Mühlrads lagen herum. Dieses Haus hätte sie gerne wieder aufgebaut. Von der Flachgauer Mühle fahren wir zurück zum Friedhof und

Martin führt mich zum Grab einer Halbschwester des August Rechermacher, sie hieß Nanni und August habe sie sehr gemocht, sagt Martin. 1971 starb August, sage ich, in welchem Monat war das Begräbnis? Im August, sagt Martin. Im August 1971 war ich 15 Jahre alt, wie jeden Sommer war ich mit Augusts Sohn und dessen Frau ganz in der Nähe auf Urlaub am See. Augusts Sohn war während dieser Urlaube öfters für ein paar Stunden weggefahren, mich interessierten die Ziele seiner Ausfahrten nicht, ich fragte nicht danach, oft fiel mir nicht einmal auf, dass er wegfuhr. Ich schwamm, saß auf dem Steg und wich den Schwänen aus, die nach den Füßen schnappten, spielte Boccia oder Karten. Ich wusste nicht, dass ganz in der Nähe mein Großvater lebt, nein, schon nicht mehr lebte, sondern beerdigt wurde. Martin schaut mich nun mit einem Blick an, mit dem mich vor wenigen Wochen Schorsch irgendwie mitleidig gemustert hatte. Ich mag nicht mitleidig angeschaut werden und wende mein Gesicht ab. Martin sagt, Marie, die Lebensgefährtin von August, sei auch bei der Beerdigung gewesen. Marie? Lebensgefährtin? Wer war sie? Eine sonderbare Geschichte, sagt Martin, August sei Berufssoldat gewesen, zuerst bei den Dragonern in Salzburg, später an der MILAK in Wiener Neustadt. Was Martin alles über meinen Großvater weiß, erstaunt mich. 1938, nach dem Anschluss, sagt Martin, sei August bei Übungen in Niederösterreich gewesen. Dort habe er zufällig einen Kameraden wiedergetroffen, den er von den Salzburger Dragonern kannte. Jakob hieß er. 1938 war noch nicht Krieg, und doch fürchtete Jakob, er müsste einrücken, falls Krieg käme. Wer würde sich um seine Frau und ihre beiden Kinder kümmern, falls er nicht zurückkäme? Er bat

August darum. Der hatte Jakob seit Jahren nicht mehr gesehen, kannte dessen Frau nicht, auch nicht dessen Kinder. Aber August sagte Ja. Er versprach, sich um Jakobs Familie zu kümmern, falls er selbst, nicht aber Jakob aus dem Krieg zurückkehrte. Ehrenwort, Treue, Kameradschaft, sagt Martin. Aber August hatte doch einen eigenen Sohn, um den er sich nicht kümmerte, sage ich. Martin zuckt die Schultern und hebt hilflos die Handflächen nach oben. Die Rechermachers, sagt er, habe es in Weiler geheißen, das seien Wahnsinnige. Warum? frage ich. Martin hat keine Antwort. August habe diesem Spruch aber alle Ehre gemacht, sagt er und fügt schnell hinzu: Entschuldige, er war ja dein Großvater. Jakob fiel im Krieg, sagt er dann, August kehrte zurück, ich glaube 1947 kam er aus der Gefangenschaft. Und August hielt sein Ehrenwort. Wo August in Gefangenschaft gewesen sei, frage ich nun Martin, und er weiß es nicht. August habe bis zu seinem Tod mit Jakobs Frau Marie gelebt. Wo? frage ich, als wäre das wichtig. Nicht weit weg, sagt Martin, beim Kobernaußerwald. Er habe August selten getroffen, er sei verschlossen gewesen, habe ungern geredet, sei kaum unter Leute gegangen. Martin lädt mich zu sich nach Hause ein, doch ich will zum Bahnhof zurück, ein anderes Mal werde ich ihn besuchen. Ich muss allein sein. Die erhellende Aufregung, die mich nach dem Gespräch mit Schorsch erfasst hatte, wiederholt sich nicht, eine dunkle Traurigkeit beginnt. Ich zweifle, ob es klug ist, nach Vorfahren zu suchen, die einem vorenthalten wurden. Das Verschwiegene war die Unruh, die meine Suche antrieb, selbst gewählt habe ich sie nicht. Das Finden ernüchtert und bringt mir nicht die Unbeschwertheit, die ich erhofft hatte. Wie verflechte ich das Gefundene nun mit meinem Leben, damit die Fundstücke nicht wie Souvenirs in mir verstauben? Ich bin mir nicht mehr sicher, ob ich Maia erzählen werde, was ich erfahren habe. Ich möchte sie vor dem Verschwiegenen schützen. Doch ist das nicht das Gleiche, was Vevis Sohn getan hat? Was nützt Maia aber das Wissen, dass meine Großmutter sich umgebracht hat? Maia sollen keine flackernden Schatten ängstigen, die Nachtbilder vom Krieg sollen ihren Schlaf nicht stören. Ich muss Maia endlich wieder schreiben, sie soll sich keine Sorgen um mich machen. Mir kommt die letzte Begegnung mit Vevis Sohn in den Sinn, als er zum ersten Mal zugegeben hat, dass Vevi sich umgebracht hatte. Wir standen einander in seinem Vorzimmer gegenüber. Ich wollte ihm zum Abschied die Hand reichen. Da machte er eine kleine Bewegung, ich weiß nicht mehr, bewegte er den Fuß oder den Oberkörper, es war eine sehr kleine Bewegung, aber auf mich zu. Er neigte seinen Kopf in meine Richtung, er legte seine Stirn an meine. Seit je war er mein Vater. Eine solche Bewegung in meine Richtung hatte er möglicherweise in den Jahren gemacht, an die ich keine Erinnerung habe. In den späteren Jahren hatten wir einander die Hände zur Begrüßung und zum Abschied gereicht, manchmal einen Wangenkuss angedeutet, Stirn hatte niemals Stirn berührt.

Die Zumutung

Den neuerlichen Besuch bei Rechermachers Sohn im Pflegeheim habe ich lange hinausgezögert, weil ich glaubte, Nelli werde zurückkehren und die Besuche übernehmen. Doch Nelli ist immer noch nicht da, so fahre ich mit Rechermachers Wehrstammbuch in der Tasche wieder ins Pflegeheim. Ich erzähle kurz, was ich gefunden habe, lege die Fotos auf den Tisch. Warum hast du Nelli nichts gesagt, frage ich Rechermachers Sohn, warum hast du mir nichts gesagt? Du hast dein ganzes Leben lang vornehm getan, hast den Überlegenen gespielt, bist Nellis Fragen ausgewichen. Meine Stimme wird laut, unangenehm, ich nehme das Schrille zwar wahr, doch gelingt es mir nicht, meine Stimme ruhig zu halten. Rechermachers Sohn starrt mich mit aufgerissenen Augen an, er kann nicht sprechen, kann sich nicht wehren. Warum hast du Nelli die Kindheit und die Jugend vergällt? Den Tugendwächter hast du gemimt und alles verschwiegen. Ich verstehe mich selbst nicht recht, warum ich zu ihm über Nelli rede, statt über den Rechermacher. Ich sage, du hast uns einen Schweighaufen hinterlassen. Rechermachers Sohn wird unruhig und unruhiger, doch ich lasse nicht nach. Meine Fragen quälen ihn und ich genieße meine lächerliche Überlegenheit, die sich nur seiner Erkrankung verdankt. Er beugt sich zu mir, versucht, mir den Mund zuzuhalten, ich drehe mein Gesicht weg, ihm entfährt ein Schrei. Eine Pflegerin muss ihn gehört haben, sie kommt herein, fragt, was geschehen sei. Ach nichts, sage ich, er hat eine falsche Bewegung gemacht und sich gestoßen. Die Pflegerin schaut mich misstrauisch an und sagt, so habe das aber nicht geklungen. Vielleicht wäre es besser, wenn Sie den Besuch jetzt beenden, er wirkt sehr aufgeregt, sagt sie. Ja, sage ich und verabschiede mich. Draußen graust mir vor mir, der Mann ist alt, gelähmt. Ich wollte ihm seine Unbarmherzigkeit zurückgeben, wollte mich rächen, für Nelli rächen, denn mich hatte Nelli vor seinen Angriffen beschützt. Ich hatte ihn Nelli nur fragen hören nach meinen Zensuren, ob meine Leistungen zufriedenstellend seien, ob ich mich ordentlich benommen habe, wenn ich irgendwo auf Besuch war, ob ich spure, fragte er Nelli. Wie es mir gehe, diese einfache Frage stellte er nicht. Ich wünsche mir, er möge bald sterben. Vielleicht kann er sterben, wenn ich das Tau löse, das mich trotz allem an ihn bindet. Vielleicht enthält dieses Tau Energien, die ihn am Leben halten.

Ein paar Tage später ruft Lotte an, wir haben uns lange nicht gesehen und sie schlägt ein Treffen vor. Ich antworte ausweichend, ja, wir treffen uns, ein andermal, nein, nichts Neues von Nelli. Ich will Lotte nicht treffen, niemanden will ich treffen. Mein Zustand ist mir peinlich, das Fallen in ein Nirgendwo, meine Tränen, die nicht versiegen. Woher kommt so viel Wasser? Eine Freundin sagt am Telefon, du darfst dein Leben nicht opfern für deinen Großvater, dein Platz ist nicht an seinem Bettrand, das ist die Aufgabe deiner Mutter. Ich erzähle ihr nichts vom Suchen und vom Finden. Meine Mutter ist verschwunden, erwidere ich. Die Freundin beharrt, schütze dich, versuche nicht, Probleme zu lösen, die du nicht verursacht hast. Ja, sage ich, du hast recht, und beende das Gespräch. Ich lasse mich krankschreiben. Depression, sagt die Ärztin, verschreibt Tabletten, empfiehlt eine Therapie. Ich brauche keine Tabletten, kann nur niemanden treffen, denn das Weinen kommt, wann es will, grundlos, es bleibt für Minuten, an manchen Tagen für Stunden, anlasslos, als wäre in mir ein unerschöpfliches Wasserreservoir, weint es jeden Tag, auch in der Nacht. Kaum erwache ich, hockt das Elend auf meiner Brust. Wie und wo bildet sich die Tränenflüssigkeit? Über dem Lid entsteht das traurige oder freudige Lied. Das Weinen bleibt, ich fürchte, es wird nicht mehr aufhören. Für wen weinen sich meine Tränen? Ja, sie weinen sich, so muss ich es sagen, denn ich kann Beginn und Aufhören des Regens nicht bestimmen. Regne ich für Genoveva, für August? Für Nelli oder Augusts Sohn? Weinen sich meine Tränen für Augusts erschossene und verhungerte Kameraden? August war ein Mitmacher. Vor die Wahl gestellt, Dragoner oder Ehemann, hatte er sich für die Dragoner entschieden. Vor die Wahl gestellt, Bewacher oder Bewachter zu sein, hat er die Seite gewählt, die Überleben versprach. In den Cholmer Sümpfen, in dem Gestank der Baracken, in den eiskalten Nächten, in der Nähe der Front, unter dem scharfen Blick des Kommandanten hat August wohl kaum menschenfreundlich gehandelt. In der Wehrmacht wurde aus dem Mitmacher August der Täter August. Er nahm in Kauf, in der Gesellschaft von August dem Mörder, dem Kameradenmörder, weiterleben zu müssen, Hauptsache leben. Doch wer bin ich, ihm seinen Überlebenswillen vorzuwerfen? Die Wahrheit ist eine Zumutung. Ich brauche Zeit, mich an sie zu gewöhnen. Auf einem der Fotos von Rechermacher steht auf der Rückseite: *Zum Andenken von deinem Papa, August 1944.* Auf diesem Foto sitzt Rechermacher in einem schwarzen

Anzug, das Revers hakenkreuzlos, mit weißem Hemd und Fliege, er schaut aus wie ein Sir. Strapazen des Wachdienstes in einem Wehrmachtsstraflager sind seinem Gesicht nicht anzusehen. Fotos lügen. Im August 1944 war Rechermacher nicht mehr in Cholm, weil die Wehrmacht ihre dortigen Stellungen im Februar 1944 nicht mehr halten konnte, die Feldstrafgefangenenabteilungen, die noch nicht von der Roten Armee genommen oder deren Wachmannschaften und Gefangene nicht zu ihr übergelaufen waren, wurden an die Westfront verlegt. War das Foto zu einer anderen Zeit entstanden, und Rechermacher hatte es 1944 seinem Sohn geschickt? Kam August 1944 auf Urlaub nach Salzburg oder nach Wiener Neustadt? Traf er Walli, seine Lebensgefährtin? Das Haus, in dem sie gemeinsam gewohnt hatten, stand im August 1944 nicht mehr. Lebte Walli noch? Elf Luftangriffe hatten Wiener Neustadt bis dahin getroffen. Keine österreichische Stadt wurde so stark zerstört wie diese mit ihrer Flugzeug- und Raketenindustrie. Das Steinfeld wurde 1945 zum Schlachtfeld, in Wiener Neustadt geriet die Burg der Militärakademie in Brand, sie brannte zwei Wochen lang, bis nur noch ein Pfeiler der Burgkirche stand und die Wappenschilde des Vokalkaisers im Schutt lagen. Nach meinem ersten Besuch in Wiener Neustadt nahm ich mir vor, später auch nach Wallis Verbleib zu suchen. Meine Neugier ist aber erschlafft. Ich lese zwar mühelos die unermesslichen Opferzahlen, die der Krieg des Hitler gekostet hat. Doch nach einer weiteren möglichen Täterin zu suchen – wer weiß, ob Walli nicht unweit von Wiener Neustadt Aufseherin im Wehrmachtslager Groß-Mittel geworden ist –, jede Suche, die über den einen Blutsverwandten hinausgeht, überfordert mich. Auch wenn die Wiener Neustädter Meldezettel erhalten geblieben sind, werde ich nach Walli nicht fragen. Vielleicht starb sie bei einem Luftangriff, wie Rechermachers Halbschwester Nanni. Ihr Vater, der Viktualienhändler in Weiler, hatte an den Krieg des Kaisers zwei Söhne verloren und alle seine Ersparnisse. Rechermacher überlebte den Krieg, aus dem Kirchenbuch weiß ich, er starb erst 1971 in Salzburg. Was er nach dem Krieg getan hat, wo und mit wem er dann gelebt hat, ist mir gleichgültig geworden. Als er nach Österreich zurückkehrte, hatte Rechermacher seine Halbschwester verloren, seine Wohnung, seinen Beruf, er besaß nur noch das, was er auf dem Leib trug. Rechermachers Richterin kann ich nicht sein. Er hätte nach dem Krieg StaatsanwältInnen und RichterInnen gebraucht, die ihn und Zeugen einvernommen und Beweise gesammelt hätten über die Vorgänge in den Gefängnissen und Straflagern der Wehrmacht und danach ihr Urteil über Rechermacher gesprochen hätten.

Meine Freundin Miri beglückt jeder ihrer Funde, sie haucht ihren Vermissten neues Leben ein, macht sie sichtbar, mit Fotos, Texten, Dokumenten. Mein Fund beschämt mich, als würde mich der Blutsverwandte posthum besudeln. Ich will Rechermacher begraben. Doch muss ich ihn begraben, ohne zu vergessen, was er getan hat. Wissen, aushalten, und Worte finden für das Gespräch mit Miri. Wenn ich an Miri denke, an ihre Suche, dann ertrage ich mein Wissen über das Leben des Rechermacher. Tätersuche ergänzt die Opfersuche, sie gehören zusammen. Ob Tätersucherin und Opfersucherin aber Freundinnen bleiben?

In der folgenden Nacht träumte ich. Im Traum verließ ich den Lesesaal der Nationalbibliothek und trat aus der Vorhalle der Hofburg. Ich hielt inne und schaute über den Heldenplatz in den Himmel, der hier so weit ist wie an kaum einer anderen Stelle der Wiener Innenstadt. Etwas Rosa mischte sich in den dunkelblauen stillen Abendsamt. Da bewegt sich vor mir der Schweif des Rosses, auf dem sich Prinz Eugen, der edle Ritter, in die Levade erhebt. Ich schaue genauer, und wieder hebt sich der Schweif und mit ihm setzen sich Ross und Reiter in Bewegung. Sie fliegen auf Erzherzog Carl zu, den *beharrlichen Kämpfer für Deutschlands Ehre,* den der unerwartete Ansturm von seinem Sockel aus der Standbildruhe reißt und in die Lüfte hebt. Nur knapp verfehlt Eugen den Carl, fliegt Richtung Rathaus, macht über dem Volksgarten kehrt und wendet sich zurück zur Hofburg, die Richtung, aus der nun Carl auf seinem Ross heranfliegt. Ich laufe zurück in die Vorhalle, höre hinter mir Schmettern und Klirren, wende mich um und sehe den Eugen und den Carl zerbersten in Trümmer. Ich erwache. Ich erwache und statt eines Lachens über den Untergang der Feldherren, sind da schon wieder die Tränen. Ich werde mir unerträglich und wende mich noch an demselben Tag an einen Therapeuten. Ich erzähle ihm nichts vom Suchen, nichts von Rechermacher und nichts vom Finden. Ich sage nur, dass mein Weinen kein Ufer mehr hat. Der Mann schaut, schaut mich an und sagt schließlich, Sie haben Raum für die Tränen, Sie haben Zeit für die Tränen, das haben nicht viele Leute. Da steigt langsam ein Lächeln aus meinem Bauch hinauf in mein Gesicht, ich gehe meiner Wege und weine fortan nicht mehr.

Von Nelli kommt endlich Post, sie schreibt aber nur, es gehe ihr gut, sie werde bald zurückkommen, sie freue sich auf ein Gespräch, sie habe mir viel zu erzählen. Ich rufe Lotte an, Nelli hat geschrieben, sagt sie, ich wollte dich gerade anrufen, sie wird bald zurückkommen. Ja, sage ich, ich weiß. Dann entschuldigt sich Lotte, weil sie sich lange nicht gemeldet habe, sie habe die Wohnung ihrer Mutter räumen müssen, weil die in ein Altersheim übersiedelt sei, ob ich nicht ein paar Knöpfe wolle, fragt sie. Knöpfe? Meine Mutter war Knopfmacherin, sagt Lotte. Ich weiß, erwidere ich. Außerdem wolle sie mir Fotos zeigen, die sie in der Wohnung ihrer Mutter gefunden habe, ob ich sie nicht besuchen wolle. Ich war lange nicht in Lottes Wohnung, die Tür lässt sich nicht ganz öffnen, das Vorzimmer ist mit Kartons verstellt, alte Pelzmäntel liegen herum, im Zimmer stehen Kartons, Lotte öffnet einen, der kippt, Knöpfe über Knöpfe fallen heraus. Während wir auf allen Vieren zwischen den Kartons nach den Knöpfen suchen, redet Lotte, ein Plapperfall. Dann versucht sie, zwischen den Kartons einen Sitzplatz für uns zu schaffen, sie stellt mir keine Frage, will nicht wissen, was ich in den vergangenen Monaten getan habe. Ich bin erleichtert. Sie nimmt Fotoalben und Bücher von einem Sessel und deutet mir, mich zu setzen. Sie erzählt, wie anstrengend die Übersiedlung der Mutter und die Wohnungsräumung gewesen seien, sie wisse nicht, wohin mit allem und hoffe, ich könne vieles verwenden. Schließlich sitzen wir an einem niedrigen Tisch und Lotte öffnet die Alben ihrer Mutter. Sie zeigt auf eine junge Frau im Tutu, das sei ihre Mutter, sagt Lotte, Fotos, auf denen die Tänzerin allein zu sehen ist in einer Pirouette, im Spagat, im Sprung, dann Fotos mit anderen jungen Frauen in Tanzkostümen, mit verschiedenen Partnern. Sie biegen den Rumpf, strecken die Beine, gehen in die Kniebeuge, öffnen die Arme zum Himmel oder aufeinander zu. Sie war Tänzerin, sagt Lotte. Tänzerin? Sie war doch Knopfmacherin, sage ich. Erst nach meiner Geburt wurde sie Knopfmacherin, erwidert Lotte. Hat sie bei deinem Vater im Zirkus getanzt? Wieso im Zirkus? fragt Lotte. War denn dein Vater nicht Zirkusdirektor, Nelli hat das erzählt. Ach, das war ein Schmäh, sagt Lotte. Ich wusste damals nicht, wer mein Vater war. Nach meiner Matura setzte meine Mutter eines Tages ein feierliches Gesicht auf und sagte, sie müsse mit mir reden. Sie geht zu ihrer Kommode, öffnet eine Lade, nimmt einen silbernen Becher und eine Bürste mit silbernem Griff heraus und überreicht mir beides. Von deinem Vater, sagt sie. Von meinem Vater? Ich habe doch keinen Vater, sage ich verblüfft, und ahne, dass sich endlich das Geheimnis lüften wird, dem ich während unserer Schulzeit mit Nelli auf die Spur kommen wollte. Meine Mutter sagt, 1955 war unser Tanzensemble auf Tournee in Süddeutschland. Jeden Abend tanzten wir in einem anderen amerikanischen Klub, Ludwigsburg, Kaiserslautern, Frankfurt, Wiesbaden, Heidelberg. Die *GIs* waren ein dankbares Publikum, leicht zu begeistern, sie applaudierten und lachten wie Kinder. In Heidelberg hatten wir einen Auftritt und dann ein paar Tage Pause. Nach unserem Auftritt sprach mich einer der *GIs* an, das kam öfters vor. Er heiße Fred, sagte er, ob er mir am folgenden Tag die neue Siedlung zeigen dürfe, die im Westen der Stadt für die Garnison gebaut werde, *Patrick Henry Village*, benannt nach einem Kämpfer für die amerikanische Unabhängigkeit. Das klang so unromantisch, dass ich Ja sagte. Ursprünglich komme er aus Chicago, seine Frau lebe dort, sagte er, als wir am folgenden Tag rund um die Sportplätze und die Rohbauten des *Patrick Henry Village* gingen. Wir blieben dann bei einer Gruppe Birken etwas abseits der Hauptstraße stehen. Schmächtig waren die Birken, als seien sie erst kurz zuvor gepflanzt worden. Seine Großeltern seien aus dem Burgenland nach Chicago ausgewandert, sagte er, Oubapullidorf, ob ich das kenne? Er spreche echt österreichisch, behauptete er und sagte: Servas. Ich lachte und er lachte mit. Als unsere Tour weiterging, versprach er, mir zu schreiben und gab mir eine Adresse in Heidelberg. Als ich ihm schrieb, ich sei schwanger, antwortete er nicht. Ich schrieb ihm einige Wochen nach deiner Geburt noch einmal und schickte ein Foto von dir. Ein Packerl kam. Ein silberner Becher und eine Bürste mit Silbergriff waren drin. In dem Becher lag ein Zettel: *with Love, Fred.* Das waren seine Worte an uns. Mein Dankschreiben an ihn kam ungeöffnet zurück: Adressat unbekannt. Ich schrieb später an das Hauptquartier der Amerikanischen Heeresstreitkräfte in Europa und bat um seine Adresse. Ich erhielt einen Vordruck: *Über persönliche Daten von Armeeangehörigen wird keine Auskunft erteilt.* Das hat mir meine Mutter erzählt, als ich 18 Jahre alt war, sagt Lotte. Beim Ausräumen ihrer Sachen fand ich einen Brief von Fred, der Nelli vielleicht interessieren wird, sagt sie dann. Fred schrieb ihn, als ich zehn Jahre alt war. Er schrieb von einem Volksfest im *Patrick Henry Village*, von Marshmallows und von mir, Lotte, die jetzt wohl so alt sei wie die Kinder, die sich bei den Birken die Säcke schnappten. *I am standing in the shade of the birch trees at the Marshmallow Fair. I still wear the uniform of the US Army. I have volunteered to start the sack race. The hopping track is a little off the hustle and bustle of the fair.*

Quellen

Texte

Anonymus: Geschichte der Freiburger Gefängnisse 1939–1949. Landesarchiv Baden-Württemberg, Abt. Staatsarchiv Freiburg, G 701/1 Nr. 9

H.C. Artmann: ich bin abenteurer und nicht dichter. Aus Gesprächen mit Kurt Hofmann. Wien 2021, S. 55

Karl Siegfried Bader: Unter bestraften Soldaten. Beobachtungen und Erfahrungen im deutschen Wehrstrafvollzug. Unveröffentlichtes Manuskript (1945), S. 6. Einsehbar im Archiv des Instituts für Zeitgeschichte München, Signatur MS 126. https://www.ifz-muenchen.de/das-archiv/recherche-im-archivgut/archivdatenbank

Walter F. Elkins, Christian Führer, Michael J. Montgomery: Amerikaner in Heidelberg 1945–2013. Heidelberg 2014

Thomas Geldmacher: Die Folgen der Urteile. Strafvollzug. Der Umgang der Deutschen Wehrmacht mit militärgerichtlich verurteilten Soldaten. In: Walter Manoschek (Hg.): Opfer der NS-Militärjustiz. Wien 2003, S. 420 ff.

J. + W. Grimm: Deutsches Wörterbuch, Band 22, S. 282 ff.

Sylvia Hahn, Karl Flanner (Hg.): Die Wienerische Neustadt. Handwerk, Handel und Militär in der Steinfeldstadt. Wien, Köln, Weimar 1994

Michael Kaes: Die Salzburger Dragonerschwadron Nr. 6. In: Pallasch, Zeitschrift für Militärgeschichte, Heft 1, Frühjahr 1997, S. 2 ff.

Hans-Peter Klausch: Die Sonderabteilungen, Strafeinheiten und Bewährungstruppen der Wehrmacht. In: Albrecht Kirschner (Hg.): Deserteure, Wehrkraftzersetzer und ihre Richter. Marburger Zwischenbilanz zur NS-Militärjustiz vor und nach 1945. Marburg 2010, S. 197 ff.

Hans-Peter Klausch: Feldstrafgefangenen Abteilung 3. In: Geoffrey P. Megargee: The United States Holocaust Memorial Museum: Encyclopedia of Camps. Bloomington (Indiana) 2022, Vol. IV, p. 599 ff.

Hans-Peter Klausch in einem Interview: https://www.zeitzeugen-portal.de/videos/fAilj3cda2w

Peter Melichar: Vom Elend der Traditionspflege. In: Elena Messner, Peter Pirker (Hg.): Kriege gehören ins Museum. Wien 2021, S. 319 ff.

Manfred Messerschmidt: Die Wehrmachtsjustiz 1933–1945. Herausgegeben vom Militärgeschichtlichen Forschungsamt Paderborn 2005, S. 17 ff. (ad Drückeberger), S. 350 ff. (ad Feldstrafgefangenenabteilungen)

Wolfang und Kurt Pervesler: Geheime Kommandosache Gaisberg. Militärische Dokumentation 1939–1945. Salzburg 1996

Rainer Pöppinghege: Tiere im Ersten Weltkrieg. Berlin 2014

Yishai Sarid: Monster. Zürich 2019, S. 130

Roland Schaeffer: Schulverweis. Das Jahr 1968 am Kurfürst-Friedrich-Gymnasium. In: Heidelberger Geschichtsverein (Hg.): Heidelberg Jahrbuch zur Geschichte der Stadt, 2019, S. 153 ff.

Peter Steinkamp: Lebens- und Gesundheitsbedingungen in den Feldstrafgefangenenabteilungen der Wehrmacht: Hungertodesfälle. In: Claudia Bade, Lars Skowronski, Michael Viebig (Hg.): NS-Militärjustiz im Zweiten Weltkrieg. Disziplinierungs- und Repressionsinstrument in europäischer Dimension. Göttingen 2015, S. 229 ff.

Werner Sulzgruber: Wiener Neustadt. Zeitreise in historischen Bildern. Berndorf 2019, S. 92

Josef Walleitner: Der Knecht. Volks- und Lebenskunde eines Berufsstandes im Oberpinzgau. Salzburg 1947

Fritz Wüllner: Der Wehrmachtsstrafvollzug im Dritten Reich. In: Norbert Haase, Brigitte Oleschinski (Hg.): Das Torgau-Tabu. Leipzig 1998, S. 29 ff.

https://www.denkmal-heer.at/wissenswertes/jansa-kaserne (ad: Lager Groß-Mittel)

https://www.theherbert.org/news/196/tales_from_the_archive_coventry_blitz__banding_together_in_a_crisis

und ein kurzer Film

Henning Backhaus: Das beste Orchester der Welt. Starring Ingbert Socke. Kurzfilm, Wien 2020

Dank an

den Atlantik, fürs Ozeanische
Esche, fürs Archivalische usw.
den Gosaukamm, fürs Bergige
Hannes, fürs Lokalhistorische
Maria, fürs Tänzerische
Monika, fürs Englische
Nora, fürs Pferdische
Peter, fürs Fährverbindende
den Wienerwald, fürs Alltägliche.

Dank an Thomas Geldmacher für das Gespräch über den Strafvollzug der Wehrmacht.

Dank an die Herren des österreichischen Bundesheeres für Informationen über die Militärakademie Wiener Neustadt und die Stiftskaserne Wien.